suhrkamp taschenbuch 5475

Simon, Mitte vierzig, führt ein ruhiges Leben. Wie bereits sein Vater sein und Großvater ist er Friseur. Er möchte nicht unbedingt zu viele Kunden, er mag seinen unaufgeregten Alltag, und wenn er zwischendurch eine Strähne Einsamkeit an sich entdeckt, dann stört ihn das nicht weiter.

Als einer der Stammkunden, ein Schriftsteller, sich für die Geschichte seines Vaters interessiert, der, wie es hieß, 1977 bei einem Flugzeugunglück auf Teneriffa ums Leben gekommen war, wird auch Simon neugierig. Er hat den Vater nie kennengelernt. Stimmt die Geschichte überhaupt? Und noch etwas treibt ihn um: Beim Schwimmunterricht lernt er den stummen Igor kennen – und verliebt sich in ihn.

»Die Fans dürfen sich freuen, denn es ist wieder ein ›echter Bakker‹!« *Noordhollands Dagblad*

Gerbrand Bakker, 1962 in Wieringerwaard geboren, ist Autor und Gärtner, hin und wieder auch Eisschnelllauftrainer. Für seine Romane, die in mehr als 20 Sprachen übersetzt wurden, hat er zahlreiche Preise erhalten. Bakker lebt in Amsterdam und in der Eifel.

Andreas Ecke hat Bücher von Gerbrand Bakker, Saskia Goldschmidt und Ernest van der Kwast ins Deutsche übertragen. Er wurde mit dem Else-Otten-Übersetzerpreis und dem Europäischen Übersetzerpreis ausgezeichnet.

Gerbrand Bakker

DER SOHN DES FRISEURS

Roman

Aus dem Niederländischen von Andreas Ecke

Suhrkamp

Die Originalausgabe erschien 2022 unter dem Titel
De kapperszoon
bei Uitgeverij Cossee, Amsterdam.

Erste Auflage 2025
suhrkamp taschenbuch 5475

Umschlaggestaltung: Rothfos & Gabler, Hamburg,
unter Verwendung eines Motivs von Midjourney
Druck und Bindung: CPI books GmbH, Leck
Printed in Germany
ISBN 978-3-518-47475-4

Suhrkamp Verlag AG
Torstraße 44, 10119 Berlin
info@suhrkamp.de
www.suhrkamp.de

DER SOHN DES FRISEURS

Ich bin Bärchen Colargol
Ich kann sehr gut singen
Trala do re mi fa sol
Und auch tanzen, ist doch toll

Ich erlebe viel
Lache, weine, lerne, spiel
Auf dem Flötenrohr
Blase euch Geschichten vor
Twiettwiet, twiettwiet, twiettwiet

Kinder, nun heißt's aufgepasst
Denn jetzt geht es los
Trala do re mi fa sol
Ich bin Bärchen Colargol

Nach dem Titelsong der niederländischen Kinderserie
Beertje Colargol

ERSTER TEIL

1.

Igor schwimmt. Das heißt, »schwimmt« ist nicht das richtige Wort, er weiß nichts von Brust- oder Kraulschwimmen, offensichtlich ist es niemandem je gelungen, ihm das Schwimmen beizubringen. Er bewegt sich im lauwarmen, flachen Wasser, er watet und scheint immer wieder aufs Neue festzustellen, dass Laufen ohne Wasser viel leichter ist. Er geht in die Hocke, schluckt Chlorwasser, weil er vergisst, den Mund zu schließen, prustet, rülpst, manchmal schreit er. Dann schreit die Frau im knallorangefarbenen Badeanzug zurück. »Igor! Nicht schreien!« Die andere Frau, die im Badeanzug mit Blümchen, mischt sich beschwichtigend ein. »Mund zu, Igor. Wenn du untertauchst, musst du den Mund zumachen.« Die beiden Frauen passen auf, dass niemand ertrinkt.

Noch andere sind im Wasser. Manche können schwimmen, ziehen sogar Bahnen. Eine trägt eine Schwimmbrille, die sie bei jeder Wende abnimmt, trocken zu pusten versucht und wieder aufsetzt. Unbeirrbar schwimmt sie hin und her, alle machen ihr Platz. Alle außer Igor. Igor greift nach ihr, zerrt an ihren Beinen, versucht ihr die Schwimmbrille abzunehmen, vielleicht, weil er glaubt, damit könnte auch er schwimmen. »Igor!«, ruft dann die strenge Frau. »Halt nicht dauernd Melissa fest! Lass sie in Ruhe!« Draußen scheint die Sonne, im Schwimmbad ist es fast genauso hell wie vor den riesigen Fensterscheiben. Es könnte Sommer sein, es könnte Winter sein. Igor hat keine klare Vorstellung davon; wenn er nachher ins Freie kommt, wird er es an der Wärme oder Kälte spüren. An kahlen oder belaubten Bäumen sieht er nicht, welche Jahreszeit es ist. Igor ist der größte Jugendliche in der Gruppe. Ein kräftiger, gut gebauter Junge, fast schon ein Mann. Äußerlich ist ihm nichts anzusehen, man könnte ihm auf der Straße begegnen und denken: Mensch, was für ein hübscher Junge. Seine Badehose ist hellblau, sein Haar schwarz, seine Haut bräunlich. Zwei Jungen, die Brüder sein könnten, schlagen ihn mit knackwurstartigen, biegsamen Schwimmhilfen auf den Kopf. Was der eine tut, tut auch der andere, wie bei Zwillingen. Manchmal reagiert Igor darauf, meistens nicht. »Böahh«, sagt er.

2.

»Henny! Aber du kennst doch Henny! Hörst du eigentlich jemals zu, wenn ich was erzähle? Ich glaube nicht, nein. Du hast nie zugehört, dich hat immer nur dein eigener Kram interessiert. Liegt das daran, dass du keinen Vater hattest, nur eine Mutter? Du weißt doch, dass ich jede Woche mit den Behinderten schwimmen gehe! Schon seit Jahren! Nicht, dass es viel einbringen würde, aber deshalb mache ich's ja auch nicht. Das weißt du doch. Und ich mache es nicht allein, das geht gar nicht, dafür sind sie zu viele, und wenn man einen Moment nicht hinsieht, kann einer ertrinken. Ich sagte ›schwimmen‹, aber das ist es natürlich nicht, sie können überhaupt nicht schwimmen. Sie planschen rum, waten ein bisschen hin und her, nehmen eine Schwimmhilfe und hängen sich dran. Du kennst dieses Becken doch, du bist doch selbst mindestens zweimal die Woche im Schwimmbad. In diesem Becken ist das Wasser einen Meter zwanzig tief. Da drin kann man tatsächlich ersaufen! Deshalb sind wir immer zu zweit, immer. Henny und ich. Und jetzt ist Henny, wie gesagt, verschwunden. Na ja, verschwunden, ich weiß, dass sie auf den Kanaren ist, mit ihrem neuen Freund, einem schwarzarbeitenden Handwerker, so ein Typ mit Goldkettchen, gebräunt, mit kahl rasiertem Schädel und einem abgebrochenen Zahn, den er mit Absicht nicht reparieren lässt. Von einem Tag auf den anderen war sie weg, und jetzt hat sie mir über WhatsApp geschrieben, dass es noch eine Weile dauern kann, bis sie wieder zurück ist. ›Ko und ich haben es hier so schön‹, schreibt sie. Kein Wort über die Schwimmstunde, kein Wort der Entschuldigung. Jeden Tag genießen sie das Schwimmen im Pool, schreibt sie, und vor dem Essen ein paar Gläser Rosé. Hörst du mir zu? Simon? Hörst du, was ich sage? Dazu ein Foto von zwei Gläsern

Rosé, der Bauarbeiter trinkt also auch Rosé, der hat das Foto bestimmt nicht seinen Kumpels geschickt. Im Meer schwimmen geht nicht, dafür ist es noch ein bisschen zu kalt, schreibt sie. Und dass sie so wundervolle Nächte erleben, aber das will ich gar nicht wissen. Ich hoffe nur, dass sie sich einen neuen Badeanzug gekauft hat; dieses Blümchending, das sie immer trägt, ist nämlich ein schlechter Witz, aber hier macht das nichts, weil nur die Schwachsinnigen und ich es sehen. Entschuldigung, ›Schwachsinnige‹ darf ich nicht sagen. Ich weiß manchmal einfach nicht, wie ich sie nennen soll, aber wir sind ja jetzt unter uns. Egal, hörst du noch zu? Ich brauche dich. Du musst mir helfen. Ich kann bei der Schwimmstunde nicht allein sein, sonst ertrinkt mir noch einer. Und ich weiß genau, dass bei dir sehr oft das Schild mit ›Geschlossen‹ in der Tür hängt. Öfter ›Geschlossen‹ als ›Offen‹. Ja, das weiß ich, ich höre auch so manches, und ich weiß auch, dass auf dem Schild nicht ›Geschlossen‹ und ›Offen‹ steht, aber ich hab keine Lust, am Telefon Französisch zu sprechen. Warum machst du das? Warum arbeitest du nicht den ganzen Tag? Musst du nicht auch Geld verdienen? Eigentlich wäre es mir lieber, du hättest gar keine Zeit, mir aus der Patsche zu helfen, weil du den lieben langen Tag arbeitest. Was sagt eigentlich dein Opa dazu? Hm? Kommen ihm nicht die Tränen, wenn er jedes Mal das Schild mit ›Geschlossen‹ in der Tür hängen sieht? Der arme Mann. Du bist es ihm schuldig, dass du arbeitest. Verstehst du? Aber nein, das tust du nicht, und deshalb bitte ich dich um Hilfe. Du musst mir helfen, hörst du? Sonst bist du schuld, wenn einer von den Schwachsinnigen ertrinkt. Hast du gehört? Du kannst mich nicht hängenlassen! Und sie sind schon zwei Wochen nicht geschwommen, weil es im März immer eine Art Frühjahrspause gibt, und wenn sie danach wieder ins Bad dürfen, sind sie immer ziemlich wild.«

3.

CHEZ JEAN. Das steht auf der großen Schaufensterscheibe. Simons Großvater heißt Jan, deshalb. Großvater Jan frisierte auch Frauen, Simon nicht oder kaum. Er legt keine Dauer- oder Wasserwellen. Er schneidet und rasiert, wobei Rasieren heute im Allgemeinen bedeutet, dass er Bärte stutzt. In einem Friseursalon, der noch genauso aussieht wie in den Siebzigerjahren des vorigen Jahrhunderts, als Simons Großvater aus *BARBIER JAN* plötzlich *CHEZ JEAN* machte, weil gleich um die Ecke, und eine Ecke weiter, zwei Bistros mit französischen Namen und Korbflaschen an der Decke eröffnet wurden. Ledergepolsterte Frisierstühle mit verchromten Armlehnen. An sämtlichen Wänden alte Reklameschilder. Auf einem Wandbrett stehen sogar noch mehrere alte Flaschen Birkenhaarwasser (»Säfte der Birken, Kräfte die wirken«), und es gibt einen kleinen Schrank mit der Aufschrift *FRICTION.* Er enthält die Flacons mit Duftlotionen für die »Kopfmassage mit Duft nach Ihrer Wahl«. Alte Düfte, eine alte Tradition, aber Simon bietet die Kopfmassage an, und er hat genug Kunden, die sie wollen, oder besser gesagt: wieder wollen. Man muss so etwas nur anbieten. Nach langer Suche hat er einen französischen Lieferanten gefunden. Das Schild in der Tür sagt nicht *GESCHLOSSEN* oder *OFFEN*, sondern *FERMÉ* oder *OUVERT.*

Sein Großvater kommt einmal im Monat für einen Haarschnitt und eine Rasur. Er ist dann der einzige Kunde, weil Simon sich viel Zeit für ihn nimmt. Jan hat ihm alles hinterlassen, sofern man hier von hinterlassen sprechen kann, schließlich ist er nicht tot. Achtundachtzig ist er und hat wunderbares Haar. Und Simon sorgt dafür, dass er, abgesehen von Augenbrauen und Wimpern, sonst kein Haar im Gesicht hat. Sorgfältig entfernt er Nasen- und Ohrenhaare. Jan sieht tipptopp aus, er erzählt, dass er sich der Frauen im Seniorenheim kaum erwehren kann. »Zwanzig Jahre jünger, stell dir vor!«, sagt er. Simon glaubt ihm nicht. Aber es stört ihn nicht. Den Rest des Monats sorgt Jan für sich selbst und rasiert sich so gründlich, dass auch auf der schwierigen, schlabbrigen Haut am Hals keine Stoppeln zurückbleiben. Er trägt saubere Sachen, und er legt Wert darauf, immer denselben Duft zu wählen, wenn Simon ihm zum Schluss eine Kopfmassage anbietet. *Muguet* heißt dieser Duft, recht feminin, aber er steht ihm gut. Er selbst hat seinen Kunden früher immer Kopfmassagen angeboten, und er freut sich, dass Simon wieder damit angefangen hat. »Berechne aber auch einen ordentlichen Aufschlag«, sagt er. »So etwas macht sonst kein Friseur mehr.« Daran hält sich Simon auch, am Anfang vor allem, weil er hoffte, dass dann weniger Kunden kämen, aber alle zahlen gern dafür.

Simon bewohnt die beiden Etagen über dem Friseursalon. Alles gehört ihm und ist abbezahlt. Seine erste Maßnahme war, die nichttragende Wand zwischen Küche und Wohnzimmer eigenhändig herauszubrechen. Danach hat er das Haus seiner Großeltern Schritt für Schritt zu seinem Zuhause gemacht. Er muss nicht ganze Tage das Schild mit der *OUVERT*-Seite in der Tür hängen haben. Vermutlich, denkt er manchmal, wäre er nicht hier, wenn sein Vater noch leben würde. Der saß am 27. März 1977 im falschen Flugzeug. Einem falschen Flugzeug, das auf einer falschen Insel verunglückte. So wie Henny war er urplötzlich in Urlaub geflogen. Allein. Das glaubt jedenfalls Simons Mutter. Simon war noch nicht geboren, möglicherweise wusste sein Vater nicht einmal, dass er geboren werden würde. Simon kam am 4. September 1977 zur Welt, und spätestens nach dem Tod seines Vaters war es ihm vorbestimmt, Friseur zu werden. Ihm ist es recht.

4.

Dreimal in der Woche schließt Simon morgens um halb sieben die Tür des Friseursalons hinter sich ab und radelt zum Schwimmbad. Dort schwimmt er von sieben bis acht. Eine Stunde ohne Pause. Im Schwimmbad ist es dann immer ruhig, er zieht seine Bahnen zwischen anderen Schwimmern, die nicht reden. Es ist sehr still, niemand kommt her, um Leute zu treffen und sich zu unterhalten. Das Klatschen von Wasser gegen den Beckenrand, mitunter draußen weit weg ein Radio. Ansonsten wird, manchmal verbissen, geschwommen. Er beachtet niemanden, nur hinterher beim Duschen nickt er den Leuten zu, die er kennt, die immer da sind. Sie nicken zurück. Natürlich sind manche dabei, die er gern betrachtet. Sie wissen nicht, dass er Friseur ist, keiner kommt auf die Idee, sich von ihm die Haare schneiden oder rasieren zu lassen. Er weiß auch von den anderen nicht, was sie beruflich machen, außer vom Bademeister, denn der ist Bademeister.

(In Simons Schlafzimmer hängen Poster von Schwimmern. Alexander Popow, Matt Biondi, Mark Spitz. Er hat sie aus der Wohnung seiner Mutter mitgebracht. Spitz feierte seine Triumphe lange vor Simons Zeit, aber Simon fand ihn sehr anziehend, erst später fiel ihm auf, dass er wie ein Pornostar der Siebziger aussah. Fast nie kommt jemand in sein Schlafzimmer, deshalb hat er die Poster aus seinem Kinderzimmer aufgehängt.)

Heute schwimmt er zum Vergnügen, früher hat er täglich trainiert, im selben Schwimmbad. Er schwamm Wettkämpfe, gewann hin und wieder, stellte aber nach einiger Zeit fest, dass Gewinnen aus irgendeinem Grund nicht zu ihm passte. Er konnte es – nur nicht, wenn er wollte oder musste. Das nützt wenig, wenn man niederländischer Meister werden will oder von Spitzenzeiten träumt, wie Popow sie schwamm. Dem übrigens ein aserbaidschanischer Straßenverkäufer in Moskau ein Messer in den Bauch gerammt hat, kurz nach den Olympischen Spielen 1996. Popow war mit dem Mann in Streit geraten. Fast wäre er gestorben. Ein Messer in diesem Bauch, dem schönsten Bauch, den es im Männerschwimmsport je gegeben hat. Simon hat lange gebraucht, um so schwimmen zu können, wie er es jetzt tut. Jahrelang hat er sich verflucht, hat selbst nicht verstanden, warum er in Chlorwasser sprang, wenn es doch nichts brachte. Heute kann er es, schwimmen um des Schwimmens willen, und er ist froh, dass er nie aufgehört hat.

Er selbst hat nur wenig Haar. Alle zwei Wochen stellt er einen Haarschneider auf Stufe 0,5 ein, und elf Minuten später ist er fertig. Es ist schwierig, viel schwieriger, als jemand anderem die Haare zu schneiden. Bei einem anderen hat man die Spiegelansicht und den echten Kopf. Bei sich hat er nur den Kopf im Spiegel.

5.

»Ich hab einen Film gesehen«, sagt der junge Mann auf dem Stuhl. »Einen Film, in dem viele sterben.«

Simon erwidert eigentlich nie etwas, er lässt die Kunden plaudern. Nur ab und zu sagt er »Hm« oder »Boh«. Er schneidet und rasiert, er massiert den Kopf. Er ist hier nicht als Therapeut angestellt.

»Ein Mann konnte ein letztes Mal mit seiner Frau telefonieren. ›I love you‹, sagte er. ›I love you so much.‹ Find ich völlig unglaubwürdig. Wenn ich wüsste, dass ich sterbe, ich meine, nicht in ein paar Monaten, sondern in einer Minute, da würd ich doch nicht meine Freundin anrufen, um ihr zu sagen, dass ich sie liebe, oder? Dann hätte ich doch ganz andere Sorgen.«

»Hm«, sagt Simon. Er zieht den Kopf des jungen Mannes etwas nach hinten, dieser Kunde ist nicht zum Haareschneiden, sondern zum Bartstutzen hier. Einen von diesen Hipsterbärten hat er. Offenbar können die jungen Männer die nicht selbst trimmen, und offenbar haben sie genug Geld, das von Simon machen zu lassen. Sonst ist niemand da, er kann in aller Ruhe diesen Bart stutzen. Niemand drängt ihn. Gut riecht er, der junge Mann. Das Privileg des Friseurs: Man hält sie auf dem Stuhl gefangen, sie sind einem ausgeliefert. Er streicht mit dem Finger über Adamsäpfel, über Nacken, und sie glauben, dass all das zu seiner Arbeit gehört. Dieser hier wird gleich, wenn der Bart fertig ist, auch eine Kopfmassage wollen, die will er immer. Wohl eher, weil er es mag, die Kopfhaut massiert zu bekommen, vermutet Simon, weniger wegen des Dufts oder der angeblich heilsamen Wirkung der Lotion. Sein Haar ist kräftig und voll, und er ist so überheblich zu glauben, dass das immer so bleiben wird. Vielleicht denkt er an seine Freundin, wenn Simon sich mit seiner Kopfhaut beschäftigt.

»Stimmt doch, oder? Würdest du jemanden anrufen, wenn du abstürzt?«

»Ach«, sagt Simon. Das ist das dritte Wort, das er gebraucht. *Ach.* Sie merken es gar nicht, weil er einfach weiterarbeitet. Er benutzt das altmodische Rasiermesser, wobei er den Daumenballen der linken Hand an der Kinnlade anlegt. Darunter wölbt sich die dicke Halsschlagader.

»Nein«, sagt der junge Mann. »Echt nicht. In so einem Moment ist doch jeder nur mit sich selbst beschäftigt, oder?«

Das könnte stimmen. Simon denkt jetzt auch an etwas völlig anderes. Abstürzen. Wissen, dass man nichts dagegen tun kann. Obwohl dieser Moment bei seinem Vater sehr kurz gewesen sein wird, weil das Flugzeug, in dem er saß, gerade erst abgehoben und noch nicht einmal eine Höhe von zwanzig Metern erreicht hatte. Oder vielleicht dreißig. Er hat diese ganze Vatergeschichte immer seiner Mutter überlassen, sie gehörte ihr. Sie hatte das Monopol darauf. Es war ihre Katastrophe, ihr Schmerz, es waren ihre Erinnerungen. Er streicht mit der Hand über den Hals des Jungen. In Gedanken nennt er ihn einen Jungen, dabei ist er selbst nicht viel älter. Na gut, zehn Jahre. Vielleicht fünfzehn. Mit dem Zeigefinger folgt er der Halsschlagader, spürt die dünne Haut, das schwache, abweisende Pochen des Blutes. Der Friseur, der gar keinen Grund hat, den Hals eines Kunden auf diese Weise zu betasten. Der junge Mann merkt es nicht, oder es stört ihn nicht. Simon reibt seinen Hals mit einer teuren Creme ein.

»Machst du auch noch schnell die Haare?«, fragt der junge Mann.

»Natürlich«, sagt Simon.

»Fein«, sagt der junge Mann. *Fein.*

Am Abend, im Bett, denkt Simon an Alexander Popow. Dieser Bauch mit einem Messer drin. Sein Zeigefinger scheint immer noch eine Erinnerung an das schwache Pochen des Blutes zu bewahren. Das Rasiermesser, noch so etwas: Sie sind versessen darauf, sie glauben, beim Rasieren mit dem altmodischen Ding wäre das Erlebnis stärker, intensiver, echter. Rasieren ist rasieren. Er selbst hat einen Elektrorasierer, trocken oder nass, das spielt keine Rolle.

6.

Am nächsten Morgen um sechs macht er Kaffee. Draußen passiert noch nicht viel. Das Radio läuft. Essen wird er nichts, das kommt später, zwischen seiner Rückkehr und dem ersten Kunden. Heute kommt der erste Kunde nicht vor halb eins. Er trinkt den Kaffee im Stehen am Küchenfenster. Es wird hell, das Muster aus Ästen im Gartenhof löst sich von den Häusern gegenüber und wird zu einem Baum. Nicht mehr lange, und an den Zweigen werden Blätter sein. Ein paar Vögel singen. Simon denkt an nichts. Er hat gut geschlafen. Nicht geträumt, und wenn doch, hat er es vergessen. Gegenüber brennt noch nirgends Licht. Er spült die Kaffeetasse aus und stellt sie auf die Arbeitsplatte. Dann nimmt er seine Tasche vom Küchentisch und geht die Treppe hinunter.

»Guten Morgen«, sagt der Bademeister.

»Guten Morgen«, sagt Simon.

Ein paar Schwimmer sind schon im Wasser. Niemand nimmt von ihm Notiz. Er benetzt seine Schwimmbrille und setzt sie auf. Bahn eins ist seine Bahn, er schwimmt gern nah am Beckenrand. Sonst ist niemand in Bahn eins. Er schwimmt. Eine Stunde. Hin und her. Nach etwa zehn Bahnen weiß er kaum noch, was er da macht. Seine Arme und Beine tun, was sie tun müssen, seine Atmung wird allmählich besser. Er hört nicht viel, merkt aber, dass er in der Bahn nicht mehr allein ist. Niemand stört ihn, er hält sich rechts, die anderen tun das auch. Es ist die Stunde, in der es still ist, erst später wird das Schwimmbad zu einem Lärmkessel.

Als er unter der Dusche steht und der Mann neben ihm etwas zu wild den Kopf schüttelt, sodass Shampoo in Simons

Augen landet, denkt er an die »Schwachsinnigen« seiner Mutter.

»He!«, sagt Simon.

»Sorry«, sagt der Mann.

»Macht nichts.«

Der Mann lächelt. Genauer gesagt, er zieht einen Mundwinkel hoch. Simon kann sich nicht erinnern, ihn schon einmal gesehen zu haben. Nach dem Abtrocknen und Anziehen geht er nicht gleich zum Ausgang, sondern durch den Korridor, der zum zweiten, kleinen Becken führt. Eine spiegelglatte Wasseroberfläche. Das Becken ist um einiges größer, als er sich vorgestellt hat. Er überlegt, ob er hier jemals gewesen ist, obwohl er natürlich wusste, dass es dieses Becken gibt. Hier finden Aquafit-Kurse für Senioren statt, Schwimmunterricht für Kinder, ein paar Stunden sind für Reha-Training reserviert. Es riecht ganz anders als im großen Bad, süßlich. Je nachdem, was gerade stattfindet, geht es sicher sehr unterschiedlich zu. Alte Leute brüllen nicht, Reha-Patienten ächzen leise oder machen Geräusche, die nach entschlossener Anstrengung klingen. Nur die geistig Behinderten machen wahrscheinlich Krach. Er schüttelt den Kopf und dreht sich um.

Vor dem Ausgang steht der Mann mit den frisch gewaschenen Haaren. Er raucht.

»Hallo«, sagt er.

»Hallo«, sagt Simon.

Inzwischen ist es hell. In dem schwarzen Beet vor dem Schwimmbad wachsen Dutzende von Narzissen, ein paar sind geknickt. Die Luft ist frisch und klar. Simon sieht die Frühlingsblumen, er nimmt sie zur Kenntnis, doch ein Gefühl von Frühling stellt sich nicht ein. Der Mann wirft seine Zigarette zwischen die Narzissen. Zusammen starren sie einen Moment auf die glimmende Kippe. »Ekelhaft, eigentlich«, sagt der Mann. Simon schaut ihn an. Er könnte jetzt auch sagen, dass es ekelhaft ist, aber das tut er nicht.

7.

Fast nie betritt jemand sein Schlafzimmer, aber er schämt sich nicht für die Poster. Er hat sie rahmen lassen, es sind keine Jugendzimmerposter mehr. Sie sind zu Kunst geworden, die Rahmen waren viel teurer als die Fotos. Die Vorhänge sind zugezogen, sie färben das Licht im Zimmer rötlich. Der Mann hat sich auf die Seite gedreht und ist eingeschlafen. Seine Haut war spröde vom Chlorwasser. Egal, wie lange man duscht und wie viel Shampoo oder Duschgel man benutzt, Chlorwasser haftet. Wegen der Zigarette roch sein Atem schwach nach Ammoniak. »Geil«, hat er gesagt, als er Popow sah. Simon liegt auf dem Rücken, er möchte auf keinen Fall einschlafen. Bald kommt der erste Kunde, er weiß nicht, wie spät es ist. Er müsste den Mann wecken, ihn wegschicken. Aber erst noch einen Moment liegen, auf dem Rücken.

Schneiden und rasieren, essen und trinken, schwimmen. Toter, unbekannter Vater, leicht hysterische Mutter. Nie einen festen Freund gehabt. Vielleicht allzu einfach eine Arbeit gefunden, sie ist ihm in den Schoß gefallen. Natürlich war er auf der Friseurfachschule, aber wollte er Friseur werden?

Er dreht den Kopf zur Seite, inspiziert den schutzlosen Nacken des Mannes. Er hat rotes Haar, glatt. Rothaarige haben oft viel Nackenhaar, das schneller zu wachsen scheint als das Kopfhaar und als erstes grau wird. Ich könnte anbieten, ihm den Nacken zu rasieren, denkt Simon. »Friseur!«, hat der Mann gerufen, als sie den Salon betraten. Er setzte sich auf einen Stuhl und blickte Simon im Spiegel an. »Ja, Friseur«, sagte Simon. Er hat keine Ahnung, was der Mann beruflich macht, wieso er an einem Wochentag hier einfach einschlafen kann. Auf jeden Fall sehe ich immer Haare, das ist doch normal für einen Friseur, denkt Simon, so wie ein Anstreicher abblätternde Farbe sieht oder ein Gärtner wuchernde Sträucher. Ich bin darauf eingestellt. Nicht eingestellt ist er auf einen schlafenden Mann in seinem Bett.

8.

»Es ist noch schlimmer, als ich dachte! Jetzt kommt sie gar nicht mehr zurück. Sagt sie jedenfalls. Ko hat einen Auftrag übernommen, schreibt sie. Einen großen Auftrag, ein Haus für irgendeinen Engländer. Es wimmelt da von Engländern, dieselben ordinären Touristen wie hier. Die ertrinken doch reihenweise in den Grachten, wenn sie zu viel gesoffen oder gekokst haben, stimmt's? ›Es ist immer noch wundervoll hier, ich blühe richtig auf‹, schreibt sie, und darunter wieder ein Foto von Ko in Badehose, mit diesem flachen Bauch und einem Goldkettchen. Und der ist auch keine dreißig mehr. Um die sechzig. Wie hat sie das bloß wieder geschafft? Verrückt geworden ist sie! Henny in ihrem Blümchenbadeanzug. Sie haben einen Ausflug zu einem Vulkangipfel gemacht. ›Da hat es fürchterlich gestunken‹, schreibt sie. Was stöhnst du so? Was machst du?«

(Der Mann steigt aus dem Bett. Dafür muss er über Simon klettern. Es erinnert Simon an einen Traum, in dem Ian Thorpe immer wieder über ihn drübermusste, weil es klingelte. Thorpe war schwer, und Simon war wie ein Treppchen in einem Schwimmbecken; es ging auf- und abwärts. Der Schwimmer kam jedes Mal zurück, egal, wer geklingelt hatte. Diese Gewissheit seiner Rückkehr: ein wunderschöner Traum, der noch ein Weilchen nachgeglüht hatte. Tagelang hatte Simon die unbestimmte Vorstellung, dass Ian Thorpe tatsächlich sein Freund war und dass er selbst wiederum dem australischen Schwimmer nicht aus dem Kopf ging. Während seine Mutter weiterplappert, ohne eine Antwort oder Reaktion zu erwarten, zieht der Mann sich still wieder an. Seltsam: dieser Körper, zu dem Simon so selbstverständlich Zugang hatte, schon wieder unzugängliches Terrain. Allein durch das Anziehen einer Hose und eines T-Shirts sind sie wieder zwei Männer für sich. Der Mann macht den Reißverschluss seiner Jacke zu, hält den Daumen ans Ohr und den kleinen Finger an den Mund, dreht sich um und verlässt das Zimmer. Telefongeste hin oder her, Simon hat seine Nummer nicht und der Mann nicht seine. Keine Nummer und keinen Namen. Simon lässt seine Mutter noch einen Moment reden, ohne hinzuhören, und schaut auf die Uhr. Viertel vor zwölf.)

»… noch nie einen Vulkan gesehen, und jetzt mit ihrem Freund …«

»Ich hab gleich einen Kunden.«

»Einen Kunden? Na, das gehört ja auf die Titelseiten. Hauptsache, du hast nächsten Samstagvormittag keinen Kunden, dann musst du mir nämlich helfen. Und stell dich schon mal drauf ein, dass du mir noch öfter helfen musst, denn falls Henny nicht bloß Unsinn verzapft, sehen wir sie nie wieder. Ich hab schon Bescheid gesagt, dass man einen Nachfolger für Henny suchen muss, denn eigentlich darfst du mir gar nicht helfen, weil du nicht qualifiziert bist, aber so was geht eben nicht von heut auf morgen, und alle wissen auch, dass ich es nicht allein kann, deshalb sind sie schon heilfroh, dass du mir assistierst, auch wenn sie gesagt haben, dass das eigentlich nicht geht und nicht erlaubt ist, aber ich hab gesagt: ›Der Junge schwimmt dreimal pro Woche, der ist im Schwimmbad praktisch zu Hause, für den ist das ganz selbstverständlich, und er wird bestimmt niemanden ertrinken lassen‹, und ich hab auch gesagt, dass du mit dieser Altersklasse sehr gut zurechtkommst, weil du selbst noch ein Kind bist, ein großes Kind mit einem Friseursalon. Nein, das hab ich nicht gesagt, natürlich nicht, aber gedacht hab ich's schon. Mein Gott, Henny und Ko. Glaubst du, dass ich neidisch bin? Bin ich neidisch? Ich frag mich schon, wie es möglich ist, dass eine Frau wie Henny jetzt mit so einem schlanken, sportlichen Mann auf einer tropischen Insel wohnt. Ist das da überhaupt schon tropisch? Oder subtropisch? Was hat sie, das ich nicht habe? Liegst du eigentlich noch im Bett? Höre ich das richtig? Wieso sagst du nicht einfach ja, wenn ich dich bitte, mir zu helfen? Muss ich betteln? Willst du das? Wenn du mir nicht hilfst, muss ich das Schwimmen absagen, allein kann ich das wirklich nicht.«

»Gut«, sagt Simon. »Ich komme. Ich helfe dir.«

»War das nun so schwierig? Du bekommst allerdings nichts dafür, das kann ich nicht ändern, sie können dir nicht einfach Hennys Honorar geben, das siehst du sicher ein. Aber du brauchst ja nicht dringend Geld, oder?«

»Nein, Mutter, ich brauche nicht dringend Geld.«

»Schön. Gut. Es fängt um elf Uhr an, sieh zu, dass du um halb elf da bist. Stell dich nur drauf ein, dass sie nicht so sind wie wir, aber das ist dir bestimmt klar, es sind welche dabei, die sich ständig an einen klammern, sie haben wirklich eine ganz andere Art von … ja, wie soll ich das ausdrücken? Ein ganz anderes Verhältnis zum Körperlichen, zum Beispiel wollen sie einen ständig küssen, da haben sie überhaupt keine Hemmungen, sie finden das einfach schön, sie können sich nicht vorstellen, dass Menschen wie wir das nicht so ohne Weiteres machen, dass es unpassend ist oder unerw…«

»Schon gut. Ich werde mich zu wehren wissen.«

9.

Der Kunde ist eine Kundin, die Freundin des jungen Mannes mit Hipsterbart. Eine der wenigen Frauen, die Simon frisiert. Eines Tages waren die beiden zusammen gekommen. Die Frau hatte gleich angefangen zu schnuppern. »Das riecht aber gut hier«, sagte sie. Es war das erste und letzte Mal, dass sie zusammen in den Salon kamen. Gut, dass Simon sich meistens auf Ausrufewörter beschränkt, sonst würde er ihr vielleicht erzählen, dass ihr Freund, wenn es darauf ankommt, nicht an sie denken wird. Vielleicht wollen sie ja sogar ihn, Simon, als Mittelsmann benutzen. Menschen ... man weiß nie, was sie wirklich wollen, was sie wirklich meinen. Auf jeden Fall reden beide gern. Vor allem über sich selbst. Während Simon kaputte Spitzen abschneidet, rekapituliert er frühere Gespräche. Haben sie ihn jemals etwas gefragt?

»Jasons Bart sah wieder scharf aus«, sagt sie.

»Hm«, sagt Simon. Die Frau hat wunderschönes, kräftiges, dunkelblondes Haar, das immer richtig fällt. Also nicht zu kräftig, denn sonst wäre es nicht zu bändigen. Simon hat noch nie ein Friseurekzem gehabt. Die Duftwässer, die er für die Kopfmassage verwendet, bestehen aus natürlichen Zutaten – schon deshalb sind sie ziemlich teuer –, und wenn irgend möglich, nimmt er für die Haarwäsche kein Shampoo. Das Haar der Frau, Martine heißt sie, hat er nur angefeuchtet. Wenn er fertig ist, wird er es trockenföhnen. Eine Kopfmassage möchte sie nicht. Das sei etwas für Männer, die es genießen, wenn ein anderer Mann ihnen die Kopfhaut massiert, meint sie.

»Nächste Woche geht's in den Urlaub«, sagt Martine. »Deshalb bin ich jetzt hier. Altmodisch, was? Urlaub? Zum Friseur. Geburtstag? Zum Friseur.«

»Wohin geht's?«, fragt Simon. Er schaut sie kurz im Spiegel

an, fast so, als wollte er sehen, ob die unerwartete Frage sie ebenso überrascht wie ihn selbst.

»Malediven. Wunderschön. Drei Wochen, und mit etwas Glück hat hier auch der Frühling richtig angefangen, wenn wir wiederkommen.«

»Hm«, sagt Simon. Da kann man nur hoffen, dass sie nicht abstürzen. Ach was, sie sitzen ja zusammen im Flugzeug, Jason braucht sie also nicht anzurufen, um ihr zu sagen, dass er sie liebt. Er kann es ihr an Ort und Stelle sagen. Oder auch nicht.

Simon ist ein einziges Mal in seinem Leben geflogen, hat aber keine Erinnerung daran. Drei oder vier war er damals. Nach Teneriffa, Flughafen Reina Sofia. Los Rodeos wurde da für internationale Flüge schon kaum noch benutzt. Zu neblig. Zu gefürchtet. Das falsche Ende der Insel. Am nächsten Tag flogen sie schon wieder zurück, nachdem seine Mutter und er mit dem Bus über die Autobahn auf die andere Seite gefahren waren, sich dort umgeschaut hatten, zurückgefahren waren. Er weiß es, weil es ihm erzählt wurde, aber er kann in seinem Gedächtnis graben, solange er will, nie wird eine Erinnerung daran wach. Höchstens falsche Erinnerungen, wenn er, was äußerst selten vorkommt, die Fotos betrachtet, die seine Mutter an jenem Tag gemacht hat. Fotos von leeren Lande- oder Startbahnen und dem massiven Tower, verschwommene Berge, darüber Wolken. Vielleicht hätte er doch etwas behalten, wenigstens einen Geruch, wenn es keine Fotos gegeben hätte.

Während er Martines Haar föhnt, denkt er zum ersten Mal seit dem Telefongespräch mit seiner Mutter wieder an den rothaarigen Mann, der über ihn hinüber aus dem Bett gekrochen ist. Martine unterbricht ihn.

»Wir sind seit fünf Jahren zusammen«, erklärt sie. »Deshalb.«

»Hm«, sagt Simon.

»Deshalb der Urlaub. Schön, nicht?«

Erst jetzt wird ihm etwas bewusst, was seine Mutter über Henny und ihren Bauarbeiter gesagt hat: dass sie auf den Kanaren sind. Regt sie sich deswegen so auf? Sind sie auf Teneriffa? Nicht unbedingt natürlich, es gibt noch genügend andere Kanareninseln. Gran Canaria. Lanzarote und ... Weitere fallen ihm nicht ein. Am Samstag nicht vergessen, danach zu fragen. Er schaltet den Föhn aus und geht zum Tresen. Da liegt ein großer Terminkalender. Aus dem Augenwinkel sieht er, dass Martine sich mit der Hand durchs Haar streicht. Das ärgert ihn. Ist den Leuten nicht klar, dass das fast unhöflich ist? Dann schaut er durch die Scheibe mit *Chez Jean* nach draußen. Es hat angefangen zu regnen. Der Samstag ist frei, ganz frei, wie erwartet.

»Fertig?«, fragt Martine.

»Fertig«, sagt Simon. Als sie hinausgeht, ruft er ihr noch gespielt fröhlich »Schönen Urlaub!« zu.

Er setzt sich auf den Stuhl am Fenster. Den einzigen Frisierstuhl im Salon, der zu nichts dient. Nie sitzt dort jemand, weil Simon nur nach Terminvereinbarung schneidet und rasiert. Schon die bloße Vorstellung, dass jemand hinter ihm sitzen und warten würde, während er arbeitet, ist ihm zuwider. Das Schild mit *OUVERT* und *FERMÉ* hängt fast immer mit der *FERMÉ*-Seite nach außen an der Tür, die Stammkunden wissen das und lassen sich nicht abschrecken. Die beiden Einzigen, die etwas daran auszusetzen haben, sind seine Mutter und sein Großvater. »So schreckt man die Leute ab«, sagt sein Großvater. Wenn Simon antwortet, vielleicht sei genau das seine Absicht, sagt er: »Komischer Vogel«, aber weil er seinem Enkel wohl anmerkt, dass er keinen Scherz macht, belässt er es dabei.

Zu Chez-Jean-Zeiten war der Salon immer gerammelt voll. Nicht nur von Kunden, die sich die Haare schneiden lassen wollten. Auf der Theke stand eine Kaffeemaschine, eine Wigomat, mit der alle Leute aus der Gegend sehr gut umgehen konnten. Der Salon war eher eine Art Nachbarschaftstreff als ein Friseursalon, und genau so wollten es Simons Großeltern. Simons Vater – Cornelis hieß er – fand es schrecklich. Zwischen ihm und den Großeltern soll es öfter Streit gegeben haben, wobei sich Simons Vater vor allem an den vielen »Schnorrern« im Salon störte, wie er die Frauen und älteren Männer aus dem Viertel nannte. Für Simon sind das nur Geschichten. Alles aus zweiter Hand. Die Kunden wollten viel lieber zu seinem Großvater als zu seinem Vater. Aber kann er einem fast Neunzigjährigen, der damit angibt, dass er sich der Frauen im Altenheim kaum erwehren kann, überhaupt etwas glauben?

Nicht viele Leute gehen durch die schmale Straße. Es ist keine Einkaufsstraße. In der Nähe gibt es einen Fahrradladen und ein Stück weiter ein Rahmen- und Farbengeschäft. Zwei Therapeuten. Aber die haben weder ein Schaufenster noch eine offene Tür. Von den Anwohnern, denen der Salon vor vierzig oder vielleicht noch dreißig Jahren als Nachbarschaftstreff diente, dürften nicht mehr viele übrig sein. Oder sie sind in Seniorenwohnungen in Almere umgezogen. Ich müsste mal mit Opa nach Westgaarde, denkt Simon, während er zu den nassen Häusern auf der anderen Straßenseite hinüberstarrt, ohne etwas zu sehen. Es ist Mitte März. Mit Opa oder allein. Er steht auf, nimmt den weichen Besen, kehrt Martines Haare sorgfältig zu einem Häufchen zusammen und das Häufchen mit dem Handfeger aufs Blech.

Dann steht der Mann mit den roten Haaren vor dem Fenster. Seine Haare sind feucht, und er zeigt mit hochgezogenen Schultern auf das Schild an der Tür. Simon schüttelt den Kopf und winkt ihn herein. Der Mann öffnet die Tür, ein wenig schüchtern. Gespielt schüchtern. »Würdest du …«, sagt er.

»Setz dich«, sagt Simon.

Der Mann zieht die Jacke aus und nimmt ohne ein weiteres Wort Platz.

Simon legt ihm keinen Frisierumhang um. Damit gibt er ihm zu verstehen, dass es sich um keinen normalen Friseurbesuch handelt. Er nimmt ein Nackenmesser von dem Wägelchen neben dem Stuhl und fängt an, die wirren grauen Haare vorsichtig wegzuschaben. Ich weiß immer noch nicht einmal, wie er heißt, denkt er. Hat er draußen im Regen gestanden und gewartet, bis Martine herauskam? Der Mann weicht seinem Blick im Spiegel aus. Simon weiß nicht, was er von der Sache halten soll. Ist es das Ende oder ein Anfang? Er legt das Messer weg und entfernt mit einer weichen Bürste die Härchen aus dem Nacken. Dann legt er dem Mann die Hände auf die Schultern. »Fertig.«

»Danke«, sagt der Mann. Er streicht mit der Hand über seinen Nacken und steht auf. »Wir sehen uns«, sagt er und geht zur Tür. Er hat nicht einmal angeboten zu bezahlen. Er dreht das Schild um, sodass Passanten, sofern es ihnen auffällt, nun *OUVERT* statt *FERMÉ* lesen können. »Tschüs, Jean«, sagt er. Die Ladenglocke hallt noch ein Weilchen nach.

Simon geht die Treppe hinauf und macht mit der teuren Siemens-Maschine einen Espresso. Die Zeit der Kaffeemaschine im Salon ist vorbei, schon sehr lange. Wigomat, dass ich diesen Namen im Kopf habe, denkt er. Ich bin noch halbwegs jung, denkt er, und doch schon ein bisschen alt. Er fühlt sich nicht abgewiesen. Er fühlt sich nicht erleichtert. Er denkt nicht:

»Blödmann«. Jemand hat ihn »Jean« genannt, und so heißt er nicht. Eigentlich fühlt er gar nichts. Nicht einmal, dass der Salon unten aus unerfindlichen Gründen offen statt geschlossen ist, macht ihn nervös.

10.

»Ich arbeite an einem neuen Roman«, sagt der Schriftsteller mit dem einst strohblonden Haar.

»Ach«, sagt Simon.

»In dem ein Friseur die wichtigste Figur ist.«

»Hm.«

»Deshalb wollte ich fragen, ob ich nicht ein paar Tage hier sitzen darf.«

»Hier?«, fragt Simon.

»Natürlich nicht auf diesem Stuhl.« Er zeigt auf den Stuhl am Fenster. »Da zum Beispiel, oder vor der Wand.«

»Und dann?«, fragt Simon. Vor der Wand ist ganz ausgeschlossen, das ist genau die Stelle, an der er niemanden haben will, die Stelle, von der aus man ihm auf den Rücken schaut.

Der Schriftsteller mit dem inzwischen grauen Haar kommt schon seit Jahren. Ein paar kleine Ringe im linken Ohr, die Hände im Schoß unter dem Frisierumhang gefaltet, die Schuhe fest auf der Fußstütze. Fast immer teilt er Simon mit, warum er auf dem Stuhl sitzt. Ein Literaturfestival in London. Eine Buchvorstellung in der niederländischen Botschaft in Berlin. Eine Preisverleihung in Spanien. Er ist wie Martine und Jason, altmodisch, in gewisser Weise. Irgendetwas steht bevor, etwas mit anderen Menschen, eine Feier, ein Urlaub, eine Tagung, also geht man zum Friseur. Aber der Schriftsteller ist doch nicht ganz wie Martine und Jason, denn er leidet unter starker Flugangst. Er reist ausschließlich mit dem Zug. Simon will ernsthaft auf seine Frage eingehen, der Mann ist nicht irgendein Möchtegernschriftsteller. Seine Bücher werden übersetzt, er bekommt im Ausland Literaturpreise, er kann vom Schreiben leben. Simon hält sich selbst für einen Durchschnittsleser. Er besitzt alle Bücher von diesem Autor, aus dem einfachen Grund, dass der sie ihm schenkt. Simon hat die Romane gelesen, und jedes Mal wenn der Schriftsteller vor ihm auf dem Stuhl sitzt, befürchtet er, gefragt zu werden, wie ihm dieser oder jener Roman gefallen hat, obwohl er eigentlich weiß, dass der Schriftsteller ihn das nie fragen würde, weil es ihn anscheinend nicht interessiert. Eins der Bücher, *Unten ist es kühl*, über eine Tochter, die eines Tages ihre Mutter in den Keller schafft, weil sie sie nicht mehr erträgt, hat ihm sehr gut gefallen.

»Du brauchst mich gar nicht zu beachten«, sagt der Schriftsteller.

»Na ja …«, sagt Simon.

»Es geht darum, dass ich sehe, was du machst, dass ich höre, welche Wörter du gebrauchst, Wörter, die was mit Haareschneiden und Rasieren zu tun haben und die ich nicht kenne.«

»Aber ich sage fast nie was.«

»Ist das so?«

Nein, denkt Simon, das ist nicht so. Mit diesem Mann spricht er. Dieser Mann stellt ihm nämlich Fragen, dieser Mann ist kein Durchschnittskunde.

»Übrigens, pass bitte auf«, sagt der Schriftsteller, »da am Hinterkopf, über dem rechten Ohr, ist wieder so ein Knubbel. Da ist man fünfzig und hat immer noch Pickel! Und ich notiere dann natürlich auch, was so gesagt wird.«

Vorsichtig manövriert Simon den Haarschneider um den Knubbel herum. »Die meisten Kunden reden einfach drauflos«, sagt er. »Über alles Mögliche, kommt nicht drauf an. Ich brauche eigentlich gar nichts zu sagen.«

»Und ich will auch nicht gleich morgen kommen. Nur, wenn ich dich brauche.«

»Es wäre aber gut, wenn du vorher Bescheid sagst, es gibt Tage, an denen ich nur einen Kunden habe.«

»Gut.«

Simon wählt einen anderen Kammaufsatz. Stufe 0,5 für die Seiten und hinten, Stufe zwei für oben. Eine schöne Bürstenfrisur hat der Schriftsteller. Er sieht den alten, verwitterten Kopf eines toten Schriftstellers vor sich. Eines Schriftstellers mit einem einzigen Namen, der ihm gerade nicht einfallen will. Einem Pseudonym.

»Ich muss morgen nach Aachen.«

»Was gibt es da?«

»Ach, eine Lesung. Nichts Besonderes. Oder vielmehr doch, zusammen mit Daniel Kehlmann, der hat vor einiger Zeit wieder ein tolles Buch geschrieben, über Tyll Ulenspiegel.«

»Nie von ihm gehört«, sagt Simon.

»Warum auch?«, sagt der Schriftsteller. »Ich gehe immer davon aus, dass mich niemand kennt, dann wird man auch nicht enttäuscht.«

Ja, denkt Simon.

»Ich habe gewaltigen Respekt vor diesem Kehlmann. *Das* ist ein Schriftsteller. Eigentlich hab ich vor fast allen anderen Schriftstellern großen Respekt, ich hab das Gefühl, dass sie richtige Schriftsteller sind und ich mehr oder weniger aus Versehen dazwischengeraten bin. Wie ein Walross unter Seehunde.«

»Ein Walross?«

»Ja, oder ein Kormoran in einer Schar Möwen. Was weiß ich. Auf jeden Fall ein Tier einer anderen Art, das sich dann ein bisschen blöd umsieht und fragt, wie um alles in der Welt es da reingeraten ist.« Der Schriftsteller entflicht seine Finger, zieht eine Hand unter dem Frisierumhang hervor, reibt sich die Nase. »Alles nur Gelaber«, sagt er dann leise.

»Was?«

»Gelaber«, wiederholt der Schriftsteller etwas lauter. Er zupft den Frisierumhang glatt und faltet wieder brav die Hände. Simon braucht ihn nicht zu rasieren, denn er hat kaum

Bart. Männer mit rotem oder hellblondem Haar haben in der Regel wenig Bartwuchs. Nein, nicht wenig, sondern spärlichen. Nicht genug, um einen schönen Vollbart zu kultivieren. Simon weiß, dass der Schriftsteller allein ist, wie er selbst. Vor etwa drei Jahren hat er einmal, ohne sich eigentlich angezogen zu fühlen, darüber nachgedacht, ob er mit diesem Mann zusammenleben könnte. Der Schriftsteller kommt oft in den Salon, das bringt das Schneiden mit einem Haarschneider so mit sich, und er schien interessiert zu sein. »Hallo, Friseur«, sagt er beim Hereinkommen, andere Leute sagen »Guten Morgen« oder »Guten Tag«, es gibt sogar einen, der »Da bin ich«, sagt, als würde Simon schon seit Stunden voller Vorfreude auf ihn warten. In diesem Fall reicht es ihm, seinen Beruf ausgesprochen zu hören. Sie sprechen sich gegenseitig mit ihren Berufsbezeichnungen an wie andere mit ihren Namen. Es dauerte nicht lange, dieses Nachdenken, denn irgendetwas muss es doch geben, das alles in Gang bringt, so wie die Halsschlagader von Jason, ein Entdecken oder Erspüren des anderen Körpers. Der Kopf des Schriftstellers blieb der Kopf des Schriftstellers, nicht mehr, nicht weniger.

»Walrosse, das sind die mit diesen irrwitzigen Stoßzähnen, die können richtig blöd gucken.«

»Was?«

»Schon Pläne fürs Wochenende?«

»Nein. Oder doch, morgen gehe ich mit geistig Behinderten schwimmen.«

»Mit geistig Behinderten? Schwimmen?«

»Wahrscheinlich mehr planschen. Aufpassen, dass sie nicht ertrinken.«

»Eine noble Aufgabe. Dafür zahlt man dir sicher nichts.«

»Richtig. Die Kollegin von meiner Mutter, Henny heißt sie, hat sich auf eine Kanareninsel davongemacht. Ich springe für sie ein.« Er nimmt den feinsten Kamm und den kleinsten

Haarschneider und stutzt vorsichtig die Augenbrauen des Schriftstellers.

»Und das Buch, wenn es denn jemals rauskommt, handelt natürlich nicht von dir.«

»Ach«, sagt Simon.

Freitag. Nach dem Abendessen googelt Simon Daniel Kehlmann. Ganz schön viele Bücher hat der schon geschrieben. 1975 geboren, älter als Simon und jünger als der Schriftsteller. Ein Allerweltsgesicht, die Frisur ein bisschen langweilig. Schon anderthalb Millionen Exemplare allein von *Die Vermessung der Welt*. Muss also stinkreich sein. Der Schriftsteller hat ihm mal erzählt, dass man als Autor zehn Prozent bekommt. Zwei Euro pro Buch, drei Millionen Euro. »Nicht ohne Humor und deshalb einem breiteren Publikum zugänglich«, liest er auf Wikipedia. Anschließend sieht er fern und trinkt einen Espresso. Kaffeetrinken vor dem Schlafengehen macht ihm nichts aus. Einschlafen kann er immer gut.

Im Bett liest er den Leitartikel in der neuen Ausgabe von *Der Friseur*. »Unternehmer können sich einen Vorsprung verschaffen, indem sie sich auf die Wünsche der Kunden von morgen einstellen.« Ja, ja, denkt er und legt das Blättchen weg. Kurz vor dem Einschlafen geht ihm plötzlich das Wort »nobel« durch den Kopf. Eine noble Aufgabe. Der Schriftsteller in Aachen mit Daniel Kehlmann, er in einem Planschbecken mit einer Horde von Behinderten. Und natürlich seiner Mutter. Er dreht sich auf die Seite, sieht vor dem Ausknipsen der Nachttischlampe Alexander Popow, und zum ersten Mal kommt ihm der Gedanke, dass er jede Nacht hier im Dunkeln liegt, während ebendieser Popow – zusammen mit Biondi und Spitz – ihn von der Wand aus beobachtet. Nein, dass sie dann an ihrem jeweiligen Ort auf der Welt etwas tun oder unterlassen. Dass sie gleichzeitig existieren. Diesen Gedanken schüttelt er schnell wieder ab. Manche Dinge sind einfach zu groß. Er dreht sich auf die andere Seite, versucht noch kurz, eine Geruchsspur des Rothaarigen zu erschnuppern, stellt sich das flache Becken bei Tageslicht vor, erinnert sich, dass er den Schriftsteller nicht gefragt hat, wovon sein neues Buch denn handeln wird, und schläft ein.

11.

Simon ist nicht vorbereitet auf den knallorangefarbenen Badeanzug seiner Mutter. Ach richtig, es war ja Henny, die einen Blümchenbadeanzug trug. Natürlich kennt er Henny. Nicht von hier, vom Schwimmbad, sondern von Geburtstagen und anderen festlichen Anlässen, manchmal sogar Weihnachten. Seine Mutter und Henny kennen sich schon ein Dreiviertelleben. Er mag Henny sehr, schon wegen ihrer Art, gutmütig die Geburtstage seiner Mutter durchzustehen und ihn dabei hin und wieder anzuschauen, wenn seine Mutter wieder einmal den Überblick verliert. *Den Überblick verlieren*, so nennt es Henny, wenn seine Mutter zusammenbricht. Womit man an Festtagen rechnen darf. Seine Mutter kann sich so aufregen, als wäre sie ein blechernes Aufziehspielzeug, dessen Schlüssel sie selbst dreht, bis die Feder ablaufen muss. Nie hat er Henny betrunken erlebt. Seltsamerweise empfand er eine leichte Eifersucht, als seine Mutter ihm von dem gebräunten, Rosé trinkenden Bauarbeiter mit dem halben Zahn erzählte.

»Simon!«, ruft seine Mutter, obwohl sie nur einen Meter von ihm entfernt steht.

»Ja«, sagt er, »da bin ich.«

»Isst du eigentlich genug?«

»Klar. Ich koche jeden Tag.«

Der orangefarbene Badeanzug trieft, sie war schon im Wasser. Noch ist kein geistig Behinderter zu sehen. »Du musst auch kurz rein, dann kriegst du nachher keinen Schreck.«

»So schlimm?«

»Probier es selbst aus.«

»Dein Badeanzug tut meinen Augen weh.«

»Und ich finde deine dunkelblaue Badehose einfach nur langweilig.«

Das Becken ist zu flach zum Springen, er steigt die breite Treppe hinunter. Eine Treppe mit sechs Stufen. Fast sofort wird seine Stirn klamm. Er taucht und schwimmt unter Wasser zum anderen Ende des Beckens. Normal schwimmen kann man hier nicht, und er hat sich vorgenommen, nach der Dreiviertelstunde, in der er seine noble Aufgabe erfüllt, noch mindestens eine halbe Stunde im Fünfzig-Meter-Becken zu schwimmen. Seine Mutter hat sich auf die oberste Stufe gesetzt. »Sie werden gleich gebracht«, sagt sie.

»Woher?«

»Ein paar von zu Hause, ein paar aus dem Wohnheim. Eltern kommen nicht mit. Das ist der eigentliche Sinn dieser Schwimmstunde, dass Eltern mit zu Hause wohnenden Kindern mal ein bisschen Zeit für sich selbst haben. Nach dem Schwimmen werden alle zusammen noch mit dem Kleinbus zum Tageszentrum gebracht. Die Fahrerin trinkt in der Kantine einen Kaffee und schaut gegen Ende immer kurz hier vorbei. Wenn sie kommt, weißt du, dass die Zeit fast um ist. Und wenn nötig hilft sie den Kindern beim Anziehen.«

»Wie alt sind sie?«

»Dreizehn bis achtzehn? Zwölf bis neunzehn?«

»Also gar keine Kinder.«

»Wie würdest du denn Menschen dieses Alters nennen?«

Darüber muss Simon kurz nachdenken. »Jugendliche?«, sagt er.

»Gut. Jugendliche. Teenager, wie du willst. Du lernst sie gleich kennen, ich werde jetzt nicht die Namen aufzählen.«

»Wie viele sind es? So groß ist das Becken ja nicht.«

»Acht oder neun? Einer ist praktisch immer krank, ich hab den Eindruck, dass diese Kinder viel öfter krank sind als normale Kinder. Jugendliche, meine ich, entschuldige. Teenager.«

Simon wischt sich Wasser und Schweiß von der Stirn. Das Wasser reicht ihm bis knapp über den Nabel. Die Sonne scheint, schräg fällt das harte Frühjahrslicht in den Raum, er kann die Haare auf den Unterschenkeln seiner Mutter zählen. Wenn er ihr ins Gesicht schaut, erkennt er sich darin nicht wieder. Angeblich ist er seinem Vater ähnlich. Auch etwas von Henny, an einem Muttergeburtstag kurz vor oder nach dem Verlust des Überblicks, flüsternd: »Glücklicherweise bist du deinem Vater ähnlich.« Seine Mutter trägt eine Badekappe. Nicht orange, sondern rot. Sie stört all das nicht, die Haare auf den Unterschenkeln, die sich beißenden Farben. Als könnte sie ihm ansehen, was er denkt, sagt sie: »Sie sind wie Hunde oder andere Haustiere, sie lieben einen, sie klammern sich fest, sie besabbern einen. Egal, ob man so hübsch ist wie du oder so hässlich wie ich. Aber Hunde können auch plötzlich gemein zubeißen. Sie sind unberechenbar.«

»Warum ist es hier so drückend heiß?«, fragt Simon. Seine Mutter ist gar nicht hässlich. Er begreift nicht, dass sie nie einen anderen Mann gefunden hat.

»Ich glaube, das ist vor allem für die Reha-Patienten, und man kann nicht ständig die Wassertemperatur ändern, das wäre viel zu teuer. Und je wärmer es ist, desto ruhiger sind unsere Schützlinge.«

»Hm«, sagt Simon. »Wenn ich dich was fragen oder dir was zurufen muss, nenne ich dich Anja und nicht Mutter.«

»Nichts dagegen«, sagt seine Mutter.

»Danke.« Simon ist nervös. Seine Mutter strampelt entspannt mit den Füßen im Wasser, sie hat etliche Jahre Erfahrung mit dieser Schwimmstunde. Er steigt aus dem Becken; als er neben seiner Mutter ist, kneift sie ihn leicht in die Wade. Er schüttelt kurz das Bein und stellt sich dann vor die riesige Fensterscheibe, die Hände in die Seiten gestützt. Verrückt ist das: Im Park am Schwimmbad gehen und sitzen Leute in dicken Jacken und Mänteln. Trotz Frühling und Sonnenschein ist es nicht warm. Und hier steht er in seiner langweiligen Badehose, und lauwarmes Wasser tropft an ihm herab. Er winkt, ohne jemanden zu meinen. Simon ist hier nicht am richtigen Ort, er ist jemand, der eine Wand im Rücken braucht, der sich in einer Ecke am wohlsten fühlt. Ein kleiner Junge in einem Sandkasten sieht ihn und winkt zurück, ein Mann, wohl der Vater, dreht den Kopf und sagt etwas zu dem Jungen. Simon löst die Schleife seiner Badehosenkordel, zieht die Kordel stramm und bindet sie neu. Er dreht sich um. Aus dem Gang dringen Schulhofgeräusche.

Seine Mutter, von jetzt an Anja, hilft soweit nötig den Behinderten in ihre Badeanzüge oder -hosen. »Das solltest du erst mal nicht machen«, hat sie zu Simon gesagt. Vielleicht sollte ich das überhaupt nie tun, dachte er. Nacheinander kommen sie aus dem Umkleideraum. Er sieht gleich, dass sie sehr unterschiedlich sind. Zwei mongoloide Jungen sind dabei, die er natürlich, das weiß er selbst, sogar in Gedanken »zwei Jungen mit Down-Syndrom« nennen müsste. »Hallo«, ruft er aus dem Wasser. Um ihn herum treiben allerlei Gegenstände, Bälle, Reifen, wurstförmige Schwimmhilfen, eine Luftmatratze. Die Jugendlichen schauen ihn an, als würde er sie dort schon seit Jahren erwarten, als wäre er Henny. Sie bleiben an der Treppe stehen, offenbar haben sie gelernt, dort zu warten, bis alle da sind. Simon zählt sie, es sind sieben. Einer überragt die anderen, ein kräftiger Junge mit schwarzen Haaren. Was er hat, kann Simon nicht sehen, jedenfalls ist es kein Down-Syndrom. Er ähnelt Alexander Popow.

»Kommt, Leute«, sagt Simons Mutter.

Ein Mädchen mit Schwimmbrille springt über die Treppenstufen ins Wasser und fängt an zu schwimmen, es ist eine Art Brustschwimmtechnik. Die anderen sechs steigen die Stufen hinunter, Simons Mutter betritt als Letzte das Becken. Die beiden Jungen mit Down-Syndrom schnappen sich sofort je eine

Schwimmhilfe und schlagen damit aufeinander ein. Liegt es daran, dass sie schon drei Wochen nicht im Schwimmbad waren, oder machen sie das immer?

»Machen sie das immer?«, fragt er seine Mutter.

»Ja, Sam und Johan schlagen sich gerne. Kümmer dich nicht drum, diese Schwimmnudeln wiegen ja nichts. Gleich schlagen sie dich auch.«

»Wer bist du?«, fragt ihn Sam oder Johan.

»Ich bin Simon«, antwortet er.

»Kannst du gut schwimmen?«

»Das ist Sam«, sagt Simons Mutter.

»Ja, Sam«, sagt Simon, »ich kann sehr gut schwimmen. Früher habe ich Wettkämpfe geschwommen.«

»Hast du gewonnen?«

»Manchmal. Manchmal auch nicht.«

»Hast du ein Kind?«

»Nein, ich habe kein Kind.«

»Einen Hund?«

»Auch keinen Hund. Ich bin ganz allein.«

Sam schlägt ihn mit seiner Schwimmhilfe mitten ins Gesicht.

»Hast du einen Pimmel in der Badehose?«, fragt Johan.

»Natürlich«, sagt Simon.

»Ich auch«, sagt Johan. Er wirft die Schwimmnudel weg, zieht den Bund seiner Badehose nach vorn und holt mit der anderen Hand seinen Penis zum Vorschein.

»Boh«, sagt Simon.

Auch Sam wühlt in seiner Badehose.

»Lass mal, Sam«, sagt Simon. »Ich glaube dir, ich sehe dir an, dass du ein Junge bist.« Zu seiner Überraschung hört Sam auf ihn, und auch Johan stopft seinen Penis in die Badehose zurück. Nachdem diese Sache geklärt ist, schlagen die beiden wieder mit den wurstförmigen Dingern, die offenbar Schwimmnudeln heißen, aufeinander ein.

»Läuft gut«, sagt Simons Mutter.

»Musst du mich nicht vorstellen?«

»Ach was. Das ergibt sich alles von selbst. Pass auf, Jelka will untertauchen, das müssen wir mal im Auge behalten.«

Jelka ist ein kleinwüchsiges Mädchen mit blonden Haaren, das einen Badeanzug mit eingearbeiteten Schwimmhilfen trägt, weshalb Untertauchen für sie so gut wie unmöglich ist. Sie sagt unaufhörlich »Tatt«, das einzige Wort, das Simon von ihr hört. Er beschränkt sich darauf, ein wenig im Becken hin und her zu gehen. Allen, denen er begegnet, sagt er, dass er Simon heißt, was aber niemanden zu interessieren scheint. Ein Mädchen mit riesiger Stirn nennt ihn Henny. Ist das möglich?, überlegt er. Kann man geistig so stark behindert sein, dass man wirklich keinen Unterschied sieht zwischen Henny und mir? Er wandert hin und her, kriegt manchmal Sams oder Johans Schwimmnudel an den Kopf und vermeidet es, jemanden zu berühren, während seine Mutter in dieser Hinsicht keine Scheu kennt. Man merkt, dass sie schon seit Jahren mit den Behinderten umgeht, dass sie ihr vertraut sind. Sie nimmt sie fest in den Arm, wiegt sie im lauwarmen Wasser hin und her, wirft dem großen, schwarzhaarigen Jungen einen Ball zu, schnäuzt sogar Rotznasen, nachdem sie »Nase putzen!« gesagt hat. Das Licht ist grell, die Körper, die Gesichter, die grellbunten Schwimmhilfen, die rote Badekappe seiner Mutter, die hellblauen Fliesen, alles wird von der gnadenlosen Frühjahrssonne beschienen.

»Igor! Wie oft soll ich das denn noch sagen! Was hat Melissa an sich, dass du sie nicht in Ruhe schwimmen lässt?!«

Der Junge fängt an zu brüllen.

»Nein, nicht brüllen, das hat gar keinen Sinn! Komm mal her, dann schaukeln wir uns.« Aber der Junge geht nicht zu Anja, er bahnt sich geradeaus einen Weg zu Simon, unterwegs drückt er Jelka unter Wasser. Das Mädchen ploppt sofort wieder an die Oberfläche.

Ein Kormoran in einer Schar Möwen. Simon sieht es vor sich, als hätte der Schriftsteller ihn gestern auf diese Situation vorbereiten wollen. Der Kormoran klammert sich an ihn – eine Möwe –, und die Übrigen prusten, schwimmen unbeirrbar weiter, schlagen sich gegenseitig oder anderen mit Wucht ihre Schwimmnudeln auf den Kopf. Möwen, die um einen Rest Nahrung kämpfen. Igor umklammert ihn fest mit den Armen, presst den schwarzhaarigen Kopf an seinen Bauch. Simon versucht, sich von ihm zu lösen, indem er rückwärts geht, doch Igor gibt nicht auf, er versucht sogar, seine Beine um die von Simon zu schlingen. Simon zerrt an den Armen des Jungen, und als das nichts nützt, versucht er, hinter seinem Rücken die verschränkten Finger auseinanderzuziehen. Igors Hände lassen ihn los, aber seine Beine bleiben um Simons Beine geschlungen. Der Junge liegt jetzt auf dem Rücken vor ihm im Wasser, und Simon sieht nur allzu deutlich, dass er wie Sam und Johan, wie er selbst, einen Penis in der Badehose hat, sieht den Bauch, wirklich fast so flach wie der von Popow, den Adamsapfel, die schwarzen, im Chlorwasser wogenden Haare. Er macht noch ein paar Schritte rückwärts, doch Igor umschlingt weiterhin seine Beine mit den eigenen, vermutlich hält er das Ganze für ein Spiel, wie wenn ihm ein Ball zugeworfen wird oder er Melissa die Schwimmbrille wegnimmt. Simon spürt die Kniekehlen des Jungen in seinen Kniekehlen, und in seiner langweiligen Badehose beginnt es zu glühen, was gerade noch gefehlt hat, wenn man fast nackt in einem sonnendurchfluteten Schwimmbad bis zum Nabel im Wasser steht. Er packt Igors Beine und zerrt sie zur Seite. Der Junge taucht unter und kommt prustend wieder hoch. Simon ist frei. Melissa schwimmt vorbei, berührt seinen Arm mit einer Hand und etwas später mit einem Fuß. Irgendwo hinter ihm kreischen Sam und Johan, Jelka sagt: »Tatt. Tatt. Tatt.« Simon atmet aus, aber Igor umklammert ihn erneut mit den Armen, noch weiter unten berühren sein Kopf, seine Nase Simons Bauch, Simons Nabel, der Mund des Jungen nähert sich dem Rand der Badehose. Vergleichende Gedanken an Kormorane und Möwen sind weit weg. »Anja!«, ruft Simon.

Seine Mutter kommt ruhig zu ihnen und streicht Igor über den Rücken. »Lass bitte los, Igor«, sagt sie. »Simon ist das nicht so gewöhnt, er findet das nicht schön.«

Igor scheint zu zögern, Simon spürt es an seinem Griff. Dieser Junge ist bärenstark. Noch einmal zieht er die verschränkten Finger auseinander, während seine Mutter auf Igor einredet. Der Junge lässt ihn los, dreht sich um und klammert sich an Simons Mutter, aber anders, eher so, als wollte er getröstet werden. Sanft.

»Ja«, sagt Simons Mutter, »das macht Igor gern. Ich glaube, er leidet an Trennungsangst.«

Simon nimmt eine kalte Dusche. Er schämt sich, obwohl seine Mutter ihm versichert hat, dass es bestimmt niemandem aufgefallen sei, weil »solche Dinge unter Schwachsinnigen keine Rolle spielen«. Und wenn doch, meinte sie, »wissen sie nicht, was sie damit anfangen sollen«. »Nehme ich jedenfalls an«, fügte sie nach kurzem Nachdenken hinzu. Glücklicherweise haben Sam und Johan nichts gemerkt, sie hätten das Spektakel sonst sicher laut und deutlich kommentiert. Alle sind jetzt im Aufbruch begriffen, um sich von der Fahrerin zum Tageszentrum bringen zu lassen. Simon benutzt eine Dusche für das Schwimmbadpersonal. Von seiner Mutter hat er sich schon verabschiedet, als er aus dem Becken stieg. Was fühlt sie, wenn dieser Junge sie umklammert?

Fünf Minuten später schwimmt er in Bahn eins. Sie ist zu dieser Tageszeit als einzige abgetrennt, das übrige Becken ist frei. Der Lärm ist unbeschreiblich. Auch hier am Fünfzig-Meter-Becken knallt die Sonne herein. Er schwimmt und schwimmt und schwimmt, er keucht, er schnappt nach Luft, er wendet. Aus der halben Stunde wird eine Stunde. Schwimmen, wenden, nach Luft schnappen. *Kormoran*, denkt er, als er sich einen Moment an einem Treppchen festhält, um zu Atem zu kommen, so ein Unsinn. Den hat mir der Schriftsteller eingepflanzt.

12.

Simon sitzt mit seinem Großvater in einem Bus der Linie 63. Sie sind von Amsterdam Hauptbahnhof bis Lelylaan gefahren und dort umgestiegen. Es ist Sonntag.

»Wie bist du denn plötzlich auf diese Idee gekommen?«, fragt Jan.

»Plötzlich … plötzlich … Ich hatte diese Woche einen Kunden, der von Flugzeugabstürzen sprach«, antwortet Simon.

»Ich war fünfmal da. Das erste Mal am 7. April, und das zweite Mal, als die Gedenkstätte eingeweiht wurde, ich weiß nicht mehr, wann das war.«

»Ich war noch nie da.«

»Macht nichts.« Simons Großvater sieht wie gewohnt tipptopp aus. Wären sie in England, wäre er ein Gentleman. Aufrecht, kein Gramm Fett, tadellos gekleidet. Manchmal erinnert er Simon an einen Kriegsveteranen, obwohl er in keinem Krieg gekämpft hat. Er blickt sich interessiert um, während der Bus durch einen Stadtteil fährt, in dem Simon nicht einmal begraben sein möchte. Es ist graues Wetter. »Das dritte Mal«, sagt Jan, »war 1987, nach zehn Jahren. Zehn Jahre, nicht neun, nicht elf, eigentlich doch Unsinn. Und natürlich nach fünfundzwanzig Jahren, 2002. Da herrschte ein ziemlicher Rummel, sogar Leute aus Amerika waren da.«

»Baden-Powell-Weg«, sagt eine Frauenstimme im Lautsprecher.

»Gleich müssen wir raus«, sagt Simon.

»Und noch einmal nur so, ohne besonderen Anlass«, ergänzt Jan. »In irgendeinem Herbst.«

Die Beschilderung lässt zu wünschen übrig, Simon und sein Großvater landen irgendwann auf dem chinesischen Teil. Dort steht ein Tor, »das Tor zum Himmel«, erklärt Jan. An einen der Pfosten schmiegt sich ein blauer Container mit braunem Deckel, RESTABFALL steht auf einem großen weißen Aufkleber, darüber, auf dem hölzernen Pfosten, sind chinesische Schriftzeichen zu sehen. Ein paar Leute mit asiatischen Gesichtszügen sind an einem der Gräber beschäftigt, sie schauen nicht auf, als Simon und Jan vorbeigehen.

»Ich erinnere mich wirklich nicht«, sagt Jan. »Es ist fünfzehn Jahre her, dass ich zuletzt hier war. Und damals war ganz anderes Wetter.«

Simon sucht einen Wegweiser. Als er ihn gefunden hat, gehen sie langsam in die angegebene Richtung, wobei Simon sich aufmerksam umsieht, doch nach ein paar Minuten landen sie wieder zwischen ganz normalen Gräbern. Keine Spur von einem Weg oder einer Gedenkstätte. »Wie ist das möglich?«, fragt er. »Das Schild zeigte doch eindeutig in diese Richtung.«

»Ja«, sagt Jan.

Noch langsamer gehen sie zurück. Dann sieht Simon einen Eingang, eine Lücke in einer Eibenhecke. Dahinter steht ein riesiger steinerner Tisch, rund. TENERIFE 27 MAART 1977 steht auf dem Rand. Sie setzen sich auf eine der rot gestrichenen Bänke. Das abgetrennte Gräberfeld ist ein Quadrat, das an allen Seiten von einer Hecke umschlossen ist. Die Hecke ist zu hoch geworden; wenn man nicht weiß, dass die Gedenkstätte hier ist, übersieht man sie einfach. Der steinerne runde Tisch ist schmutzig mit einem grünlichen Belag, er sieht alt und heruntergekommen aus. Das Unglück liegt so lange zurück, ist schon beinahe vergessen, der Gedenkort selten besucht. Auf dem Gräberfeld stehen Sträucher, dazwischen liegen hier und da Steine. »Kein gemütlicher Friedhof«, sagt Simon.

»Nein«, sagt Jan. »Als sie hier beerdigt wurden, war Westgaarde erst sechs Jahre vorher eröffnet worden, es war nur eine Wiese, die man in Grablagen aufgeteilt hatte.« Er sitzt sehr gerade und macht nicht den Eindruck, von Gefühlen überwältigt zu sein, und doch sieht Simon zum ersten Mal einen Vater, der seinen Sohn verloren hat. Der Tote ist drei Personen in einer, ein toter Ehemann, ein toter Sohn und ein toter Vater, aber der tote Vater ist ein völlig Unbekannter, für Simon hätte es jeder sein können. Ihm kommt eine eigenartige Vorstellung: dass seine Mutter ihm ein Foto von irgendwem zeigt, einem anderen Mann, einem Fremden. Es wäre ihm nicht aufgefallen.

Jan zündet sich eine Zigarette an, der Rauch weht Simon ins Gesicht. Er steht auf, geht zur steinernen Umrandung der Terrasse und fängt an, die Namen zu lesen, die dort auf länglichen Plaketten aus irgendeinem Metall stehen. Zink? Bronze? Er liest alle, schlurft um die Ecke zur zweiten Reihe mit Plaketten, stellt fest, dass er von A nach Z unterwegs ist, sieht dann, dass ein Name später hinzugefügt wurde. Am Ende der Namenreihe erreicht er nach erneutem Abbiegen eine größere Plakette, die an der steinernen Umrandung festgeschraubt ist. AUF BITTEN DER ANGEHÖRIGEN WERDEN DIE NAMEN FOLGENDER HIER NICHT BEERDIGTER OPFER GENANNT. Simon schaut seinen Großvater an.

»Er ist nie identifiziert worden«, sagt Jan. »Vierundvierzig Menschen konnten nicht identifiziert werden. Ich weiß, dass hier eine komplette Familie aus Friesland liegt, hier und nicht zu Hause, weil eins der Kinder nicht identifiziert werden konnte und die KLM alle beisammenhaben wollte. Entweder alle hier oder vier in Friesland und einer hier. Und das durfte nicht sein. Diese Plakette zeigt, wie Menschen so etwas empfinden. Hier bei allen anderen soll der Name stehen. Als es passierte, waren alle zusammen im Flugzeug, und danach sollten sie hier in einem Grab zusammen sein. Oder jedenfalls so viele wie möglich.«

»Aber wieso ist sein Name dann nicht dabei?«

»Das wollte deine Mutter nicht. Wenn man es sich recht überlegt, ist es eigentlich unglaublich, dass hier schon am 7. April die Beerdigung stattgefunden hat. Was hatte man denn? Schmuckstücke, Kleidungsreste, Gebisse, Patientenakten. Die heutigen Möglichkeiten mit DNA, die gab's damals noch nicht. Schon nach elf Tagen die Beerdigung, aber mit vierundvierzig nicht identifizierten Toten.«

»Alle nicht Identifizierten liegen also hier?«

»Ja.«

»Und Mutter wollte den Namen meines Vaters nicht auf dieser Plakette haben?«

»Richtig.«

»Warum nicht?«

»Na ja, weil er nicht identifiziert worden war. Sie hat es am Anfang einfach geleugnet, glaube ich. Sie konnte nicht glauben, dass er in dem Flugzeug war. Der taucht schon wieder auf, sagte sie. Aber die Tage vergingen, und Cornelis blieb weg.«

»Und du? Was wolltest du?«

»Mir war alles recht. Ich weiß, dass er hier liegt, auf einen Namen mehr oder weniger kommt es nicht an.« Er stößt Rauch aus, wirft die Kippe auf den Boden und löscht die Glut mit der Schuhspitze. »Ekelhaft«, sagt er.

Eigentlich, denkt Simon. Er geht noch einmal an den Namen entlang und entdeckt dann zwischen den Sträuchern einen schmutzig weißen Stein mit der Aufschrift RUHE SANFT, LIEBER KOPPIE. »Ich verstehe nicht«, sagt er. Er schluckt. Dieser Name, wahrscheinlich ein Kosename von einem Jungen, obwohl, es gibt auch dreiundfünfzigjährige Männer, die Koppie genannt werden. Die Namen der Hinterbliebenen darunter berühren ihn mehr als der Gedanke, dass sein Vater hier begraben ist. Das hat auch etwas mit dem Klang des Kosenamens zu tun. Koppie. »Liegen hier also nicht, wie viele waren es, hundertzwanzig Menschen, sondern hundertsechzig?«

»Nein«, sagt Jan. »Hier liegen hundertfünfundzwanzig Menschen, darunter sind über vierzig namentlich genannte nicht Identifizierte.«

»Und die anderen sind irgendwo anders beerdigt.«

»Ja. Was ja auch nicht verwunderlich ist. In der Stadt oder dem Dorf, in dem sie gewohnt haben. Schau noch mal bei V.«

Simon geht zurück. Der erste Name, der mit V anfängt, ist J. L. Veldhuyzen van Zanten. Simon liest den Namen laut vor.

»Der Flugkapitän«, erklärt Jan.

»Zwischen seinen Passagieren. Liegt hier auch Kabinenpersonal?«

»Keine Ahnung. Und er liegt hier, weil er auch nicht identifiziert werden konnte. Es war seine Schuld. Weißt du wirklich überhaupt nichts darüber?«

»Nein.«

»Du hättest mich fragen können.«

»Es war Mutters Toter.«

Jan schaut ihn an. »Und meiner.«

»Ja, natürlich«, sagt Simon.

Als sie zum Eingang zurückgehen, ist irgendwo hinter einer hohen Hecke ein Streit im Gange. Sie sehen nichts, hören aber laute Stimmen, die gegeneinander anschreien. Dann kommt ein schwarzer Mann in einem weißen Gewand und mit einer grellbunten, runden Kopfbedeckung durch eine Öffnung in der Hecke. Er lächelt. Ein etwas zu grob gestutzter, fast viereckiger Bart, sieht Simon, ein Rechteck um den Mund. Er würde das ganz anders machen. Der Mann hat einen Topf mit Hyazinthen in der Hand. Kein Streit, nur eine andere Art des Umgangs. Unsichtbare Stimmen, jetzt um einiges weniger laut, sprechen weiter. Die drei Männer grüßen sich mit einem Nicken.

»Hatte mein Vater eigentlich einen Beinamen?«, fragt Simon.

»Einen Beinamen?«

»Ja, eine Abkürzung, einen Kosenamen.«

»Deine Oma hat manchmal den Fehler begangen, ihn Cor zu nennen.«

Im Bus, während der Rückfahrt zur Station Lelylaan, scheint sich Jan etwas weniger interessiert umzuschauen. Das Haar in seinem Nacken ist ein bisschen zu lang. Simon hat das Gefühl, dass sein Großvater ihn zurechtgewiesen hat. Auch wenn die Frauen im Altenheim hinter ihm her sind, auch wenn er tipptopp und gesund aussieht, auch wenn er sein Leben lang geraucht hat, ohne Lungenkrebs zu bekommen, er ist immerhin achtundachtzig Jahre alt und hat einen Sohn verloren.

»Du darfst nicht vergessen«, sagt er nach langem Schweigen, »dass es im selben Jahr Geiselnahmen in einem Zug und in einer Grundschule gegeben hat. Im Mai war das, Mai, Juni. Mit Toten. Dadurch hat das Interesse an der Flugzeugkatastrophe, soweit das vorhanden war, nachgelassen.«

»Ja, davon hab ich gehört«, sagt Simon. Anscheinend hat sein Großvater das gleiche Gefühl wie er. »Hat dich eigentlich mal jemand wegen eines Interviews angesprochen?«

»Wegen eines Interviews? Nein.«

»Dich als Hinterbliebenen«, verdeutlicht Simon.

»Ach was, in der Zeit war das gar nicht üblich.«

Der Bus biegt in die Pieter Calandlaan ein.

»Kommst du diese Woche noch?«, fragt Simon.

»Hm«, sagt Jan. Kurz bevor sie aussteigen, sagt er: »Und dann muss man bedenken, dass es irgendwo in Amerika ein noch viel größeres Massengrab gibt.« Und später, im Zug: »Trinken wir noch einen Oude Rutte?«

»Klar«, sagt Simon.

13.

Am Abend sitzt Simon vor seinem Laptop. Daneben steht ein Glas Whisky. Wenn er schon etwas getrunken hat – zwei Gläser Oude Rutte im Apartment seines Großvaters –, geht das Weitertrinken wie von selbst. »Schau mal im Internet«, hat Jan gesagt. Simon staunt, wie viel man noch über die Katastrophe findet. Er wusste, dass das Flugzeug, in dem sein Vater saß, gar nicht auf Teneriffa hätte landen sollen, aber er wusste nicht, warum.

Eine Bombe *und* eine Bombendrohung auf dem Flughafen Gran Canaria bei Las Palmas. Die Bombe explodierte in einem Blumenladen. Die Verkäuferin Marcelina Sánchez wurde schwer verletzt, sechzehn Jahre später starb sie an den Folgen ihrer Verletzungen. Etliche Flüge wurden zum Flughafen Los Rodeos auf Teneriffa umgeleitet. Beide Maschinen, die später an dem Unglück beteiligt waren, hatten Las Palmas als Ziel gehabt, beide Maschinen waren voll von Menschen, die etwas Schönes vorhatten: Die Niederländer hatten eine Urlaubsreise bei Holland International gebucht, die Amerikaner wollten im Hafen von Las Palmas an Bord des Kreuzfahrtschiffs *Golden Odyssey* gehen. Eine Reiseleiterin von Holland International stieg auf Los Rodeos aus – wie alle anderen Passagiere –, aber nicht wieder ein, weil sie gar nicht nach Las Palmas wollte. Sie hatte frei und hätte normalerweise von Gran Canaria nach Teneriffa weiterfliegen müssen, wo sie wohnte. Ihr kam die Umleitung nur recht. Sie erinnert sich bis heute an die ausgelassene Stimmung während des Hinflugs, »wie bei einer Klassenfahrt«. Später war sie als die einzige Überlebende aus der KLM-Maschine bekannt. Vieles kam zusammen, die Überlastung von Los Rodeos, plötzlicher Nebel, die Ungeduld eines niederländischen Flugkapitäns, der seine Maschine hatte volltanken lassen, um ohne weitere Verzögerung von Las Palmas nach Amsterdam weiterfliegen zu können, und »Fehlkommunikation«. Es gibt Fotos, die kurz nach dem Unfall aufgenommen wurden, von Löscharbeiten zwischen Wrackteilen, das muss vor der Bergung der Opfer gewesen sein.

Beim Betrachten der Fotos wird ihm bewusst, dass er die Stelle sieht, an der sein Vater verbrannt ist, an der er in jenem Moment noch irgendwo gelegen haben muss. Es gibt auch erschütternde Bilder von unfassbar vielen Särgen in einem Hangar auf Schiphol, Bilder von denselben Särgen, aber nun in einer langen Reihe auf einer tatsächlich fast kahlen Rasenfläche, die Westgaarde sein muss, sehr viele Menschen, Simon betrachtet diese Fotos immer wieder, um vielleicht seinen Großvater zu entdecken; Fotos von Flugreisenden, die von einer Rollbahn aus auf die brennenden Flugzeugwracks blicken, und noch mehr Menschen auf und im Gras dazwischen, Menschen, die aus der amerikanischen Maschine entkommen sind, einundsechzig sind es, ach nein, auf einer anderen Website liest Simon, dass es siebzig waren, von denen aber neun noch ihren Verletzungen erlegen sind; ein Luftbild, das zeigt, dass die Wracks weit voneinander entfernt liegen, fast einen halben Kilometer, die KLM-Boeing ist noch etwa hundertfünfzig Meter geflogen und nach dem Aufprall dreihundert Meter weitergerutscht; wenn man diese Strecke schwimmen müsste, wäre man eine Viertelstunde unterwegs, die Wahrscheinlichkeit, dass ein Opfer aus den Niederlanden in Kalifornien begraben wurde oder umgekehrt, ist also ziemlich gering. Simon liest ein Interview mit dem Vater eines der Todesopfer aus Sneek, der sagt, dass nicht ein, sondern drei Mitglieder der friesischen Familie nicht identifiziert werden konnten, ein Interview mit einer amerikanischen Stewardess, die Passagiere aus dem Wrack ins Freie schubste, ein Interview mit dem Sohn des niederländischen Co-Piloten, der selbst Pilot geworden ist; einige der interviewten Angehörigen reagieren ärgerlich, wenn die Schuldfrage angesprochen wird. Simon findet sogar eine Liste mit den Namen der Toten. Da steht der Name seines Vaters schwarz auf weiß, dahinter in Klammern das Alter und der Wohnort. Er trinkt einen Schluck Whisky und sieht, dass fast zwei Stunden vergangen sind.

Mit einem Schlag tot, stand irgendwo. Der Ausdruck löst bei Simon die Vorstellung aus, dass er eine blinde Fruchtfliege ist und von einem Daumen wie von einem Elefanten zermalmt wird. Dann wäre er mit einem Schlag tot, nicht einmal ein Beinchen entginge der Zerquetschung. Die Passagiere müssen einen gewaltigen Schlag gespürt, aber doch noch mindestens zwei oder drei Sekunden lang mitbekommen haben, was geschah. Dann ist man doch längst nicht *mit einem Schlag* tot. Das sind zwei oder drei, vielleicht vier Sekunden Todesangst, so unerwartet das Unglück auch geschah.

Vater. Er weiß kaum, was er sich darunter vorstellen soll. *Nicht identifiziert*, darunter kann er sich etwas vorstellen, und er spürt, jetzt zum ersten Mal, wie offen das Ende dadurch bleibt, wie unabgeschlossen die ganze Geschichte. Nie wird man völlige Gewissheit haben. Was hatte sein Vater in dem Flugzeug zu suchen? Er hatte doch bestimmt keinen All-inclusive-Urlaub mit Holland International gebucht, oder? Allein? Es war ein Charterflug, was aber nicht unbedingt heißt, dass keine Plätze frei blieben und anderweitig vergeben wurden. Es war eine völlig andere Zeit, eine Zeit, in der Begräbnisse gewöhnlicher Menschen noch nicht vor laufenden Kameras stattfanden und inszeniert wurden, eine Zeit des stillen, unbesprochenen Leidens, des Sichzusammenreißens und Weitermachens, eine Zeit, in der Begriffe wie Nachsorge oder Opfer- und Angehörigenhilfe noch unbekannt waren. Aus der auf gut Glück zusammengestellten Gruppe, die aus den Niederlanden nach Teneriffa geflogen wurde, um die Opfer zu identifizieren, wurde später das niederländische Katastrophenopfer-Identifizierungsteam, hat er irgendwo gelesen. Erst 2007 wurde auf einem Berg unweit des Flughafens Los Rodeos – vielleicht ist dieser Berg ja auf einem der Fotos zu sehen, die seine Mutter vor Jahrzehnten gemacht hat – ein Denkmal enthüllt. Eine Wendeltreppe, die ins Unendliche führt.

Interessehalber googelt Simon *Monument MH17*, den Namen der Gedenkstätte in Vijfhuizen für die Insassen der abgeschossenen Malaysia-Airlines-Maschine. Sofort findet er eine ansprechend gestaltete offizielle Website und liest, dass dort außer 298 Bäumen – die man auf der Seite anklicken kann, woraufhin der Name eines Opfers und die Baumart genannt werden – auch 170.714 Sternhyazinthen gepflanzt worden sind. Eine Zahl, die ihm höchst seltsam vorkommt, bis ihm klar wird, dass man den Punkt wegzaubern und durch zwei Punkte an anderen Stellen ersetzen muss, dass es ein Datum ist. Alles sehr durchdacht, alles hat eine Bedeutung, hat Symbolwert, und es war nach drei Jahren vollendet. Dreißig Jahre und drei Jahre. In der Opferliste von 1977 sind Namen falsch geschrieben, manche Altersangaben fehlen, während in Vijfhuizen zum Beispiel Baum Nummer 166 als *Fraxinus ornus »Ebbens Column« (Manna-Esche)* samt Abbildung aufgeführt ist, zugeordnet dem Namen Hadiono Budyanto Gunawan.

Simon gießt sich noch einen Whisky ein. Er steht auf und geht zu dem Regal, in dem seine Bücher stehen und liegen, nicht alphabetisch sortiert. Er stellt die vier Bücher des Schriftstellers zusammen und starrt eine Weile auf die Buchrücken. *Unten ist es kühl*, *Der Landweg*, *April* und *Mandelbäume blühen rot*. Ich muss ihn mal fragen, wie so ein Titel entsteht. In einem der Romane kommt ein Mann vor, der ein bisschen zurückgeblieben ist, das ist ihm an einem der vergangenen Tage eingefallen. In dem Buch mit dem Raubvogel auf dem Umschlag. Er zieht die Vorhänge zu, erst an der Straßenseite, dann an der Rückseite, wo die offene Küche ist. Er trinkt noch einen Schluck und schüttet den Rest des Whiskys in die Spüle. Das passiert ihm öfter: Erst gießt er sich ein weiteres Glas ein, dann merkt er schon beim zweiten oder dritten Schluck, dass er nicht mehr will, dass Whisky eigentlich ekelhaft ist, wie Zigaretten es sind. Wie kann man denn, sechzehn Jahre nachdem man verletzt wurde, noch an diesen Verletzungen sterben?, fragt er sich. Es ist unbefriedigend, wenn so etwas nicht erklärt wird. Er nimmt *April* aus dem Regal und geht ins Schlafzimmer. Morgen ist Montag.

14.

»Manchmal bin ich so froh, dass ich eine Frau bin«, sagt seine Mutter.

»Hm?«, sagt Simon. Montagmorgen. Er hat gefrühstückt und bereits zwei Tassen Espresso getrunken. Der Vormittag ist frei. Er will die Wäsche machen und den riesigen Küchentisch aufräumen. Er weiß nicht, wieso, aber spätestens nach zwei Wochen liegt dieser Tisch immer voll mit allerlei Krempel. Aufräumen ist eine Tätigkeit, bei der man nicht nachzudenken braucht. Man arbeitet geistesabwesend vor sich hin, und plötzlich sind drei Stunden um. Sein Smartphone liegt auf dem Tisch, der Lautsprecher ist eingeschaltet.

»Bei uns sieht man so was nicht. Wir können unbemerkt erregt sein.«

»Ich war nicht erregt«, sagt Simon.

»Ach so, ja, das ist auch etwas, was es nur bei Männern gibt. Ihr Körper reagiert total unabhängig, angeblich kriegen sie sogar einen Steifen, wenn sie vergewaltigt oder aufgehängt werden.«

»He!«

»Entschuldige«, sagt seine Mutter.

»Ich möchte nicht darüber reden.«

»So? Aber am Samstag musst du wieder ran.«

»Das weiß ich noch nicht so genau.«

»Ich zähle auf dich.«

»Hast du noch was von Henny gehört?«

»Nein.«

»Auf welcher Insel ist sie eigentlich?«

»Teneriffa.«

»Musst du deshalb an Vater denken?«

Am anderen Ende ist es einen Moment still. Im Gartenhof

singt ein Vogel. Eine Amsel, denkt Simon. Ein Frühlingslaut.

»Wer sagt, dass ich an ihn denke?«

»Stelle ich mir so vor.«

»Darüber möchte *ich* nicht reden.«

»Okay. Ich war gestern mit Opa auf Westgaarde.«

»Hast du nicht gehört, was ich gerade gesagt habe?«

»Doch. Am Abend, gestern Abend, hab ich stundenlang im Internet gesucht. Weißt du, dass man noch viel darüber findet? Nicht alles, aber doch jede Menge.«

»Simon!«

»Ja. Du vergisst manchmal, dass er mein Vater war.«

»Ach was, Vater, Vater. Er hat dich gezeugt.«

»Trotzdem ist er mein Vater.«

»Ja, von mir aus. Mit Sam und Johan bist du sehr gut zurechtgekommen. Sam und Johan sind meine Lieblinge.«

»Was hat eigentlich Igor? Man sieht ihm überhaupt nichts an.«

»Tja. Sieht man dir an, dass du schwul bist?«

»Das ist ganz was anderes.«

»Wieso das?«

»Ich bin nicht schwachsinnig.«

»Behindert. Geistig behindert.«

»Ja, ja. Und Sam und Johan sind nicht mongoloid.«

»Den beiden sieht man jedenfalls an, dass mit ihnen was nicht stimmt.«

»Ja, und deshalb hab ich gefragt, was Igor hat.«

»Ich weiß es nicht, Simon. Wahrscheinlich ist bei seiner Geburt etwas schiefgegangen. Vielleicht zu wenig Sauerstoff. Er ist ein seltsamer Junge. Hast du gemerkt, dass er es ständig auf Melissa abgesehen hat? Immer muss er sie piesacken, als ob er es nicht erträgt, dass sie schwimmen kann. Richtig schwimmen.«

»Ich werde nächsten Samstag mal drauf achten.«

»Und lass dich nicht entmutigen, hörst du? Ich finde, du hast deine Sache sehr gut gemacht. Henny und ich hatten mal eine junge Frau dabei, die beruflich was mit geistig Behinderten machen wollte, aber das war eine Katastrophe. Sie hat, wie soll ich sagen, sie hat sich allzu viel Mühe gegeben, und die Kinder haben das gespürt. Sam und Johan waren damals auch schon da, und Melissa, aber Jelka nicht, und Igor kam erst viel später. Melissa hat immer nach ihren Brüsten gegrapscht, und Johan hat sie so lange und fest mit der Schwimmnudel geschlagen, bis sie weinend aus dem Becken gekrochen ist. Die haben wir nie wiedergesehen. Und wenn du wieder einen Steifen kriegst, kannst du sicher sein, dass ich die Einzige bin, die es sieht, und ich bin deine Mutter, also ist es nicht weiter schlimm.«

»Das ist gerade besonders schlimm«, sagt Simon.

»Ach, Unsinn. Wie kommt es bloß, dass du so prüde bist?«

»Ich bin überhaupt nicht prüde.«

»Und ob du prüde bist.«

»Und du wolltest neulich gar nicht wissen, was Henny und ihr Bauarbeiter nachts treiben.«

»Das ist was anderes.«

»So?«

»Ja.«

»Ist er Russe?«

»Wer?«

»Igor!«

»Nicht, dass ich wüsste. Ich hab ihn noch nie etwas sagen hören.«

»Ich mache jetzt mal die Wäsche.«

»Ja, das muss auch sein. Hast du heute noch Kunden? Oder machst du dir wieder mal einen schönen Tag?«

»Ich glaube, gerade weil du das so sagst, mache ich mir heute mal einen guten Tag. Es ist Montag.« Er legt auf und schiebt das Telefon ein Stück weg.

Drei Stunden später hat Simon nicht nur Wäsche gewaschen und aufgehängt, den Tisch freigeräumt und abgewischt, sondern auch seine Zimmerpflanze gegossen, Staub gesaugt und den Bildschirm des Fernsehers gereinigt. Was ist los mit mir?, denkt er, als er mit einem dritten Espresso an dem großen, freien Tisch sitzt. Die Amsel im Garten singt unaufhörlich. Warum wasche, räume und putze ich wie bekloppt? Er starrt die Pflanze an, ein Gewächs mit großen, ledrigen Blättern, und versucht, etwas zu erfühlen. Wo er steht, wie es weitergehen soll, wo sein Platz im großen Ganzen ist. Unter dem sogenannten großen Ganzen kann er sich nichts Genaues vorstellen, er weiß aber ungefähr, was gemeint ist. Die Welt. Das Leben. Als seine Oma beerdigt wurde, hat er, kurz bevor er unbedingt losfahren musste, noch gespült und geputzt. Anscheinend ist das ein Verdrängungsmechanismus.

Fünf Stunden später sitzt er wieder auf einer der roten Bänke der Gedenkstätte auf Westgaarde. Weil er diesmal allein ist, ist er mit dem Fahrrad gekommen. Das ging ungefähr genauso schnell wie mit öffentlichen Verkehrsmitteln, obwohl sich der Sloterplas als großes Hindernis erwies, zumal er ihn – wie er nach seiner Ankunft feststellte, als er auf seinem Smartphone nach der richtigen Fahrtroute suchte – falsch herum umfahren hat. Zu Hause an seinem leergeräumten und blitzsauberen Küchentisch hatte er plötzlich nicht gewusst, was er mit seinem Montag anfangen sollte, und bevor ihn eine Art Lähmung befallen konnte, stand er schon draußen auf der Straße und hatte sein Fahrrad losgekettet.

Heute scheint die Sonne, weshalb auf dem viereckigen Areal innerhalb der Eibenhecken alles weniger heruntergekommen aussieht als gestern. Seinen Großvater und seine Mutter mag es nicht weiter stören, aber er findet es schon seltsam, dass der Name seines Vaters nicht auf der Umrandung steht. Kann er ohne Weiteres glauben, dass die Überreste seines Vaters hier unter der Erde liegen? Simon versucht, sich vorzustellen, wie es wäre, zusammen mit seinem Vater im Chez Jean zu arbeiten. Zusammen mit ihm zu schneiden und zu rasieren, Haare zusammenzukehren, Kaffeepausen zu machen, die Buchhaltung zu erledigen. Aus irgendeinem Grund denkt er seine Mutter nicht dazu, er kann sich gut vorstellen, dass die beiden schon geschieden wären. Vielleicht würde Chez Jean ja Simon & Cornelis heißen. Simon und Cornelis, weil das viel besser klingt als Cornelis und Simon. Simons Vater würde jetzt im Rentenalter sein. In welchem Jahr hat Jan eigentlich den Namen geändert? War das vor 1977, haben die beiden vielleicht noch darüber gestritten, oder war es danach, und eine Folge des Unglücks?

Er steht auf und geht noch einmal an den Namen entlang. Wieder hat er das Gefühl, dass alles schon so lange her ist, so vergessen, so verstaubt, schon damals vielleicht in den Hintergrund gedrängt durch die Geiselnahmen. Diese Menschen hatten das Pech, dass es passierte, als das Fernsehen den Kinderschuhen noch nicht entwachsen war. Aber was heißt Pech, sie wissen natürlich nichts davon, nur er legt es sich so zurecht, und jetzt, hier, wird ihm bewusst, dass es für ihn zu spät ist, dass er immer aus Rücksicht auf seine Mutter geschwiegen und dabei sogar seinen Großvater vergessen hat. Ist es schlimmer, ein Kind zu verlieren als einen Ehepartner? Eine sinnlose Frage. Vielleicht ist es noch schlimmer, seinen Vater zu verlieren, bevor man geboren wird. Da liegt der Stein mit *Koppie.* Darunter vier Namen. Klaas, Ina, Rense und Tilly.

Er geht auf einem schnurgeraden Weg zu den Gebäuden am Eingang des Friedhofs zurück. Jemand kommt ihm auf dem

Fahrrad entgegen, nutzt Westgaarde als Abkürzung. Anscheinend ist das erlaubt. Eine junge Frau mit dunkelblonden, strähnigen Haaren. Ein guter Damenfriseur könnte da etwas machen. »Hallo«, sagt sie, fröhlich, gut gelaunt. Ansonsten ist es hier wie ausgestorben. Kein Geschrei hinter hohen Hecken. Aber, denkt Simon, wenn meine Mutter nach einem Jahr oder auch zwei Jahren wieder geheiratet hätte, wäre mein Vater eine Figur aus einer Geschichte gewesen, und Jan nur eine Art Stiefopa.

Am Abend liest er vor dem Einschlafen ein wenig in *April.* Er hat noch nicht gefunden, was er sucht. Einfach weiterlesen, nimmt er sich vor, nicht besonders gefesselt von der Geschichte. Weiterlesen, bis ich es finde.

15.

Simon wetzt seine Rasiermesser. Eine beruhigende Arbeit, findet er. Wetzen, Nagelprobe, ein Tröpfchen Öl. Er benutzt auch Wechselklingenmesser, wenn kein scharfes Rasier- oder Nackenmesser vorhanden ist, aber auch die sind keine Einwegartikel, sie haben Griffe aus Olivenholz. Simon liebt schöne Dinge, und er kann sie bezahlen. Vorhin hat er die beiden Spiegel gewienert, damit die Kunden sich klar sehen können. Es ist Mittwoch. Er ist eine Stunde geschwommen, es war sehr ruhig im Schwimmbad. So ruhig, dass er ein paar Bahnen Schmetterling geschwommen ist. Er spürt es noch in den Schultern. Ob schon Frühjahrsferien sind? So etwas bekommt er nie mit, er hat keine Kinder, keinen Bürojob, sein Leben richtet sich nicht nach Wochennummern. Er hat niemanden, ja gut, einen Großvater, und der kommt gleich. Außerdem kommt der Schriftsteller, der ihm früher als erwartet geschrieben hat, dass er sich jetzt gern in den Salon setzen und zuhören möchte. Es ist sehr still, als hätten auch draußen schon die Frühjahrsferien zugeschlagen, wenn sie denn schon angefangen haben. Das Licht ist grell, hinter der Häuserreihe gegenüber scheint die Sonne. Das Licht wird von einer der verchromten Armlehnen des Stuhls am Fenster reflektiert und scheint ihm genau ins Gesicht. Er steht auf, sieht im Spiegel sich selbst gehen und setzt sich auf den Stuhl mit der geraden Lehne hinter der Theke, Wetzstein und Nackenmesser in der Hand. Eigentlich ist er fertig, das Messer scharf genug. Bei einem der Frisierstühle steht ein leerer Aschenbecher bereit. Sein Großvater ist der Einzige, der hier rauchen darf. Wie könnte Simon es ihm verbieten? Jahrzehntelang hat der alte Mann unbekümmert in seinem Salon geraucht.

»Wisst ihr, was merkwürdig ist?«, fragt der Schriftsteller. Er antwortet gleich selbst: »Kein einziger niederländischer Autor hat jemals irgendwas über diese Flugzeugkatastrophe geschrieben.«

»Ach«, sagt Jan.

»Das heißt, soweit ich weiß«, ergänzt der Schriftsteller. »Ich habe natürlich auch nicht alles gelesen. Das geht gar nicht.«

Simon schaut zu ihm hin. Er sitzt auf dem Stuhl am Schaufenster und starrt hinaus, als würde er sich nicht aufdrängen, wenn er das tut.

»Und ich will es natürlich auch nicht«, sagt der Schriftsteller dann. »Bist du manchmal neidisch auf andere Friseure?«

»Andere Friseure …«, sagt Simon, »ich kenne keine.«

»Nein? Habt ihr keine Tagungen? Oder Messen?«

»Messen gibt es jede Menge«, sagt Jan. »Ich habe die immer gern besucht, manchmal auch im Ausland. Aber unser Simon hält das nicht für nötig. Ach, die Messen in Frankreich …«

»Nein«, sagt Simon. »Aber ich lese die Fachzeitschrift.«

»Wie heißt die?«

»*Der Friseur.*«

»Ach ja, natürlich.«

»Ich habe auch gern Menschen angelernt«, erklärt Jan. »Eigentlich gab es hier immer einen Praktikanten.«

»Ja?«, fragt Simon.

»Ja klar. Mir hat das Spaß gemacht. Dein Vater hielt nichts davon. Deine Oma schon. Sie war vernarrt in meine Praktikanten.«

Simon schabt die Haare vom Nacken seines Großvaters.

»Wie nennt man so ein Ding?«, fragt der Schriftsteller.

»Nackenmesser«, antwortet Jan. »Simon hat es heute Vormittag geschliffen, extra für mich.«

»Hm«, sagt Simon.

»Simon hat hier eine Goldmine«, sagt Jan. »Alle wollen heutzutage zum ›*Barber*‹. Friseure sind nicht mehr nur Friseure, sie sind viel mehr. Neulich hab ich noch in *Der Friseur* gelesen, dass ein Friseurbesuch heute ein ›Gesamterlebnis‹ ist. Manche Friseure servieren beim Haareschneiden schon Drinks. Andererseits wird in letzter Zeit auffallend oft auf Friseursalons geschossen. Ganz merkwürdig.«

»Sie lesen diese Zeitschrift immer noch?«

»Klar«, sagt Jan. »Einmal Friseur, immer Friseur.«

»Könnten Sie sich auch selbst die Haare schneiden?«

»Nein.«

Simon lässt die beiden plaudern. Vielleicht trifft es sich für den Schriftsteller ganz gut, dass heute ausgerechnet Jan hier sitzt. Anekdötchen von früher. Zwei Friseure zum Preis von einem.

»Sie sind also Schriftsteller?«, fragt Jan.

»Ja.«

»Was schreiben Sie so?«

»Bücher«, sagt der Schriftsteller.

»Wovon handeln die?«

Der Schriftsteller seufzt. Simon sieht es, aber Jan hört es vielleicht nicht. »Tja«, sagt er, »alles Mögliche.«

»Thriller?«

»Nein, keine Thriller, Romane.«

»Über historische Themen?«

»Nein. Ich hasse Recherche.«

»Aber jetzt recherchen Sie doch auch.« Weiß Jan nicht, dass es recherchieren heißt?

»Da haben Sie mich erwischt«, sagt der Schriftsteller.

»Und jetzt die Kopfmassage«, sagt Simon.

Später sitzen sie sich im Kreis gegenüber, Jan mit frisch duftender und kribbelnder Kopfhaut im umgedrehten Frisierstuhl, der Schriftsteller hat seinen Stuhl am Fenster ebenfalls gedreht,

Simon den Stuhl mit der geraden Lehne hinter der Theke hervorgeholt. Er ist nach oben gegangen und hat zwei Tassen Espresso gemacht. Jan trinkt einen Oude Rutte. Sie haben über Muguet gesprochen, der Schriftsteller hatte gefragt, was der Name bedeutet, nur Jan wusste es, es ist das französische Wort für Maiglöckchen, und Jan gab zu, dass es ein eher weiblicher Duft ist, was aber nicht schadet, denn alle Frauen im Seniorenheim sind hinter ihm her, vielleicht ja gerade wegen dieses Dufts.

»Simon ist seinem Vater sehr ähnlich.«

»Ist das so?«, fragt Simon.

»Ja. Du bist auch so ein Stiller. Und du tust immer so, als ob du nicht gern hier arbeitest. Manchmal habe ich Angst, dass du eines Tages auch einfach verschwunden bist.«

»Du musst über den Friseurberuf sprechen«, sagt Simon. »Deshalb ist er hier.« Er zeigt auf den Schriftsteller. *Er*, als hätte er keinen Namen.

»Ach«, sagt Jan, »wo wir nun schon mal hier sitzen, ihr mit diesem untrinkbaren Kaffee, ich mit meinem Schnäpschen, es ist Mittwochnachmittag, was soll's.«

»Einfach verschwunden«, sagt der Schriftsteller.

»Er war plötzlich weg, und einen Tag später war er tot, das heißt, uns wurde gesagt, dass er tot war, und ich habe ihn nie wiedergesehen. Wobei ich gar nicht sofort gemerkt habe, dass er weg war, es war ja ein Sonntag.«

»Und Sie wussten nicht, dass er auf die Kanaren fliegen wollte?«

»Aber nein!«

Simon beobachtet den Schriftsteller. Speichert er all das ab? Jan erzählt mit sichtlichem Vergnügen. Liegt das an der Anwesenheit eines unparteiischen Dritten? Einer Person, die nicht sein Enkel ist und der gegenüber er offen sprechen kann? Er überlegt, ob ein Buch so entsteht: eine Idee, die sich festsetzt wie ein Widerhaken, und das Gefühl, dass sich daraus etwas Größeres entwickeln, etwas zu einem abgerundeten Ganzen heranwachsen kann? Er denkt an Jason, von Jason springt er zu dem Besuch auf Westgaarde und von dort zurück zum heutigen Tag. Seltsam, diese Sache mit Jason, das heimliche Betasten von dessen Hals ist ihm noch viel intensiver gegenwärtig als das unmittelbar Körperliche mit dem rothaarigen Mann. Gibt es da vielleicht auch eine Parallele zum Schreiben? Dergestalt, dass das Beschreiben einer Sache wichtiger ist als das, was tatsächlich geschieht? Dass es unabhängig von der Realität ist? Er fasst den Entschluss, alle Bücher des Schriftstellers noch einmal zu lesen.

»Und Sie schreiben jetzt also ein Buch über einen Friseur?«, fragt Jan. Rauch kringelt sich um seinen Kopf.

»Vielleicht«, antwortet der Schriftsteller.

»Aber nicht über mich«, sagt Simon. Er steht auf und greift nach dem Besen. Man kann »Raus mit euch« sagen, oder man kann nichts sagen und nach einem Besen greifen.

»Schade«, sagt Jan. Er kippt den letzten Schluck Oude Rutte hinunter, drückt die Zigarette im Aschenbecher aus und erhebt sich ebenfalls. Dann nimmt er seinen Mantel von der Garderobe. »Ich bin weg«, sagt er.

»Brauchen Sie nicht zu bezahlen?«, fragt der Schriftsteller.

»Nein«, sagt Jan. »Und ich bekomme noch Oude Genever gratis dazu.« Bevor er hinausgeht, dreht er das Schild an der Tür um. Von innen gesehen wird aus OUVERT FERMÉ.

Der Schriftsteller bleibt sitzen.

»Ich wollte noch einkaufen«, sagt Simon.

»Ja, ich gehe gleich.«

Simon fängt an zu kehren.

»Dein Großvater hat dich geöffnet.«

»Er findet, ich habe zu wenig Kunden«, erklärt Simon.

»Warum hast du zu wenig Kunden?«

»Zu wenig, zu wenig … Genug. Ich habe keine Lust, den lieben langen Tag Bärte zu trimmen.«

»Warum nicht?«

Darüber muss Simon nachdenken. Warum eigentlich nicht? Warum ist er nicht den ganzen Tag auf den Beinen? »Ich glaube, es wäre mir zu anstrengend, am laufenden Band Kunden zu haben. Kunden sind Menschen, und Menschen saugen Energie auf.«

»Sie geben auch Energie«, meint der Schriftsteller.

»Das empfinde ich nicht so. Mein Opa, der hat mit jedem über Fußball gelabert. Sogar mit mir, obwohl er genau wusste, dass Fußball mich nicht interessiert. Ich sprach lieber übers Schwimmen, oder über Schwimmer, das konnte er wieder nicht verstehen. Was er sagte, was er fragte, das lief quasi automatisch, im Grunde hörte er gar nicht zu. Es strengte ihn nicht im Geringsten an, vielleicht war er um sechs Uhr abends genauso frisch wie um neun Uhr morgens. Ich kann das nicht, jeder Kunde ist jemand Neues.«

»Und dein Vater?«

Darüber braucht Simon nicht nachzudenken. »Woher soll ich das wissen?«

»Was machst du nun den Rest des Tages?«

Simon schaut auf die Uhr. Es ist kurz nach halb fünf. »Bisschen rumkramen. Kochen, essen.«

»Eigentlich sind unsere Berufe gar nicht so verschieden«, sagt der Schriftsteller. »Du schneidest oder rasierst, nicht zu viel, ich schreibe, auch nicht zu viel, und der Rest des Tages geht an Rumkramen drauf, an Kochen, Essen, ein bisschen Fernsehen, Lesen.«

»Du musst jetzt gehen«, sagt Simon.

»Ja«, sagt der Schriftsteller. Er steht auf. »Danke. Schön, dass es gerade dein Opa war. Ein Friseur vom alten Schlag.«

»Nichts zu danken«, sagt Simon. »War das genug?«

»Wenn ich noch mal kommen dürfte, würde ich's gerne.«

»Klar.«

»Rumkramen«, sagt der Schriftsteller. »Eigentlich eine wunderbare Umschreibung dafür, wie man mehr oder weniger unmerklich durch den Tag kommt.« Er zieht seine Jacke an und dreht das Schild wieder um. »Ich komme übrigens sowieso gerne her«, sagt er dann, die Hand auf der Klinke. Er spricht zu der Tür, nicht zu Simon.

»Ja?«, fragt Simon.

»Ja«, sagt der Schriftsteller. Er öffnet die Tür und verlässt den Salon. Geht am Fenster vorbei, bleibt stehen. Holt ein Päckchen Zigaretten aus der Jackentasche. Zündet sich eine an, inhaliert tief, stößt eine große Rauchwolke aus, winkt den Rauch weg und Simon einen Gruß zu und verschwindet aus dem Bild.

Simon betrachtet einen Moment das nachschwingende Schild, merkt dann, dass er immer noch den Besen in den Händen hält und sich darauf stützt wie ein Arbeiter vom Stadtbauamt an einem großen Loch im Straßenbelag.

16.

Bei Albert Heijn ist Simon einen Moment ratlos. Essen. Aber was? Jeden Tag essen, jeden Tag überlegen, was man essen soll. Musik aus unsichtbaren Lautsprechern lenkt ihn ab. Seit wann läuft hier Gedudel? Schließlich wählt er Krabben und Cherrytomaten, Rucola und sicherheitshalber Knoblauch, der könnte alle sein. Eine Flasche Weißwein. Brot, Spaghetti. Draußen wartet ein Hund ganz brav auf Herrchen oder Frauchen und blickt kurz zu jedem menschlichen Wesen auf, das den Laden verlässt. »Hallo«, sagt Simon leise und streckt die Hand nach dem Kopf des Hundes aus, ohne ihn streicheln zu wollen. Der Hund ignoriert ihn und versucht, an ihm vorbei zu spähen. Ja, denkt Simon, ich bin nur im Weg. Ein letzter Rest Tageslicht erhellt den Himmel, die Straßenbeleuchtung ist schon an. Noch einen Monat, denkt er, dann ist es schon wieder eine Stunde länger hell, oder anderthalb. Ich sollte öfter mal essen gehen. Wenn ich essen gehe, brauche ich nicht darüber nachzudenken, was ich kochen soll. Gleich um die Ecke gibt es ein kleines Restaurant, De Eetschuur, in dem man sehr gut allein essen kann, mit dem Rücken zu einer Wand, lauter kleine Tische. Früher hat er manchmal dort gegessen, eine Gewohnheit, die sich ohne erkennbaren Grund abgenutzt hat. Heute ist Mittwoch, denkt er dann, in drei Tagen ist Samstag. Erst als er am Schaufenster des Rahmen- und Farbengeschäfts vorbeigeht und gleich danach das Schild an der Tür eines der Therapeuten liest – *Wynia – bitte dreimal klingeln* –, wird ihm bewusst, was er gedacht hat. Er hat allzu deutlich ständig diesen Jungen vor Augen.

Zu Hause legt er die Flasche Weißwein in den Kühlschrank und die anderen Einkäufe auf die Arbeitsplatte. Er geht zu dem Regal mit seiner mageren Büchersammlung, nimmt die anderen drei Romane des Schriftstellers mit dem inzwischen grauen Haar heraus und legt sie als ordentlichen kleinen Stapel auf den Couchtisch. Dass er sich die Zigarette draußen vor der Tür angezündet hat, denkt Simon, und nicht, als Jan rauchte, gefragt hat, ob er auch dürfte.

»Ja«, sagt sein Opa. »Ich bin's noch mal.«

»Das höre ich«, sagt Simon.

»Ich wollte noch was über einen dieser Praktikanten sagen.«

»Ja?«

»Es waren praktisch nur Jungs. Ich weiß nicht, warum, aber es war immer deine Oma, die mit Bewerbern gesprochen hat. Sie hat das geregelt.«

»Und?«

»Einer von ihnen war auch in dem Flugzeug.«

Simon sitzt am Küchentisch. Er war gerade dabei, eine Partie FreeCell auf seinem iPad zu spielen. Neben dem iPad steht ein Glas Weißwein. Es ist ein schwieriges Spiel, er hat schon viermal von vorn angefangen, weil es nicht aufzugehen scheint. Er starrt auf eine Pikdame, die ungünstig auf einer Herzsieben liegt. »Hm?«, fragt er.

»Einer der Praktikanten war in dem Flugzeug. Ein Praktikant, der damals bei uns gearbeitet hat.«

»Was?«

»Spreche ich Spanisch?«, fragt sein Opa.

»Nein«, sagt Simon ein wenig dümmlich. »Zusammen mit meinem Vater?«

»Keine Ahnung. Es gibt niemanden mehr, den man danach fragen könnte.«

»Nein.«

»Aber es ist … es war … natürlich schon, tja, eigenartig.«

»Und mein Vater und dieser Praktikant kannten sich?«

»Ja, dein Vater arbeitete ja in Vollzeit im Salon, aber er hatte es nicht so mit Praktikanten, als ob er eifersüchtig auf sie wäre, also, inwieweit sie sich *kannten*, das weiß ich nicht.«

»Warum hast du das heute Nachmittag nicht erwähnt?«

»Na ja, schließlich war dieser Mann da, ein Schriftsteller, ist doch klar, was der daraus gemacht hätte ...«

»Was soll er denn daraus machen?«

»Na, der hätte sich das doch glatt angeeignet!«

»Ach so.« Simon starrt immer noch auf die Pikdame und die Herzsieben, er versucht, gleichzeitig seinem Opa zuzuhören und eine Lösung zu finden. »Weiß Anja das auch?«, fragt er.

»Ja, sicher. Ich bekam sogar einen Anruf von der Mutter dieses Jungen, als deine Mutter bei uns war. Am Mittwoch war das. An den Tagen davor hatten wir den Jungen, ehrlich gesagt, gar nicht vermisst. Weil wir den Kopf natürlich voll von anderen Dingen hatten.«

»Unglaublich«, sagt Simon. Er sieht plötzlich eine schwarze Sechs, eine rote Fünf und eine schwarze Vier, und links oben ist eine Zelle frei. Im Handumdrehen sind die Pikdame und die Herzsieben aus dem Weg und sein Weinglas leer. »Habt ihr später noch Kontakt zu der Familie gehabt?«

»Nein. Daraus ist wie üblich nichts geworden. Man nimmt es sich vor, und plötzlich sind Wochen oder Monate vergangen. Er hatte eine Reise gebucht, du weißt schon, so einen All-inclusive-Urlaub. Seine Eltern werden wohl inzwischen tot sein.«

»Du bist doch auch nicht tot.«

»Stimmt. Noch längst nicht.«

»Hatte mein Vater auch so einen All-inclusive-Urlaub?«

»Nicht soweit wir wissen. Deine Mutter hat nie irgendwelche Unterlagen gefunden. Keine Post von Holland International oder was auch immer.«

»Aber es kann doch kaum Zufall gewesen sein, oder?«, fragt Simon.

»Ich weiß es nicht, mein Junge. Niemand weiß das.«

»Nein«, sagt Simon. Er starrt auf das neue Spiel, das vor ihm liegt, weil er gedankenlos auf *New game* getippt hat. Er hört ein Geräusch, nicht bei sich, sondern bei seinem Opa. Eine Art Schiffshorn.

»Hörst du das?«, fragt sein Opa. »Abendessen!«

»Guten Appetit«, sagt Simon.

17.

Jelka ist krank. Sam und Johan sind es nicht, die beiden sind heute sehr ruhig, sie haben sich oder anderen noch kein einziges Mal mit Schwimmnudeln auf den Kopf geschlagen. Sam hat Simon gefragt, ob er auch einen Po hat, und Johan hat seinen schon vorgezeigt. Als Simon bemerkte, dass er diesen Po ziemlich dick finde, musste Johan zu Simons Überraschung laut lachen. Empörung scheinen sie nicht zu kennen. Heute bleibt die Sonne hinter den Wolken, weshalb alles im Schwimmbad angenehmer aussieht. Weicher, verschleiert, sogar der Lärm klingt gedämpft. Melissa schwimmt unbeirrbar hin und her, Simons Mutter steht an einem Ende des Beckens und ruft ihr jeweils die Anzahl der vollendeten Bahnen zu. Das Mädchen mit der riesigen Stirn, das ihn voriges Mal Henny nannte, hat ihm die Hand gegeben. »Ich bin Simon«, sagte Simon. Auch sie nannte ihren Namen, der sich aber äußerst seltsam anhörte; Simon hat »Buari« verstanden. Igor sitzt auf einer Luftmatratze, stützt sich mit den Armen nach hinten ab und lässt den Kopf etwas hängen, als wäre er fünf Kilometer geschwommen und nun erschöpft, sein Oberkörper ist gekrümmt. Er schaut Simon an. Aus irgendeinem Grund gefällt es Sam und Johan nicht, dass der große Junge da so sitzt, sie hebeln die Matratze um. Igor verschwindet unter Wasser, kommt prustend hoch und greift sich mit beiden Armen jeweils einen der Jungen. »Langsam, Igor!«, ruft Anja. »Was hast du mit Johan und Sam vor? Zwölf!« Igor beachtet sie nicht, zumindest blickt er sie nicht an. Melissa beginnt ihre dreizehnte Bahn.

Igor bringt Sam und Johan zu Simon. Sie lassen sich von ihm tragen wie junge Hunde und treten das Wasser mit den Füßen, um Igor vorwärts zu helfen. Bei Simon angekommen, lässt

Igor die Jungen los. In einer Reihe stehen die drei vor ihm und schauen ihn an.

»Danke«, sagt Simon. »Igor.«

»Röaahhh«, sagt Igor.

»Ist sie deine Mutter?«, fragt Johan.

»Ja, Johan, sie ist meine Mutter.«

»Boh«, sagt Sam.

»Fünfzehn!«, ruft Anja.

»Sie kann gut zählen«, sagt Johan.

»Klar.«

Sam beugt sich vor und blickt zur Seite. »Vier«, sagt er dann.

»Du kannst auch gut zählen«, sagt Simon.

»Geh mal weg, Mann!«, ruft Sam Johan zu.

Johan watschelt fort.

»Drei«, sagt Sam.

Igor steht und sagt nichts.

Auch Sam watschelt jetzt weg. Von der Mitte des Beckens aus ruft er: »Zwei!«

Zwei. Igor und Simon. »Na, Igor«, sagt Simon. Der Junge sagt nichts, macht noch einen Schritt vorwärts. Simon blickt zu seiner Mutter hinüber. »Sechzehn!«, ruft sie, bevor sie herschaut, nur kurz. Igor packt Simon bei den Schultern und schüttelt ihn sanft hin und her, als wollte er testen, wie fest Simon auf seinen Füßen steht. »Was machst du?«, fragt Simon. Er muss etwas sagen, er kann nicht einfach so dastehen, obwohl er weiß, dass es völlig sinnlos ist, eine Frage zu stellen. Sie sind ungefähr gleich groß, Igor vielleicht wenige Zentimeter größer. Der Junge lässt Simons Schultern los, streckt die Arme unter Simons Achseln durch und packt mit seinen großen Händen seine Schulterblätter. Er drückt Simon an sich und macht einen letzten Schritt vorwärts, näher kann er nun nicht mehr kommen. Zwei aneinandergedrückte Körper im lauwarmen Wasser, Simon sieht winzige Wassertröpfchen auf den Lippen des Jungen glänzen. *Kormoran*, denkt er. *Möwe*. Seit sich diese Vorstellung in seinem Kopf eingenistet hat, ist es schwierig, nicht daran zu denken. Er unterdrückt den kindlichen Wunsch, nach seiner Mutter zu rufen, er hört sie sagen, dass »solche Dinge unter Schwachsinnigen keine Rolle spielen«, und wenn, »wissen sie nicht, was sie damit anfangen sollen«, aber er fragt sich nun doch, ob das stimmt, und auf einmal wünscht er sich, es wäre sonst niemand im Schwimmbad, niemand außer ihm und Igor, niemand, der sehen kann, was hier geschieht, vor allem nicht jetzt, als Igor anfängt, über seinen Hals zu lecken, und den Unterleib fest gegen seinen Unterleib drückt. Er macht es bei mir, denkt Simon, nicht bei Melissa oder Sam und Johan oder Anja oder bei dem Mädchen mit der großen Stirn, wie heißt sie noch, Buari oder so ähnlich. Bei mir. Er will das gar nicht denken, er will befreit werden, er will raus aus diesem lauwarmen Wasser, er will in seinem Friseursalon allein sein, oder notfalls mit einem Kunden, einem pflegeleichten Kunden, er will nicht hier sein, er verwünscht seine Mutter, es ist alles ihre …

»Igor!«, schreit Anja. »Hör auf!«

Der Junge lässt Simon sofort los, dreht sich um, blickt ihm aber vorher noch kurz in die Augen. Er brüllt etwas und bewegt sich dann springend, soweit das im Wasser möglich ist, zum anderen Ende des Beckens, wo Sam und Johan ihn mit ihren Schwimmnudeln erwarten.

»Meine Güte«, sagt Simon leise.

»Siebzehn!«, ruft Anja.

Melissa sieht und hört nichts, sondern beginnt ruhig und gelassen mit ihrer achtzehnten Bahn.

»Alles okay?«, ruft seine Mutter.

»Ja, sicher«, sagt Simon.

Simon schaut anderen Menschen fast immer auf einem Umweg in die Augen. In einem Spiegel. Er hat sich angewöhnt, niemanden direkt anzusehen, ob auf der Straße, in einem Laden oder wo auch immer. Aus dem einfachen Grund, dass er keine Lust hat, mit anderen in Kontakt zu treten. Augen in einem Spiegel sind Blicke aus zweiter Hand, *schief* sind sie, so wie man in einem Spiegel plötzlich sehen kann, dass jemand ein schiefes Gesicht hat, was man normalerweise nicht sieht – wahrscheinlich, weil man daran gewöhnt ist. Dieser Blick von Igor, dieser kurze Moment zwischen dem Anschnauzer seiner Mutter und dem Umdrehen. Genau in die Augen, ohne Filter, ohne Spiegel, nicht *schief.* Als würde in dem wundervollen Popow-Körper des Jungen ein anderer stecken. Ein beinahe wissender Blick. Wissend, nicht schwachsinnig. Geradewegs durch ihn hindurch, als wären die Rollen ganz kurz vertauscht gewesen; Simon der geistig Behinderte und Igor derjenige, der ihn zu enträtseln versuchte.

Simon befriedigt sich selbst, natürlich. Während des restlichen Samstags – ein Kunde, kochen, fernsehen – dauerte der Moment in seinem Körper trägegeil fort. Ganz ohne Bedenken geht es nicht, doch die Erregung setzt sich gegen seine Bedenken durch, und nachdem sie verebbt ist, ist es der Blick des Jungen, der bleibt, und sind es Igors Augen – grün-grau –, mit denen Simon die Nacht beginnt. *Kormoran*, denkt er noch einmal, weil es einfacher ist, den Jungen auf einen Vogel, ein Tier zu reduzieren. Einfacher und irgendwie auch weniger schlimm. Sich selbst als Möwe zu sehen, macht es dann noch weniger schlimm.

18.

»Klappt das nicht immer besser?«

»Sicher«, sagt Simon.

»Bald bist du der perfekte Betreuer für Menschen mit Behinderung.«

»Henny wird doch wohl irgendwann wiederkommen.«

»Ha. Das glaube ich nicht. Ich hab schon eine Weile nichts mehr von ihr gehört, wahrscheinlich lässt sie sich da nieder.«

»Mit Ko.«

»Ja, mit Ko.«

»Hm.«

»Du könntest mir mal was anbieten.«

»Entschuldige. Kaffee? Tee? Wein?«

»Wein. Weißen.« Seine Mutter blickt sich im Zimmer um, als wäre sie das erste Mal hier. Das macht sie immer, ein wenig verwundert, als würde sie überlegen, wie es möglich ist, dass ihr Sohn ein ganzes Haus bewohnt, ein dreistöckiges Haus mit einer sachlich-schönen offenen Küche, einer großen Zimmerpflanze, einer Waschmaschine, einem iPad auf dem Couchtisch, mit Dingen also, die auch andere Leute haben und die völlig normal sind, aber nicht für ihren Sohn.

Simon steht auf, geht in die Küche, schenkt zwei Gläser Weißwein ein, schüttet den Inhalt einer Chipstüte in eine Schale. Er hatte seine Mutter nicht erwartet, er saß mit einem Buch auf dem Sofa, war wie ein erwachsener Mensch in einen Roman vertieft, und das fühlte sich gut an. Kein Fernsehen, keine Ablenkung, keine nackten Männer auf dem iPad.

»Du setzt mir allen Ernstes Chips vor?«

»Ja.«

»Ich esse schon seit Jahren keine Chips mehr.«

»Dann lass sie halt stehen.« Er nimmt selbst eine Handvoll

und beginnt sie knirschend zu zermalmen. Um den Mund voll zu haben.

»Ferkel«, sagt seine Mutter.

Simon schluckt. »Möchtest du etwas anderes? Ein Stück Käse?«

»Nein, Wein reicht mir.«

»Soll ich dir die Haare schneiden?«

»Nein, warum denn? Sehe ich so aus, als hätte ich's nötig?«

»Nein«, murmelt Simon.

»Und außerdem frisierst du doch gar keine Frauen. Dazu hast du doch keine Lust, nicht wahr?«

»Ich kann es aber. Hast du vergessen, dass ich dir früher die Haare gefärbt habe?«

»Nein, das habe ich nicht vergessen.«

»Vorige Woche hab ich Opa noch die Haare geschnitten.«

»Ach. Was hat er gesagt?«

»Wie, was hat er gesagt?«

»Worüber habt ihr gesprochen?«

»Nichts. Nichts Besonderes, über dieses und jenes und dann auch über Vater. Es war jemand dabei, ein Schriftsteller, der öfter kommt. Er wollte sehen, wie es in einem Friseursalon so zugeht.«

»Ein Schriftsteller?«

»Ja.« Simon zeigt auf *April*, das auf dem Couchtisch liegt.

Seine Mutter wirft einen uninteressierten Blick darauf, sie macht sich nicht die Mühe, es in die Hand zu nehmen. »Kenne ich nicht«, sagt sie. Sie trinkt einen Schluck Wein.

»Opa hat sich gefreut, er hat es voll ausgekostet, du kennst ihn ja. Ein Glas Oude Rutte dazu. Eine Zigarette.«

»Du darfst ihn im Salon nicht rauchen lassen. Aber wieso sprecht ihr denn von deinem Vater?«

»Ach, irgendwie kamen wir darauf. Wie das so geht. Wir waren ja nach Westgaarde gefahren.«

»Ja, das weiß ich«, sagt Simons Mutter. Sie trinkt ihr Glas leer und hält es auf eine bestimmte Weise hoch, die Simon zum Kühlschrank gehen lässt, um die Flasche zu holen. Er schenkt ihr Glas voll und gießt sich selbst der Form halber nach.

»Zwei Gläser«, sagt seine Mutter. »Immer zwei Gläser.« Sie lehnt sich zurück, legt eine Hand auf das eine Knie und balanciert auf dem anderen das Weinglas, die Finger locker an dessen Fuß. Wie ein Mann. »Ich glaube, dein Vater machte sich gar nicht so viel aus mir.«

»Was?«

»Ich weiß es nicht, ich glaube es. Er schien mit den Gedanken immer woanders zu sein.«

»Wieso denn?«

»Ach …« Sie starrt das Glas auf ihrem Knie an. Ein Moped fährt vorbei, was abends viel lauter erscheint als tagsüber, die Häuserreihen bilden einen Resonanzkasten, der im Dunkeln, ohne Hintergrundrauschen, voller klingt. *Dein Vater*. Immer nennt sie ihn so, als wäre er allein für Simon da gewesen. Nie sein Name, nie Cornelis, nie »mein Mann«, wobei das allerdings auch lächerlich klingen würde. »Er war so bemüht. In allem.«

»Und?«

»Tja, nichts eigentlich. Keine Ahnung. Trotzdem.« Sie denkt einen Moment nach und versucht es mit einer genaueren Umschreibung. »Er verhielt sich mir gegenüber gleichgültig.«

Simon beschließt, eine Frage zu stellen, die er nie zuvor gestellt hat, weil er im Grunde nie zuvor darüber nachgedacht hat, bis zu dem Besuch auf Westgaarde. »Wusste er, dass du schwanger warst?«

Sie zögert, trinkt einen Schluck Wein, stellt das Glas danach nicht wieder auf ihr Knie, sondern auf den Tisch. »Ja.«

»Hat er sich vielleicht deswegen davongemacht?«

»Kann sein.« Sie beugt sich vor, zieht die Schale mit den Chips zu sich hin, steckt ein paar in den Mund. »Was sind das für welche?«

»Salt and Vinegar.«

»Lecker. Englisch.« Sie spült die Chips mit Wein runter und hält erneut ihr Glas hoch.

»Drei Gläser?«, fragt Simon.

»Jawohl, ich schlage mal über die Stränge.«

Simon hofft, dass seine Mutter nicht den Überblick verliert. Es kommt nicht oft vor, dass sie ihn besucht. Sie gehört zu den Müttern, die davon ausgehen, dass Kinder ihre Eltern besuchen. Außerdem ist sie immer sehr beschäftigt. Chor, Kochkurs, mehrere ehrenamtliche Tätigkeiten, viele Freundinnen, Kartenclub, Literaturkreis. Wenn er es sich recht überlegt, sollte sie doch eigentlich in einem ihrer Vereine einen Helfer fürs Schwimmbad finden können. Es wäre sinnlos, danach zu fragen. Er kennt sie, er weiß, dass er keine weiteren Fragen stellen darf. Schon für das, was sie bisher gesagt hat, brauchte es zwei, fast drei Gläser Wein. Und auf die neueste Information von seinem Großvater kommt er besser erst einmal nicht zu sprechen. Es wäre ihm lieb, wenn seine Mutter nicht mehr lange bleiben würde. Er ist jemand, der alles mit sich selbst ausmachen muss.

Sie schaut ihn durchdringend an. »Wie kommt es bloß«, sagt sie, »dass du so indolent bist?«

»Indolent? Was ist das denn für ein Wort?«

»Das schoss mir plötzlich durch den Kopf. Und so schwer in Bewegung zu bringen. Wie hab ich dich bitten müssen, ich musste ja fast betteln, bis du versprochen hast, mir zu helfen.«

»Tja.« Er denkt kurz nach, aber natürlich fällt ihm nicht gleich eine Antwort ein. »War ich früher auch schon so?«

Darüber muss sie wiederum erst nachdenken. »Du warst schon recht still. Ruhig.«

»Ich glaube, ich lasse einfach alles auf mich zukommen.«

»Ja, und du bist auch irgendwie ein Mitläufer.«

»Na hör mal.«

»Macht nichts.« Sie trinkt einen Schluck Wein. »Was hältst du von Igor?«

»Was ich von Igor halte?«

»Ja.«

»Nichts, ich meine, nichts Besonderes.«

»Ist er nicht sehr speziell?«

»Och. Ich finde Sam und Johan ziemlich speziell.«

»Sie haben alle was, jeder auf seine Weise. Igor hat eigentlich nichts. Und man sieht ihm nichts an. Ich erwarte immer, dass er auf einmal sprechen kann, dass diese Laute, die er ausstößt, plötzlich zu Wörtern und Sätzen werden.«

»Nein, den Eindruck habe ich nicht. Er spricht mit seinem Körper.«

»Ja, das auch.« Sie verzieht angewidert das Gesicht. »War keine gute Idee, das dritte Glas.« Sie steht auf, geht in die Küche, gießt den Wein in den Ausguss, spült das Glas aus, füllt es mit Wasser, trinkt es leer. »So«, sagt sie. »Ich bin dann mal weg.«

»Okay«, sagt Simon.

»Wir sehen uns Samstag.«

»Ja.«

Als sie gegangen ist, nimmt Simon nicht wieder das Buch zur Hand. Er öffnet den Laptop und sucht nach Synonymen von *indolent.* Apathisch. Bräsig. Desinteressiert. Dickfellig. Energielos. Faul. Gefühlskalt. Gleichgültig. Kraftlos. Lethargisch. Lustlos. Passiv. Phlegmatisch. Schwerfällig. Teilnahmslos. Träge. Unbeweglich. Unempfänglich. Unsensibel. Willenlos. Zwanzig sinnverwandte Wörter. Unbeweglich bin ich jedenfalls nicht, denkt er. Anschließend sucht er noch einmal Informationen zu der Flugzeugkatastrophe, klickt alles an, was er findet, sucht weiter und weiter, er will neue Bilder finden, mehr. Mehr wissen und sehen. Er gießt sich auch noch ein drittes Glas Wein ein. Er sieht eine komplette Folge von *Reporter* aus dem Jahr 1987, erträgt das nervende Genäsel von Fons de Poel. Während er zuerst vor allem nach Bildern und Augenzeugenberichten sucht, beißt er sich bald an Reportagen über die Ursache der Katastrophe fest. Ein Mitarbeiter des amerikanischen National Transportation Safety Board berichtet, die Zusammenarbeit zwischen Amerikanern, Spaniern und Niederländern sei am Anfang gut gewesen. Bis immer deutlicher wurde, dass den Flugkapitän der KLM-Maschine »The Rhine«, Jacob Veldhuyzen van Zanten, die Hauptschuld traf. »Lack of cooperation from the Dutch became apparent at that time«, sagt der Amerikaner, der Dreifus heißt. Der niederländische Rijksluchtvaartdienst veröffentlicht als einzige der beteiligten Behörden einen Bericht, in dem behauptet wird, eine Verkettung unglücklicher Umstände habe zur Katastrophe geführt, »human factors« hätten dagegen keine Rolle gespielt, während die anderen Berichte – von den Spaniern und Amerikanern – gerade die menschlichen Faktoren betonen. Der Mann vom Rijksluchtvaartdienst ist Simon unsympathisch. Während der gesamten Reportage spielt ein Lächeln um seine Lippen. Klar, sein Vater ist nicht ums Leben gekommen, er betrachtet die Sache von der technischen Seite. Vielleicht konzentriert er sich krampfhaft darauf, nicht unglaubwürdig zu wirken, ganz sicher weiß er, dass die Journalisten auch mit den Amerikanern und Spaniern gesprochen haben oder sprechen werden. Er ist kein Hinterbliebener.

Ich bin der Hinterbliebene eines Opfers, denkt Simon. Zum ersten Mal in seinem Leben. Und der Eindruck des Verstaubenlassens, des Vergessenwollens, des Es-ist-nun-einmal-geschehen-jetzt-machen-wir-weiter stellt sich wieder ein. Welch ein Unterschied zwischen 1977 und 2014. Es ist absurd, aber er empfindet Neid, obwohl ihm klar ist, dass es 1977 wahrscheinlich nur zwei Fernsehkanäle gab. Die Wirkung war viel geringer, Menschen konnten sich nicht so unmittelbar äußern wie heute. Heute stehen sie neben der Autobahn, wenn Opfer einer Katastrophe in die Niederlande überführt werden. Und applaudieren auch noch.

Die einzige niederländische Überlebende – wenn man sie so nennen darf –, die Reiseleiterin von Holland International, sagt in einem Interview mit dem *Reformatorisch Dagblad* aus dem Jahr 2017, damals habe es tatsächlich nicht allzu viel Opferhilfe gegeben. Schweigen und weiterleben, lautete die Devise. Sie hatte am KLM-Schalter Bescheid gesagt, dass sie nach Hause fahren werde, sie wohnte ja auf Teneriffa. Eigentlich ging das nicht so einfach, weil ihr Name auf der Passagierliste stand und ihr Koffer noch in der Boeing lag. Sie bat Kollegen, sich darum zu kümmern, und machte sich auf den Heimweg. Offenbar war es damals oder wegen der besonderen Umstände möglich, dass im Laderaum eines Flugzeugs ein Koffer verblieb, ohne dass dessen Besitzer mitflog.

Schließlich findet Simon ein Interview mit einer Tochter von Veldhuyzen van Zanten in der Zeitung *Trouw*, das ihm beim ersten Mal entgangen war. Sie glaubte in den Geschehnissen die Hand Gottes zu erkennen: »Er [Gott] war dort, auch wenn es schlimmer nicht hätte kommen können. Das mildert nicht den Schmerz, trotzdem sehe ich Gott darin. Ich habe immer für meinen Vater gebetet, wenn er flog. Erst später wurde mir bewusst, dass ich an diesem Sonntagmorgen nicht gebetet habe. Es war, als hätte Gott gesagt: ›Bete lieber nicht, denn ich kann dein Gebet doch nicht erhören.‹ Und hätte ich gebetet, hätte ich nach alldem vielleicht gegen Gott rebelliert.«

Dass keine der sterblichen Überreste als die ihres Vaters identifiziert werden konnten, machte es noch schwerer, an seinen Tod zu glauben. Nach der Kollision brach ein verheerender Kerosinbrand aus. Der Zahnarzt der Familie erstellte eine Gebissbeschreibung, die Familie bekam Fotos von gefundenen Kleidungsstücken gezeigt, doch ohne Ergebnis. »Ich habe wirklich sehr lange die unbestimmte Vorstellung gehabt, dass mein Vater noch lebte. Vielleicht – dachte ich – hat er ja einen heftigen Schlag abbekommen, ist aus der Maschine geschleudert worden und hat sein Gedächtnis verloren. Irgendwann ruft meine Mutter an und sagt: ›Papa ist wieder da, was sagst du dazu? Komm schnell nach Sassenheim.‹ Man klammert sich an die geringste Möglichkeit, an eine Hoffnung, von der man weiß, dass es keine Hoffnung ist. Das macht das Verarbeiten schwierig. Aber je länger es zurückliegt, desto mehr gewinnt der Verstand die Oberhand, und man weiß: Er hat nicht überlebt. In einer so gewaltigen Feuersbrunst bleibt nichts von dir übrig.«

Die sterblichen Überreste der vierundvierzig nicht Identifizierten wurden auf dem Friedhof Westgaarde beerdigt. »In all den Jahren sind wir vielleicht sechsmal da gewesen. Ich habe keine Erinnerungen an meinen Vater; ich weiß nicht einmal, ob er wirklich da liegt. Er kann auch in Amerika beerdigt sein oder nirgendwo, sozusagen.«

Sozusagen, denkt Simon. Er trinkt sein viertes Glas Weißwein aus und fährt den Laptop herunter.

Wenn ein Koffer ohne mitfliegenden Besitzer im Laderaum eines Flugzeugs liegen kann und darf, denkt er später im Bett, könnte auch ohne Weiteres ein falscher Name auf einer Passagierliste stehen. Es war eine unübersichtliche Situation. Er kommt nicht davon los. Der Weißwein stößt ihm säuerlich auf, das hat man davon, wenn man vier Gläser trinkt. Er wälzt sich von einer Seite auf die andere, steht schließlich auf, geht die Treppe hinunter und schaltet den Laptop ein. Er findet das

Interview mit der Reiseleiterin wieder. Und tatsächlich, da steht es: »Einige Tage später klingelt die Koninklijke Marechaussee an der Tür. Zwei Mitarbeiter sollen offiziell feststellen, dass sie die Katastrophe überlebt hat. Ihr Name steht nämlich auf der Passagierliste. Sie selbst ist der lebende Beweis für ihr Überleben.« Dann sucht er nach der Passagierliste, er erinnert sich, dass er bei der vorigen Suche eine Liste gefunden hat, die eine Kopie eines Originaldokuments zu sein schien. Diesmal findet er nur eine bereinigte Liste auf www.project-tenerife.com, auf der die Reiseleiterin nicht aufgeführt ist, allerdings wird darauf hingewiesen, dass die Liste Fehler enthalten könnte, weil »verschiedene ›definitive‹ Listen nebeneinander existieren«. An anderer Stelle liest er, man habe zunächst angenommen, an Bord der KLM-Maschine seien 225 Passagiere gewesen, doch später habe man die Anzahl auf 235 korrigiert, »weil mehrere Babys an Bord waren, die nicht auf der Passagierliste vorkamen«. Er zählt die aufgeführten Kinder im Alter von ein oder zwei Jahren. Es sind acht. Kann man ein zweijähriges Kind noch als Baby bezeichnen?

19.

»Zwei und halb«, sagt der Schriftsteller.

»Wie üblich«, sagt Simon.

»Ist das für dich einfach oder langweilig?«

»Mir ist es recht«, sagt Simon. »Gleich kommt wieder so ein Jüngelchen, um sich den Bart trimmen zu lassen.« Er stellt den Haarschneider auf Stufe zwei. Wenn er will, ist er in zehn Minuten fertig. Meistens arbeitet er aber langsam und sorgfältig, allein schon, damit der Schriftsteller das Gefühl hat, dass er für seine zwanzig Euro etwas bekommt. Stufe zwei oben, Stufe 0,5 an den Seiten und hinten. Besonders viel kommt nicht runter, schließlich war der Schriftsteller erst vor Kurzem da. Ehrlich gesagt versteht Simon nicht, warum er schon wieder gekommen ist. »Musst du irgendwohin?«, fragt er.

»Marseille«, sagt der Schriftsteller. »In drei Tagen. Literaturfestival.«

»Mit dem Flugzeug?«

»Spinnst du? Mit dem Zug. Das geht heute in acht Stunden. Nach Paris und da umsteigen.«

»So?«

»Ja.«

»Macht dir so was eigentlich Spaß?«

»Ach, Spaß. Meistens freue ich mich drauf, aber wenn ich dann da bin, fühle ich mich verloren. Was hab ich zum Beispiel in Marseille zu suchen?«

»Hast du Lesungen?«

»Ja. Das ist okay. Ich spreche zwar kein Wort Französisch, aber das ist deren Problem. Immer wieder mache ich den gleichen Fehler, ich hänge jedes Mal ein oder zwei Tage dran, weil es so lange dauert, bis man da ist, aber ich vergesse, dass dann alle anderen Schriftsteller schon abgereist sind, und eines

Morgens sitze ich ganz allein im Frühstückssaal irgendeines Hotels und weiß nicht, was ich tun soll.«

»Hm«, sagt Simon.

»Genau. Aber irgendwann mache ich das nicht mehr.«

Es fahren auffallend viele Autos vorbei. Wahrscheinlich ist irgendwo in der Gegend eine Straße aufgerissen worden. Ganz langsam fahren sie, die Fahrer haben reichlich Zeit, durch die große Scheibe in den Salon zu spähen.

»Was habe ich jetzt um?«, fragt der Schriftsteller.

»Hm?«, fragt Simon.

Der Schriftsteller bewegt seine Arme unter dem Frisierumhang. »Dieses Cape. Wie nennt man das?«

»Frisierumhang«, antwortet Simon.

»Siehst du, das bringt mich weiter.«

»Hast du schon angefangen?«

»Ja.«

»Und?«

»Was, und?«

»Kommst du voran? Bringt dir das hier was? Wovon handelt es?«

Der Schriftsteller schaut Simon im Spiegel an.

»Sorry.«

»Macht nichts. Aber ich weiß es selbst nicht. Keine Ahnung, wie es sich entwickeln wird.«

»Ich beneide dich nicht.«

»Ach, so schwierig ist das alles nicht.« Wieder schaut er Simon an. Schief. »Weißt du, was ich ganz schlimm finde?«

»Was?«

»Dass ich nach meinem vorigen Besuch dachte: Warum habe ich nicht so einen Vater? Warum habe ich nicht selbst so eine Geschichte?«

»Du kannst dir doch eine ausdenken.«

»Ja, ja. Andere Schriftsteller haben es immer leichter. Vater

Alkoholiker, Herkunftsland Iran, ein Bruder, der sich umgebracht hat, ein Opa im Widerstand, eine Mutter mit einem Schweinestall voller Schweine, die vor dem Schlachter gerettet wurden, eine Oma, die Juliana gekannt hat, oder sie selbst haben Asperger. Hast du dich eigentlich nie etwas näher mit diesem Flugzeugunglück beschäftigen wollen?«

»Doch.«

»Letztes Mal hatte ich den Eindruck, dass es dich überhaupt nicht interessiert.«

»Tja.«

»Und wie läuft das mit dem Schwimmen? Ist das was?«

»Das ist ganz nett, ja.«

»Ganz nett? Mich hat neulich jemand zurechtgewiesen, als ich das gesagt hab.«

»Wieso?«

»Weil es nichtssagend ist.«

»Ich wüsste nicht, wie ich es sonst ausdrücken sollte. Und ›Schwimmen‹ ist zu viel gesagt. Eine Einzige ist dabei, die mehr oder weniger schwimmen kann, Melissa heißt sie, die anderen planschen ein bisschen rum. Es geht darum, dass sie nicht ertrinken.« Simon hat keine Lust, etwas über Igor zu erzählen. Oder vielmehr: Er hütet sich, etwas über den Jungen zu sagen.

»Würdest du mal mit mir schwimmen?«

»Hm?«

»Oder ins Kino gehen. Oder essen. Mal woanders sein als hier. Auf neutralem Gebiet. Wir kennen uns schon seit Jahren.«

»Okay.«

»Du bist doch allein, oder?«

»Ja.«

»Ich bin auch allein.«

»Wenn es so einfach wäre …« Simon entfernt zum Schluss mit dem kleinen Trimmer die Haare aus den Ohren des Schriftstellers. Er pustet die Härchen aus einer Ohrmuschel, bevor ihm bewusst wird, was er da tut. »Sorry«, sagt er. »Ich war einen Moment nicht bei der Sache.«

»Macht nichts«, sagt der Schriftsteller. »Ist lange her, dass jemand in meine Ohren geblasen hat.«

Simon zieht den Frisierumhang mit einem Ruck weg. »Fertig«, sagt er.

Der Schriftsteller streicht sich über den Kopf. »Wieder schön geworden. Marseillewürdig.«

»Gern geschehen«, sagt Simon.

»Und jetzt möchte ich eine Kopfmassage.«

»Im Ernst?«

»Ja. Ich muss das doch mal ausprobieren.«

»Dann musst du einen Duft wählen.«

»Mach du das. Du kennst dich aus.«

Simon geht zu dem Schränkchen mit den Duftwässern. Er holt einen Flacon heraus und geht zum Frisierstuhl zurück.

»Was ist es?«, fragt der Schriftsteller.

»Eau de Portugal.«

»Klingt gut.«

Simon gibt sich einen ordentlichen Schuss Lotion in die hohle Hand und fängt mit dem Einmassieren an.

»Zitrone!«

»Unter anderem.«

Der Schriftsteller hat die Augen geschlossen. Er bewegt seine Füße auf und ab. Er sieht zufrieden aus. »Ja«, sagt er dann leise. »Ein Vater und ein Flugzeugunglück.«

»Verabreden wir schon was?«

Simon, hinter der Theke, schaut den Schriftsteller an. »Fahr erst mal nach Frankreich. Wir verabreden was, wenn du wieder da bist. Okay?«

»Prima.« Der Schriftsteller wartet noch einen Moment und

zieht dann sein Portemonnaie aus der Gesäßtasche. Er nimmt drei Zehn-Euro-Scheine heraus. »Danke«, sagt er.

»Gern geschehen«, wiederholt Simon. »Viel Spaß in Marseille.« Er schiebt die Geldscheine in die Hosentasche, während er sie normalerweise, wie es sich gehört, gleich in die Kasse legt. Nach diesem Gespräch fühlt sich das Geld anders an. Er versucht zu schätzen, wie viel Trinkgeld er im Lauf der Jahre an dem Schriftsteller verdient hat. Für Maschinenschnitt berechnet er fünfzehn Euro.

Auch diesmal zündet sich der Schriftsteller draußen eine Zigarette an. Doch jetzt winkt er Simon nicht zu. Die Ladenglocke bimmelt leise nach. Simon schaut auf die Uhr. Noch eine Stunde, bevor der junge Mann mit dem Bart kommt. Er kehrt das bisschen Haar zusammen, während ununterbrochen Autos vorbeifahren. Alle in diesen Autos sehen einen Friseur, der den Dreck von jemand anderem auffegt, denkt er. Dann geht er nach oben, um einen Espresso zu machen.

20.

Ein sonniger Tag. Dieses Frühjahr ist außergewöhnlich sonnig. Hell fällt das Licht durch die großen Scheiben herein. Sam und Johan vergessen die Schwimmnudeln und lernen schwimmen: von Melissa, die dafür ihre übliche Unbeirrbarkeit aufgegeben hat.

»Ich wusste nicht, dass Melissa so gut kommunizieren kann«, sagt Simon.

»Ha. Sie hat einmal wörtlich zu mir gesagt, dass sie nicht versteht, was sie zwischen all den ›Debilen‹ soll«, sagt seine Mutter. »Sie musste es zwar dreimal wiederholen, bis ich alles richtig verstanden hatte, aber trotzdem.«

Melissa hält die Jungen jeweils an einem Fuß fest. Sie liegen auf rechteckigen Schwimmbrettern, soweit man darauf liegen kann, und rudern mit den Armen, um vorwärts zu kommen. Melissa bestimmt, ob das geschieht. Wenn sie meint, dass ihre Anweisungen nicht richtig befolgt werden, zieht sie die beiden zurück. Jelka und das Mädchen Buari schaukeln in einer Ecke des Beckens auf dem Wasser. Jelka scheint ganze Geschichten zu erzählen, ihr »Tatt, tatt, tatt« klingt intoniert, vermutlich meint sie mit jedem »Tatt«, das sie ausspricht, etwas anderes. Buari ist nicht sehr beeindruckt von den Geschichten. Sie frisst Popel.

»Wo ist Igor?«, fragt Simon.

»Er kommt gleich.«

»Er allein?«

»Er war noch nicht fertig, als der Kleinbus vorfuhr. Jemand vom Wohnheim bringt ihn.«

»Noch nicht fertig«, sagt Simon.

»Tja. Vielleicht konnte er seine Badehose nicht finden.«

Sie sitzen auf der Treppe und blicken auf die kahlen Baumkronen im Park. Anja bis zu den Brüsten im Wasser, Simon nur mit den Unterschenkeln.

»Seltsam«, sagt Simons Mutter. »Manchmal könnte man sich einen Moment täuschen lassen und denken, es wäre Sommer, aber dazu passt dann wieder nicht, dass die Bäume keine Blätter haben.«

»Es ist noch lange nicht Sommer.«

»Nein.«

»Sag mal …«

»Oje.«

»Was?«

»Ich ahne, was kommt.«

»An dem Morgen damals, an dem Sonntagmorgen. Wie ist er damals weggegangen?«

Seine Mutter seufzt. Sie stemmt sich kurz mit den Armen hoch, als würde sie auf den steinharten Fliesen nicht gut sitzen. »Ich hab nichts davon mitbekommen.«

»Wie denn das?«

»Ich war mit zwei Freundinnen auf einem Trimm-dich-Pfad. Weißt du noch, mit diesen Geräten, das war damals in. Ach nein, natürlich weißt du das nicht. Na jedenfalls, damals hing halb Amsterdam an Reckstangen, rannte im Zickzack zwischen toten Baumstämmen durch und von Gerät zu Gerät. Das hab ich gemacht. Früh am Sonntagmorgen.«

»Und als du nach Hause kamst, war er weg.«

»Ja. Ich habe es zuerst gar nicht bemerkt, wir haben uns nicht immer gesagt, wohin wir gingen, aber als ich dann duschen wollte, fehlten allerlei Sachen auf der Ablage unterm Spiegel.« Sie denkt kurz nach. »Man sieht die gar nicht mehr, diese Trimm-dich-Pfade. Wo sind die alle geblieben? Hat die Stadt sie entfernen lassen?«

Darauf geht Simon nicht ein. »Und als du von dem Unglück hörtest, hast du dir nichts dabei gedacht?«

»Nein. Wieso auch? Allerdings war ich zu der Zeit schon einen ganzen Sonntag allein zu Hause. Das war dann doch ungewöhnlich.«

»Wann hast du zum ersten Mal etwas erfahren?«

»In der Nacht von Sonntag auf Montag. Glaube ich. Keine Ahnung, wie sie mich gefunden haben.«

»Kam denn im Fernsehen nichts darüber?«

»Doch, sicher. Aber nicht viel. Ich erinnere mich, dass ich an dem Tag auch ferngesehen habe. Dann kamen Bilder von den Wracks, und Harmen Siezen war schon auf Teneriffa. Er saß da in einem kleinen Studio mit einem riesigen Foto von einem Berg hinter sich. Oder vielleicht war es ein Fenster und der Berg echt.«

»Harmen Siezen? War der damals schon beim NOS-Journal?«

»Offensichtlich. Melissa! Lass sie doch jetzt mal schwimmen! Zieh nicht dauernd an ihren Beinen, du magst es auch nicht, wenn Igor das macht!« Sie steht auf und steigt die Stufen hinunter.

»Und hast du geglaubt, dass er unter den Opfern war?«

»Natürlich nicht. Was hatte er denn in diesem Flugzeug zu suchen? Jetzt ist Schluss!«

Wen meint sie? Melissa oder ihn? »Wie alt ist Harmen Siezen eigentlich?«, ruft er seiner Mutter nach, die inzwischen bei Jelka und Buari angekommen ist.

»Woher soll ich das wissen? Neunzig?«

»Kapierst du denn nicht!«, ruft Simon über die Köpfe von Melissa, Sam und Johan hinweg.

Sam blickt erschrocken auf. »Was ist?«, fragt er. »Machen wir was falsch?«

»Kapierst du denn nicht, dass es mich auch angeht? Dass mein Vater schon nicht mehr da war, bevor ich ihn überhaupt kennenlernen konnte?«

»He! Nicht so laut!«, ruft Johan.

»Sei doch froh! Mach nicht so einen Aufstand deswegen. Dein Vater hätte genauso gut jemand anders sein können.«

Simon kann es kaum fassen. Was ist das bloß mit dieser Frau? Es regt ihn plötzlich furchtbar auf. Immer dieses Wegschieben. Oder Weglaufen. Wegschwimmen.

»Hilf lieber Igor in der Umkleide. Sieh mal, da kommt er.«

Simon dreht sich um. Igor und eine Frau kommen herein. Die Frau gibt ihnen mit einer Geste zu verstehen, dass ihre Aufgabe erledigt ist, und verschwindet.

»Nein«, sagt Simon.

»Nein? Was soll das heißen?«

»Mach du das. Ich passe hier schon auf.«

»Na hör mal!«

»Ich bin es leid, von Igor als Kratzbaum benutzt zu werden.«

»Was war das? Als Kratzbaum?«

»Ja, er ist eine Katze, und ich bin der Kratzbaum. Das hast du letztes Mal und davor doch wohl gemerkt, oder? Klammert er sich auch nur einmal an jemand anderem fest als an mir? An dir? An Melissa? Von wegen, Simon ist derjenige, an dem man sich scheuern kann.«

»Na hör mal!«, sagt seine Mutter wieder. »Du bist eben in Griffweite.«

Igor steht schon eine Weile ziemlich albern in der Nähe des Umkleideraums herum, einen kleinen Rucksack um eine Schulter. »Böh«, sagt er.

»Insubordination«, sagt Anja, als sie an Simon vorbei das Becken verlässt.

»›Das solltest du erst mal nicht machen‹, hast du vor Kurzem noch gesagt.«

»Ja, ja. Schon gut.«

»Und ich überlege, ob ich nicht wieder aufhöre.«

»Untersteh dich.« Anja geht mit Igor zum Umkleideraum.

»Hast du nicht verdammt viele Bekannte?«, ruft Simon ihr nach. »All diese Leute in den Vereinen?«

»Bekannte, ja! Ha! Ich sehe schon Linda vom Literaturkreis hier rumplanschen, oder Harold aus dem Chor.«

Simon blickt durch die Scheiben auf die kahlen Bäume. Im Park sind Jogger unterwegs, Hunde werden ausgeführt, junge Mütter schieben Kinderwagen, ein Polizeiauto fährt im Schritttempo über die Wege. Er weiß, dass es draußen frisch ist, aber trotz der kahlen Äste und des niedrigen Sonnenstands sehen alle Menschen im Park aus, als wäre schon Sommer, aus dem einfachen Grund, weil die Sonne scheint und es drinnen mindestens dreißig Grad warm ist.

Am Abend findet er endlich die gesuchte Stelle. Ja, so hat der Schriftsteller es umschrieben. Auf Seite 190. *Warum muss das sein?, denkt Klaas. Johan hat dichtes, langes, glänzendes Haar, er ist groß und muskulös, hat weiße Zähne und volle Lippen. Warum muss gerade jemand wie Johan so hübsch sein, wer denkt sich so was aus.* Es ist viel kürzer, als er sich zu erinnern glaubte. Kürzer und anders. Auch seltsamer. Wer könnte sich das denn »ausdenken«? Gott, oder wer? So etwas gibt es eben einfach. Aber es stimmt schon. Igor ist unglaublich hübsch, und niemand hat etwas davon. Simon schlägt das Buch zu und legt es weg. Leselampe aus. Morgen erst einmal einfach aufstehen, denkt er, während er sich auf die Seite dreht und die Beine anzieht.

ZWEITER TEIL

21.

»Was machst du?« Sie hat sich im Bett von ihm weggedreht.

»Ich stehe auf, ich fühle mich nicht gut.«

»Wieso bleibst du denn dann nicht liegen?«

»Kann ich nicht. Ich geh runter.«

»Ich stehe auch gleich auf.«

»Wolltest du nicht zum Sport, mit Liesbeth?«

»Ja. Und Irene. Ich möchte nur noch einen Moment nicht daran denken.«

»Wir sehen uns nachher unten.«

Sie murmelt etwas, er versteht es nicht. Sie bleibt liegen, wie sie lag. Er erhebt sich vom Bett. Durch die Vorhänge dringt fast kein Licht. Er zieht sich nicht an, sondern geht in der Unterhose die Treppe hinunter. Unten liegen Sachen bereit, im Schrank unter der Treppe steht ein kleiner gepackter Koffer. Er kocht weder Tee noch Kaffee, isst auch nichts. So also ist es, wenn man sich davonstiehlt, denkt er, als er die Tür leise hinter sich zuzieht. Bei Nacht und Nebel verschwindet. Vielleicht, wenn man flüchten muss. Es ist nasskalt und regnet, und manchmal stellt er sich in einem Hauseingang unter, oder unter einem Baum, was allerdings wenig Sinn hat, weil die Bäume noch kahl sind. Das regnerische Wetter ärgert ihn. Er will nicht durchnässt auf Schiphol ankommen. Es ist ruhig auf den Straßen, ein früher Sonntagmorgen. Der kleine Koffer enthält eine zweite Hose, ein paar Unterhosen, zwei Hemden, drei Paar Socken, einen Waschbeutel. Er geht zum Overtoom und steigt in einen fast leeren Bus der Linie 15. Er schaut aus dem Fenster. Amsterdam ist nass und grau. Er ist angespannt, der Flug wird sein erster Flug überhaupt sein. Unterwegs steigt fast niemand ein, es bleibt ruhig im Bus. Die Stadt geht in eine ungeordnete Landschaft über. Wiesen, Firmengebäude, ein einsames Hotel. Als sie sich Schiphol nähern, sind große Baustellen zu sehen. Es ist kurz vor sieben, draußen bleibt es grau und nass, an einem kahlen Baum kann er sehen, dass kaum Wind weht.

Der Praktikant steht am Eingang. Seine Jacke ist zu dünn, er ist für eine sonnigere Gegend angezogen, doch bis sie dort ankommen, vergeht noch einige Zeit. Er weiß, dass der Sohn des Friseurs verheiratet ist, und er hat nichts dagegen, wenn sie so tun, als würden sie sich zufällig bei einer Urlaubsreise begegnen. Er, der Praktikant, als Teil einer Reisegesellschaft von Holland International, und der Sohn des Friseurs als Einzelreisender, der ohne Schwierigkeiten einen Platz in der gecharterten Maschine bekommen hat, weil sie längst nicht voll ist. Der Praktikant wird am nächsten Morgen im Friseursalon entschuldigt fehlen; ob Cornelis irgendwem Bescheid gesagt hat, weiß er nicht. Er vermutet, dass er es nicht getan hat.

Am Anfang passierte nicht viel, Cornelis schien ihn zu ignorieren. Der Praktikant fühlte sich absichtlich übersehen, er kam sich vor wie ein Eindringling, obwohl ihn doch der alte Friseur Jan – den Cornelis reichlich sarkastisch mit Jean anspricht – und vor allem dessen Frau so herzlich willkommen geheißen hatten. Der Grund für diese abweisende Haltung war ihm ein Rätsel. Doch dann kam ein Moment, in dem sie nur zu zweit im Salon waren, nach einem anstrengenden Tag, einem jener Tage mit mehr Besuchern als Kunden, Frauen aus dem Viertel, die sich lautstark unterhielten, Kaffee trinkende Männer, die bedächtig und stolz von ihrem neuen Simca oder ihrer Arbeit sprachen, und einer der Männer hatte irgendwann beim Bäcker um die Ecke eine Sahnetorte geholt, und Cornelis war wütend geworden, weil auch der Mann, dem er gerade die Haare schnitt, einen Kuchenteller mit einem Stück Torte bekam und es aß, was ihm die Arbeit erschwerte, und trotzdem, das sah der Praktikant, störte ihn der Betrieb nicht wirklich, und danach, es war schon nach sechs, kam dieser Moment zu zweit, der damit begann, dass sie sich beim Haareaufkehren zufällig in einem der Spiegel anschauten, wodurch sie zu zwei anderen jungen Männern wurden, nicht mehr der Sohn des Friseurs und der Praktikant waren. So sieht er es zumindest, der Praktikant. Danach haben sie sich ein paarmal außerhalb des Salons getroffen. Cornelis immer vorsichtig und abwartend, er selbst mutig, weil er wusste, was er wollte. Er wollte diesen gut aussehenden jungen Mann, der sich so mürrisch und abweisend gab. Nicht fröhlich, nicht entspannt. Einmal, ein einziges Mal nur, nachdem sie im Tuschinski *Flucht ins 23. Jahrhundert* gesehen hatten – sie standen in der schmalen Gasse, die zur Amstel führt –, hatte der Praktikant das Gefühl gehabt, dass sie kurz davor waren, sich zu küssen. Als er vorschlug, ihn zu begleiten, war Cornelis einverstanden. Zu zweit verreisen. Einfach mal weg, wir sehen dann schon, was daraus wird. Und nun steigt er aus dem Bus, den Kopf etwas gesenkt, damit ihm der Regen nicht voll ins Gesicht schlägt. Er ist tatsächlich gekommen. Der Praktikant schaut auf die Armbanduhr. Kurz nach sieben. Es ist Zeit, einzuchecken.

In einem der Läden läuft Radio. *All through my wild days, my mad existence, I kept my promise.* Der Praktikant geht vor Cornelis her. *Don't keep your distance.* Cornelis versucht, an nichts zu denken. Nicht zu grübeln. Er ist nicht mehr nur angespannt, sondern so nervös, dass es ihm auf den Magen schlägt. Er möchte umkehren, weiß aber, dass es dafür zu spät ist, sie sind schon zu tief in das Gebäude vorgedrungen, und der Praktikant hat seinen großen Koffer eingecheckt. Im Grunde sind sie schon unterwegs. Dieser Teil des Flughafens ist eine Art Niemandsland. Der Praktikant dreht sich um und lächelt ihn an.

»Guten Morgen!«, sagt die Stewardess. Sie trägt ein kobaltblaues Kostüm mit einem bunten Halstuch.

»Ja, guten Morgen«, sagt Cornelis. Durch ein Fensterchen in der Fluggastbrücke hat er gesehen, dass diese Maschine »The Rhine« heißt. Das fand er merkwürdig. Wieso benennt man ein Flugzeug nach einem Fluss? Und nicht nach einem Vogel? Weihe. Bussard. Kormoran, wieso nicht. Storch.

»Ein Jumbojet!«, hat der Praktikant gesagt. »Damit bin ich noch nie geflogen.«

Sie steigen in das Flugzeug ein. Die Kabine ist riesig. Und laut ist es, offensichtlich sind eine Menge Kinder an Bord. Cornelis sucht seinen Sitz. 28H Aisle.

»Ich sitze viel weiter hinten«, sagt der Praktikant. »Aber ich glaube, die Maschine ist längst nicht voll. Sobald wir fliegen, regeln wir das.« Er nimmt Cornelis den kleinen Koffer ab und legt ihn in die Gepäckablage über dem Sitz. »Bis gleich.«

»Okay«, sagt Cornelis. Er nimmt Platz und schnallt sich sofort an. Neben ihm sitzt ein Paar. Der Mann am Fenster. »Hallo«, sagt er zu der Frau, die in etwas blättert, offenbar ein KLM-Magazin.

»Guten Tag, der Herr«, sagt die Frau.

Der Herr, denkt Cornelis. Er schließt die Augen. Er schluckt. Er will raus. Es ist ein paar Minuten vor neun. Triebwerke brüllen. Er öffnet die Augen und dreht sich um. Im selben Moment beugt sich der Praktikant zur Seite und hebt die Hand. Ziemlich weit weg. Was für ein Koloss, diese Maschine, denkt Cornelis. Wie soll so etwas fliegen? Er winkt zurück, setzt sich wieder gerade und dreht den Kopf, um aus dem Fenster zu schauen. Der Praktikant nützt ihm jetzt nichts. Er kennt ihn ja kaum, es geht nichts Beruhigendes von ihm aus. Und aus dem Fenster schauen kann Cornelis nicht, weil der Kopf des Mannes davor ist. Die Frau raschelt mit dem KLM-Magazin. Kinder schreien, Erwachsene lachen zu laut, ein Baby weint.

Stewardessen gehen vorbei und schließen die Klappen der Gepäckablagen. Triebwerke brüllen noch lauter. Schwalbe, denkt er. Reiher. Rohrdommel. Die Maschine beginnt zu rollen. Taxiing wird das auch genannt, weiß Cornelis. Er schließt wieder die Augen. In Gedanken zählt er die Sitze in einer Reihe. Es sind zehn. Dann versucht er, die Anzahl der Reihen zu schätzen. Hunderte von Menschen passen in diese Maschine. Und hat er nicht eben auch eine Treppe gesehen? Eine Treppe in einem Flugzeug? Er reibt über sein Brustbein. Kurz danach wird sein Körper in den Sitz gepresst. Er hat das Gefühl, dass der Boden des Flugzeugs unter ihm absackt. Atmen, denkt er. Ruhig atmen. »Hui!«, ruft ein Kind. Die Maschine fliegt eine Kurve, und Cornelis neigt sich unwillkürlich in die entgegengesetzte Richtung. Als ob er, und er allein, das Flugzeug unter Kontrolle bringen müsste und auch könnte, denn kurz danach scheint es wieder geradeaus zu fliegen. Dann wird ihm bewusst, dass seine Augen immer noch geschlossen sind. Er öffnet sie und blickt zur Seite. Die Frau liest ruhig in dem Magazin, der Mann hat sich zurückgelehnt, so dass sein Kopf nicht mehr das Fenster verdeckt. Cornelis sieht hauptsächlich schmutzig graue Wolken, aber dann, auf einmal, grüne Wiesen, winzige Autos, wieder einen Wolkenfetzen, und ist das die Nordsee?

Als das Lämpchen mit den Sitzgurten erloschen ist und das mit der Zigarette aufleuchtet, steht der Praktikant auf und geht nach vorn. Weiter hinten rauchen schon welche, man riecht es. Das Flugzeug ist kaum zur Hälfte voll. Warum eine Fluggesellschaft trotzdem alle Passagiere nah zueinander setzt, ist ihm nicht klar. Oder hat Holland International das so geregelt? Hat es etwas mit der Gewichtsverteilung zu tun? Sie sind dem Regen und dem Grau-in-Grau entkommen. Draußen strahlt die Sonne, unter dem Flugzeug gleitet ein endloses Wolkenfeld wie ein schneebedecktes Gebirge vorbei. Als er bei Reihe 28 ankommt, legt er Cornelis die Hand auf die Schulter. Er spürt, wie der Sohn des Friseurs zusammenzuckt. »Ich bin's«, sagt der Praktikant. »Sollen wir eine Stewardess fragen, ob wir irgendwo zusammensitzen können?«

»Reisen Sie allein?«, fragt die Stewardess leise.

»Ja«, antwortet Cornelis. »Das heißt, ich. Er gehört zu der Reisegesellschaft.«

»Gut, aber Sie gehören schon zusammen.«

»Klar«, sagt der Praktikant.

Cornelis empfindet Unbehagen. Und Angst. Wirkliche Angst, und diese Unruhe wirkt nicht gerade entspannend.

»Hier ist es ein bisschen laut, nicht wahr?«

»Ziemlich«, sagt der Praktikant.

»Kommen Sie bitte mit«, sagt die Stewardess.

Cornelis steht auf. Stehen und gehen in einem Flugzeug, unbegreiflich. Aber es ist wie auf festem Boden.

»Haben Sie Handgepäck?«, fragt die Stewardess.

»Ich nicht«, sagt der Praktikant. »Aber dieser Herr.« Er holt Cornelis' Koffer aus der Ablage.

Sie folgen der Stewardess nach vorn, kommen an der kleinen Bordküche vorbei und steigen die Treppe hinauf. Auf dem Oberdeck ist niemand. Die Sitze sind breiter als unten, die Abstände größer. »Business Class«, sagt die Stewardess. Sie zeigt in Richtung Bug. »Da ist das Cockpit.«

Cornelis wird sofort ruhiger. Als könnte er dank der Abwesenheit anderer Menschen freier atmen; hier kann er ungesehen Angst haben. »Geht das denn so ohne Weiteres?«, fragt er.

»Natürlich«, sagt die Stewardess. »Hier sitzt doch niemand.«

»Setz dich ruhig ans Fenster«, sagt der Praktikant.

»Fliegen Sie zum ersten Mal?«, fragt die Stewardess.

»Ja«, sagt Cornelis.

»Darf ich Ihnen ein Glas Sekt anbieten?«

»Aber gern«, antwortet der Praktikant.

»Und Sie haben beide eine Toilette für sich, da vorn.«

Cornelis setzt sich und stellt den Koffer zwischen seine Füße. Hier geht das. Sekt, und es ist noch nicht einmal zehn Uhr.

»Das nennt man Schwein«, sagt der Praktikant. Er reckt sich, rutscht auf seinem Sitz nach vorn und lehnt sich zurück. »Business Class.«

Ich habe Schwein, denkt Cornelis. Er würde sich ja gern einfach dem überlassen, was auf ihn zukommt, doch das gelingt nicht. Vielleicht noch nicht. Erst muss er diesen Alptraum hinter sich haben.

»Sieh doch mal«, sagt der Praktikant. »Diese weiche, weiße Decke. Das hat doch was Beruhigendes. Hier ist nichts, was stört. Man braucht nichts zu tun. Außer ein Glas Sekt trinken.«

Ganz vorsichtig schaut Cornelis hinaus. Es sieht wirklich weich aus. So weich, als könnte das Flugzeug dort auf dem Bauch weitergleiten, wenn es plötzlich fallen würde. Trotzdem fühlt sich die Tiefe unter ihm unergründlich an, zwischen ihm und dem Boden – oder dem Meer? – ist nur Luft. Es ist still. Die Sonne scheint von links herein. Hinter dieser Tür vorne sitzen Männer, die wissen, was sie tun. Vielleicht trinken sie Kaffee, machen Witze, reden über Gott und die Welt, weil ihnen alles, was sie tun müssen, so in Fleisch und Blut übergangen ist, dass es kaum Aufmerksamkeit erfordert. Wahrscheinlich ist der Autopilot eingeschaltet. Der Praktikant blättert in dem KLM-Magazin, das er aus einer Tasche in der Rückenlehne vor ihm genommen hat. »He«, sagt er.

»Was?«, fragt Cornelis.

Der Praktikant legt ihm das Magazin auf den Schoß. »Das ist unser Flugkapitän.«

»Woher weißt du das denn?«, fragt Cornelis.

»Er hat sich doch vorgestellt! Vorhin hat er doch gesagt,

wann wir landen werden und wie das Wetter auf Gran Canaria ist!«

Cornelis schaut und liest. Der Mann lächelt breit und hat graues Haar. Er macht einen vertrauenerweckenden Eindruck. Die KLM sei *punctual* und *reliable*, erklärt er den Lesern. Der Text ist ziemlich wahllos mit Fotos garniert. Auf einem davon sind Holzschuhe zu sehen. »Immer Klompen«, sagt Cornelis. »Kann man sich denn nicht mal was anderes ausdenken?«

»Ha«, sagt der Praktikant. »Eben nicht. Klompen, Tulpen und Windmühlen. Das sind wir.« Er zeigt auf den Artikel. »Aber wir sind auch erstaunlich, steht da.«

The reliable airline of those surprising Dutch. Cornelis schlägt das Magazin zu und legt es weg. Er schaut wieder hinaus. Sie scheinen sich dem Ende des Wolkenfelds zu nähern.

»Sieh mich endlich mal an«, sagt der Praktikant.

Cornelis sieht ihn an.

Dann kommt die Stewardess mit dem Sekt. »Zum Wohl, meine Herren«, sagt sie.

»Verehrte Fluggäste, wegen unvorhergesehener Umstände auf dem Flughafen von Las Palmas de Gran Canaria sind wir gezwungen, zum Flughafen von Teneriffa auszuweichen. Unser Flug wird deshalb etwas länger dauern. Wir werden Sie über alles Weitere auf dem Laufenden halten.«

»Verdammter Mist«, sagt der Praktikant.

Cornelis ist nach zwei Gläsern Sekt fast übermütig geworden, hat sich auf dem Oberdeck umgeschaut, ist sogar auf der Toilette gewesen. Ein enger Raum gleich hinter dem Cockpit. Nach dem Spülen blieb er noch einen Moment dort, weil er hoffte, etwas hören zu können. Er hörte nichts.

»Landen«, sagt Cornelis. »Das kann ich kaum erwarten.«

»Das glaube ich ja«, sagt der Praktikant. »Aber danach müssen wir ja auch wieder starten.«

22.

Eine halbe Stunde später, gegen zwanzig vor zwei, landet die Boeing 747 »The Rhine« mit dem Kennzeichen PH-BUF auf dem Flughafen Los Rodeos. Um Viertel nach zwei landet die ebenfalls umgeleitete Boeing 747 »Clipper Victor« der Pan-Am. Diese Maschine ist bereits in New York zwischengelandet, nachdem sie Stunden zuvor vom Los Angeles International Airport gestartet war. Auf Los Rodeos stehen weitere Flugzeuge, die hier eigentlich nicht stehen sollten. Der Flughafen ist überlastet. Und alle warten darauf, dass der nach einer Bombenexplosion gesperrte Flughafen auf Gran Canaria wieder freigegeben wird. Dieses Warten spielt sich für die KLM-Passagiere zunächst im Flugzeug ab, doch weil sich die Sache hinzuziehen scheint, dürfen sie nach einiger Zeit wie die Passagiere zuvor gelandeter Maschinen aussteigen und im Terminal warten. Um halb drei wird die Sperrung des Flughafens von Las Palmas aufgehoben, da keine weiteren Sprengkörper gefunden worden sind. Nun kann die Flugverkehrskontrolle anfangen, die wartenden Maschinen nacheinander zur Startposition zu leiten. Fluglotse Fernando Azcunaga und seine Kollegen stehen vor einer schwierigen Aufgabe: Einige der Maschinen können nicht auf der Rollbahn allein zum Start rollen; auch die Startbahn muss abschnittsweise als Rollbahn dienen.

Cornelis fand das Landen – er hatte es herbeigesehnt, weil das Flugzeug dann dem Boden wenigstens näher sein würde als in zehn Kilometern Höhe – doch nicht so schön wie gedacht. Und während des Wartens im überfüllten Terminal verfliegt der Rausch von den zwei Gläsern Sekt. Er steht hinter einer Frau in der orangefarbenen Uniform von Holland International, die sich – wenn er richtig versteht – an einem Schalter der

KLM abmeldet. Sie geht weg, er versucht, sie im Auge zu behalten, und glaubt zu sehen, dass sie den Terminal verlässt. Geht das so einfach?, fragt er sich. Kann und darf man hier raus? Ich habe mich ja zu Hause auch nicht abgemeldet, denkt er, und ihn überkommt eine lange vergessene Erleichterung, die er als kleiner Junge empfand, wenn jemand von der Zahnarztpraxis seine Mutter anrief und Bescheid sagte, dass der Zahnarzt krank war.

»Warum hast du eigentlich deinen Koffer mit?«, fragt der Praktikant.

Cornelis blickt auf seinen Koffer. »Er stand zwischen meinen Beinen. Ich hab ihn einfach mitgenommen, es wäre mir komisch vorgekommen, ihn da stehen zu lassen.«

Der Praktikant regt sich auf. Während des Fluges hatte er gesagt, es wäre sicher kein großes Problem für Cornelis, sich noch irgendwie der Reisegesellschaft von Holland International anzuschließen, vielleicht wäre es sogar möglich, dass sie beide zusammen ein Hotelzimmer bekämen, das würden sie alles nach der Ankunft klären. Eventuell könnte auch Cornelis ein Hotelzimmer für sie reservieren. Doch nun ist diese Umleitung dazwischengekommen, und es wird später und später.

Cornelis schaut ihn an und hat das Gefühl, einem völlig Fremden in die Augen zu sehen. Wer ist dieser Junge? Ja, er weiß, wer er ist, er weiß, dass er Jacob heißt, und natürlich, dass er ein Praktikum bei seinem Vater macht, aber wieso ist er selbst, Cornelis, plötzlich zusammen mit ihm hier? Was sollte das vorhin im Flugzeug, als Jacob sagte: »Sieh mich endlich mal an«? Warum? Ihn erfasst leise Panik, er weiß nicht, was er hier eigentlich macht. Sonntagnachmittag auf einer Kanareninsel. Erst vor ein paar Stunden hat er Anja belogen, ist er davongelaufen, weil sie ihm etwas mitgeteilt hatte, was viel zu groß für ihn war, ist er durch ein trostloses Amsterdam gegangen, hat er sich nach dem Einsteigen in den Bus fast willenlos forttragen lassen, hat er mit Bauchschmerzen ein Flugzeug bestiegen; und jetzt sieht er durch die großen Fenster des Terminals überall Flugzeuge stehen, die wieder in die Luft müssen. Ihm wird flau, der Boden unter seinen Füßen scheint zu schwanken. Ich mache es nicht, denkt er. Ich kann es nicht. Und auch hier wie auf Schiphol hört er, als sie zum Zeitvertreib einen Rundgang durch den Terminal machen, aus unsichtbaren Lautsprechern Julie Covington. *Though it seemed to the world they were all I desired, they are illusions, they are not the solutions they promised to be.*«

»Was ist das doch für ein Scheißsong«, sagt der Praktikant. »Kommt mir schon zu den Ohren raus.«

Es gibt kaum Informationen über die voraussichtliche Abflugzeit, im Grunde gar keine.

»Ob es hier einen Spielzeugladen gibt?«, fragt der Praktikant.

»Einen Spielzeugladen? Was willst du denn da?«

»Nichts, nur so.«

Cornelis schluckt. »Jacob«, sagt er.

»Ja?«, fragt der Praktikant.

»Jacob, hör zu.«

Die KLM-Maschine steht der Pan-Am-Boeing auf dem Rollfeld im Weg. Die Cockpit-Besatzung von »Clipper Victor« – Kapitän Victor Grubbs, Co-Pilot Robert Bragg und Flugingenieur George Warns – ist *not amused*, als KLM-Kapitän Veldhuyzen van Zanten beschließt, seine Maschine vor dem Weiterflug nach Gran Canaria betanken zu lassen, um dort weniger Zeit zu verlieren, bevor er mit einem Flugzeug voller Urlauber nach Schiphol zurückfliegt. Er hat es nämlich eilig; die maximal zulässige Arbeitszeit der Crew darf nicht überschritten werden, sonst muss sie auf Gran Canaria übernachten. Die Passagiere sitzen schon seit über einer Stunde wieder im Flugzeug; die Urlauber auf Gran Canaria wiederum warten bereits sechs Stunden auf den verspäteten Flug. Die Pan-Am-Maschine hätte eigentlich früher weiterfliegen dürfen, doch der Platz reicht für ein Vorbeirollen an der KLM-Maschine nicht aus. Die amerikanischen Passagiere haben das Flugzeug auf Los Rodeos gar nicht verlassen.

Als die beiden Flugzeuge die Freigabe zum Rollen erhalten, ändert sich das Wetter. Eine Nebelbank kriecht von den Hügeln herunter und bleibt auf dem Flughafen liegen. Das ist hier nichts Ungewöhnliches; manchmal hält sich der Nebel längere Zeit, manchmal löst er sich innerhalb von zehn Minuten wieder auf. Kurz vor 17 Uhr wird die Besatzung von »The Rhine« angewiesen, entgegen der Startrichtung auf der Startbahn bis zum Bahnende zu rollen und dort eine Wende um 180 Grad zu vollführen, um die Startposition einzunehmen. Nach dem Einbiegen auf die Startbahn fragt Co-Pilot Klaas Meurs, ob beabsichtigt sei, dass sie bei Abzweigung C-1 (»Charlie One«) auf die Rollbahn abbiegen; die Flugverkehrskontrolle wiederholt, dass sie bis zum Bahnende auf der Startbahn bleiben sollen. »Clipper Victor« rollt inzwischen ebenfalls auf die Startbahn und wird angewiesen, sie bei Abzweigung C-3 wieder zu verlassen, um auf dem freien Teil der Rollbahn zur Startposition vorzustoßen. Sobald die amerikanische Maschine die Startbahn verlassen hat, kann die niederländische starten. Für die Piloten würde ein Abbiegen an C-3 eine 148-Grad-Kurve nach links und anschließend an der Einmündung in die Rollbahn erneut eine scharfe Kurve nach rechts bedeuten – mit einer 747 eine kaum zu bewältigende Aufgabe. Sie rollen, sich an einer schematischen Karte der Bahnen orientierend, im Nebel an C-3 vorbei und halten auf Abzweigung C-4 zu, die in dieser Richtung einfach zu nehmen ist und auch in einem günstigen Winkel in die Rollbahn mündet.

Nach dem *backtrack* beendet Co-Pilot Meurs das Vorlesen der Checkliste. »Body gear disarmed. Landing lights on. Checklist completed.«

Veldhuyzen van Zanten bewegt die Schubhebel nach vorn. Meurs erschrickt und sagt: »Warte, wir haben noch keine ATC-Freigabe.«

»Nein, ich weiß. Frag an.«

»KLM 4805 is now ready for take-off and we're waiting for our ATC-clearance.«

»KLM 4805, you are cleared to the Papa beacon, climb to and maintain flight level nine zero, right turn after take-off, proceed with heading zero four zero until intercepting the three two five radial from Las Palmas VOR.«

Veldhuyzen van Zanten schiebt erneut die Schubhebel nach vorn.

Meurs beginnt die Streckenfreigabe zu wiederholen, doch währenddessen leitet Veldhuyzen van Zanten bereits den Startlauf ein, weshalb Meurs sich gedrängt fühlt, seine Meldung herunterzurasseln. In Meurs' Funkspruch hinein sagt der Kapitän: »Wir starten … Startschub überprüfen.«

Fluglotse Fernando Azcunaga sagt: »Okay, stand by for take-off, I will call you.«

Die Cockpit-Besatzung der KLM-Maschine hört »Okay«, der Rest der Meldung geht teilweise in einem Pfeifen unter.

In diesem Moment beschleunigt das Flugzeug schon seit sechs Sekunden.

Der Pfeifton wird durch eine Überlagerung verursacht, weil im selben Augenblick »Clipper Victor« den Tower anfunkt. »We are still taxiing down the runway, the Clipper 1736.«

»Roger Papa Alpha 1736, report when runway clear.«

»Okay, will report when we're clear.«

»Thank you.«

Flugingenieur Willem Schreuder sitzt weiter hinten als die Piloten. Schon unter normalen Umständen sieht er durch die Cockpit-Fenster nicht viel, jetzt sieht er überhaupt nichts. Draußen ist es grau. Allerdings kann er wenigstens teilweise den Funkverkehr zwischen »Clipper Victor« und dem Tower hören. »Ist er denn noch nicht weg?«, fragt er.

»Was sagst du?«, fragt Veldhuyzen van Zanten.

»Ist er noch nicht weg, dieser Pan-American?«

»Aber klar«, antwortet Veldhuyzen van Zanten.

Der Praktikant heißt Jacob Willems, er ist einundzwanzig und ein Sohn von Klaas Willems (51, Pflasterer) und Ina Willems-Klein (47, Hausfrau). Er wohnt noch bei seinen Eltern in Amsterdam-Ost. Seine Geschwister sind Rense (23) und Tilly (26) Willems. Weil er der Jüngste ist, nennen ihn die beiden oft »Koppie«. Seine Ausbildung an der Friseurfachschule ist fast abgeschlossen. Seit er sechs Jahre alt ist, sammelt er Dinky Toys, und obwohl er das inzwischen als Kinderhobby empfindet, kann er manchmal nicht der Versuchung widerstehen, ein noch fehlendes Modell hinzuzukaufen. Er geht gern ins Kino. Bis vor einiger Zeit hatte er eine Beziehung zu einem Dozenten. Dieser Dozent, der einundzwanzig Jahre älter ist und schon mit vielen angehenden Friseuren zu tun hatte, hat dafür gesorgt, dass niemand etwas mitbekam. Eine im Lauf der Jahre angeeignete Verschlagenheit. Jacob hat das sehr genau beobachtet, und er hat das Gefühl, etwas dabei gelernt zu haben. Er glaubt zu wissen, wie er Cornelis lenken kann. Oder vielmehr: Er glaubte zu wissen, wie er den Sohn des Friseurs lenken konnte.

Jacob ist nicht wieder die Treppe zum Oberdeck hinaufgestiegen. Er hat sich auf den Platz gesetzt, der auf seiner Bordkarte steht. Niemand beachtet ihn, sogar die Stewardess, die ihn und Cornelis aufs Oberdeck gebracht hatte, geht einfach an ihm vorbei. Weil er allein in einer Dreierreihe sitzt, ist er diesmal zum Fenster weitergerutscht.

Es ist wie bei einer Klassenfahrt, wenn die Kinder den Bus kurz verlassen durften und Ermahnungen wie »Passt aufeinander auf« und »Geht nicht zu weit weg« zu hören bekamen, nur dass am Ende der Pause niemand mehr genau aufpasst und der Bus losfährt, sobald kein Kind mehr draußen steht. Das Kind, das zurückbleibt, wird erst nach vielen Kilometern vermisst. Der Gedanke an eine Busreise kommt ihm, weil die Passagiere jetzt noch ausgelassener sind als zuvor, als hätte das Warten auf spanischem Boden die Vorfreude auf den kommenden Urlaub noch gesteigert. Es herrscht eine geradezu übermütige Stimmung.

Scheiße, denkt Jacob. Plötzlich ist er wieder allein, plötzlich ist es so wie ursprünglich geplant. »Komm«, hat er noch gesagt, als alle aufgefordert wurden, wieder an Bord zu gehen. Vielleicht hat er dieses »Komm« etwas zu gebieterisch ausgesprochen, hätte er es sanfter sagen sollen. Die Situation war reichlich chaotisch, neben ihm ging ein Ehepaar mit Kindern einfach durch, ohne die Bordkarten vorzuzeigen. »Nein«, sagte Cornelis. Er blieb stehen wie ein widerspenstiger Hund. Habe ich mich denn so getäuscht?, fragt sich Jacob. Habe ich mit Cornelis nur Zeit vergeudet? Er nimmt sich vor, nicht mehr zu Chez Jean zurückzukehren. Ich finde schon eine andere Praktikumsstelle, denkt er. An Friseuren herrscht ja kein Mangel. Er schaut aus dem Fenster. Sogar das Wetter ist gegen ihn. Eben war es noch schön und sonnig, er sah sich schon zusammen mit Cornelis in einem Pool, ja sogar im Bett, wo auch immer, in seinem Hotel oder in einem anderen, in dem Cornelis ein Zimmer finden würde, doch jetzt herrscht auf einmal Nebel. Er sieht nichts, nur den Asphalt der Startbahn. Ja, denkt er, jetzt ist es, wie es geplant war. So muss ich es sehen. Alles andere muss ich vergessen. Ich mache Urlaub. Wer weiß, was oder wer mich auf der anderen Insel erwartet. Ich muss Cornelis vergessen. Die können mich mal, die mit ihrer Jordaan-Kneipe, die sich als Friseursalon ausgibt. Das Flugzeug beschleunigt, immer schneller gleitet der Asphalt am Fenster vorbei.

»Let's get out of here, get the hell out of here.«

»Yeah, he's anxious, isn't he?«

»Yeah, after he held us up for an hour and a half, that son of a bitch.«

»Yeah, that ...«

»Now he is in a rush.«

»There he is. Look at him, he's coming.«

»Get off! Get off! Get off!«

Die niederländische Maschine wird so steil hochgezogen, dass ihr Heck auf einer Strecke von zwanzig Metern über den Asphalt schleift. Ihr Hauptfahrwerk trifft die rechte Tragfläche der scharf nach links abbiegenden Pan-Am-Maschine, der untere Teil des Rumpfs und die Triebwerke zwei, drei und vier durchschlagen die Passagierkabine des amerikanischen Flugzeugs, wobei die rechten Triebwerke das Oberdeck hinter dem Cockpit aufreißen. Die KLM-Maschine bleibt allein durch die erreichte Geschwindigkeit noch kurz in der Luft, stürzt dann auf die Startbahn, geht dabei im Weiterrasen in Flammen auf und explodiert. Kapitän Grubbs wird später erklären, dass er sich über die Schwere der Kollision zuerst gar nicht im Klaren war. »He hit us but I didn't even think he had done us any damage. Because the airplane shook very quickly, not very much noise.« Doch dann sieht er, dass hinter ihm, wo achtundzwanzig Erste-Klasse-Passagiere gesessen haben, nichts mehr ist. Die rechte Tragfläche brennt. Durch ein Loch an der linken Rumpfseite am Bug der »Clipper Victor« können einige Besatzungsmitglieder und Passagiere das Flugzeug noch verlassen, auch einige, die nicht zu springen wagen, aber von einer Stewardess auf gut Glück hinausgestoßen werden. Doch kurz danach explodiert eines der Triebwerke an der linken Tragfläche. Wegen des dichten Nebels gibt es keine Augenzeugen. Im *Airline Accident Report* der Air Line Pilots Association wird später erwähnt, dass niederländische Ermittler die Leichen von vier Passagieren der Pan-Am-Maschine zwischen den Überresten von niederländischen Passagieren finden und identifizieren. Noch monatelang sehen Fluggäste auf Los Rodeos Wrackteile neben der Start- und Landebahn liegen.

Dass Purserin Dorothy Kelly überhaupt überlebte, war den Hemmungen ihrer Kollegin Françoise Colbert de Beaulieu zu verdanken. Solche Geschichten gehören zu Flugzeugunglücken, und die Geschichte von Dorothy Kelly wurde später noch unwahrscheinlicher, denn im Dezember 1988 wurde sie von einer Kollegin gefragt, ob sie bereit wäre, eine Schicht mit ihr zu tauschen. Dorothy wäre grundsätzlich bereit gewesen, doch in diesem Fall tat sie es nicht, weil sie die Weihnachtszeit gern mit Angehörigen in New York verbrachte und ihr ein Flug am 21. Dezember deshalb nicht passte. Es handelte sich um den Pan-Am-Flug 103 von Frankfurt am Main nach New York mit Umsteigen in London-Heathrow, der über dem schottischen Lockerbie endete. Doch das war wie gesagt später, viel später. Die französische Kollegin bat Dorothy, die erste Klasse und auch die Ansagen zu übernehmen, weil sie sich ihres Akzents schämte. Im hinteren Teil der Kabine, wo die weniger Finanzkräftigen sitzen, war dieser Akzent offenbar kein so großes Problem. Dorothy war einverstanden. Sie war vom *Junior Purser* zum *Senior Purser* befördert worden.

»Clipper Victor« rollte, Dorothy stand bei Tür R1 vorne

rechts, einen Becher Kaffee in der Hand, und unterhielt sich mit einer Kollegin. Den Kaffee hatte ihr der Kollege Miguel Ángel Torrech Pere gebracht, der anschließend nichtsahnend wieder zum Oberdeck hinaufstieg. 1977 saß das Kabinenpersonal während des Rollens noch nicht angeschnallt auf Sitzen. Der Boden verschwand unter ihren Füßen, und sie fiel in den Gepäckraum. Sie verlor kurz das Bewusstsein; als sie wieder zu sich kam, dachte sie: eine Bombe. Irgendwo über sich sah sie einen Streifen Licht. Sie kletterte nach oben und schaffte es bis aufs Oberdeck, wo, wie sie später berichtete, das Kabinendach »wie der Deckel einer Sardinenbüchse weggerissen war«. Dort waren noch zwei Menschen. »Wie kommt ihr hierhin?«, fragte sie. Sie wussten es nicht. Sie sah, dass ein Triebwerk noch lief, sah Flammen, hörte Explosionen. »Springen«, sagte sie zu den beiden. Sie taten es nicht, und so stieß sie die beiden über den Rand und sprang selbst hinterher. Sie kamen einigermaßen sanft auf, weil das Bugfahrwerk die Erde neben der Landebahn aufgewühlt hatte. Einige Menschen retteten sich noch aus einem Loch über der linken Tragfläche ins Freie. Sie stand auf und fing an, Überlebende – die meisten in recht fortgeschrittenem Alter, einige vom Sprung schwer verletzt – vom Wrack wegzuführen. Das eine Triebwerk lief weiterhin mit voller Kraft. Unter dem Bug des Flugzeugs kniete eine weiße Gestalt. Es war Kapitän Grubbs. Er war wie gelähmt. Sie packte ihn unter der Achsel und zerrte ihn rückwärts stolpernd vom Wrack fort. In diesem Moment explodierte das noch laufende Triebwerk. Der riesige vordere Teil der Maschine ächzte und knackte und fiel unwirklich langsam auf die Seite. »Wie ein gewaltiger Wal, der keinen Lebenswillen mehr hat, weil er nicht zurück ins Wasser kann, und den Kopf hängen lässt, um zu sterben.«

Plötzlich tauchte auch Co-Pilot Robert Bragg auf, zusammen holten sie die letzten Überlebenden vom brennenden

Wrack weg. Sie wollte es nicht sehen, doch sie sah es: Passagiere, die an die Fenster hämmerten, die Münder weit aufgerissen, lautlos schreiend, nur gab es niemanden, der sie retten, nirgends eine Tür, die geöffnet werden konnte. Von einer überlebenden Kollegin hörte sie später, dass manche Passagiere nicht einmal ihre Gurte lösten, sondern einfach sitzen blieben und auf Anweisungen warteten. Dass in ein paar hundert Metern Entfernung eine völlig zerstörte und ausgebrannte niederländische 747 lag, ahnte sie nicht.

Sie wurde ins Krankenhaus gebracht, und weil sie Erste-Hilfe-Kenntnisse hatte und Spanisch sprach, half sie, Menschen mit schweren Verbrennungen von Kleidungsresten zu befreien. Erst als sie merkte, dass sie nicht mit einer Schere schneiden konnte, stellte sie fest, dass ihr Arm gebrochen war. Sie wohnte noch ein paar Tage in einem Hotel, versuchte, den Journalisten aus aller Welt auszuweichen, und flog in die Vereinigten Staaten zurück. Auf ärztlichen Rat hin arbeitete sie ein halbes Jahr nicht, fing dann aber wieder mit dem Fliegen an, etwas hellhöriger, was ungewöhnliche Geräusche anging, etwas unruhiger bei Turbulenzen, aber in dem Wissen, dass Fliegen die sicherste Art des Reisens ist. Und außerdem: Wie wahrscheinlich ist es, dass jemand zweimal im Leben von einem Flugzeugunglück betroffen ist? Lockerbie blieb ihr erspart. Françoise Colbert de Beaulieu und Miguel Ángel Torrech Pere waren ums Leben gekommen.

Im Terminal sah eine achtundzwanzigjährige belgische Reiseleiterin von Airtour Belgium eine rote Glut im Nebel über dem Flughafen. Sie hatte gerade ungefähr dreihundert Passagiere eingecheckt und wartete auf eine weitere Gruppe, die mit einer Maschine von Sabena eintreffen sollte. Sie hörte nichts. Sie dachte – später, um genau zu sein: fünfundzwanzig Jahre später, in einem Interview mit dem *Reformatorisch Dag-*

blad–, das liege am Nebel. Was aber nicht stimmen kann. Nur weil man in dichtem Nebel so gut wie nichts sieht, glaubt man, dass die Luft »dick« sei und Schall deshalb weniger weit trage. Im Terminal herrschte schnell große Aufregung. Spanier schrien durcheinander, weil sie glaubten, eine spanische Maschine wäre verunglückt. »Wir hörten nichts von Explosionen oder dergleichen, aber diese rote Säule in der Ferne verhieß nichts Gutes.« Ein Terminal voller Menschen, die im Grunde nichts wussten, außer, dass etwas passiert war. Unheil lag in der Luft, das war alles. Nach einiger Zeit wurden drei Menschen mit schweren Verbrennungen hereingebracht, und das waren Amerikaner. »Sie hatten einen Schock, konnten ihre Namen nicht nennen, blickten sich mit leeren, vorquellenden Augen um«, erinnerte sie sich ein Vierteljahrhundert später.

Ihr ebenfalls auf der Insel lebender Mann verfolgte zu Hause vor dem Fernseher ein Fußballspiel. Ein Länderspiel Spanien gegen Ungarn, in Alicante. »Die Übertragung wurde abrupt unterbrochen, und alles medizinische Personal auf der Insel, Ärzte, Krankenschwestern, Sanitäter, wurde aufgerufen, sich so schnell wie möglich nach Los Rodeos zu begeben.« Er sprang ins Auto und fuhr zum Flughafen, so schnell er konnte, wurde aber von der Guardia Civil angehalten und konnte nichts anderes tun, als wieder nach Hause zu fahren, etwa achtzig Kilometer nach Süden. Dort wartete er auf einen Anruf von seiner Frau. Der kam lange nicht, weil es auf dem Flughafen nur drei öffentliche Telefone gab. In dem Interview sagte er außerdem: »Nach dem Katholizismus ist in Spanien Fußball die zweite Religion. Deshalb braucht man sich nicht zu wundern, dass die Fluglotsen trotz des Verbots, im Tower Radio zu hören, die Übertragung dieses wichtigen Spiels eingeschaltet haben. Das blieb nicht ohne Folgen für ihre Konzentration auf den Flugverkehr, der doch an diesem Nachmittag ohnehin schon chaotisch war.«

Er sagte das als Ergänzung zu einer Geschichte, die seine Frau den Journalisten erzählte. Sie war einer befreundeten Kollegin begegnet. Einer Kollegin, die ein Verhältnis mit dem Direktor des Flughafens hatte. Während sie über das Chaos im Terminal sprachen, kam ebendieser Direktor zu ihnen. »Die Schufte im Tower haben im Radio Fußball gehört! Soll man das für möglich halten?! Diese Schwachköpfe, sie wissen doch, dass das unverantwortlich und verboten ist! Kein Wort darüber, oder ich bringe euch um. Bitte, schweigt, Mädchen! Schweigt!« Die beiden Frauen (»Mädchen« waren sie nur in den Augen des Direktors) sollten die Sache unbedingt für sich behalten, und das taten die Airtour-Reiseleiterinnen dann auch, weil sie keinen Ärger mit den spanischen Behörden riskieren und vielleicht ihre Arbeitserlaubnis verlieren wollten. Der Mann erwähnte ein weiteres Detail. Eine andere Kollegin seiner Frau sowie eine »ältere Dame mit grauem Haar und goldener Brille«, an deren Namen er sich nicht erinnere, hatten angeblich gesehen, dass kurz nach dem Unglück ein sogenannter Ghettoblaster aus dem Tower gefallen oder geworfen worden sei. Auf Teneriffa sei es ein »öffentliches Geheimnis, dass man im Kontrollturm das Fußballspiel nicht nur im Radio verfolgt, sondern auch in einem kleinen Schwarz-Weiß-Fernseher gesehen hat. ›Dessen Ton war ausgeschaltet, weil der Radiokommentar leidenschaftlicher war.‹«

Ein »Vorermittler« des Rijksluchtvaartdienst war sich »hundertprozentig« sicher, auf den Tonbandaufnahmen aus dem Tower und den Cockpits beider Maschinen »Fußballgeräusche« gehört zu haben. Er suchte nach Personen, die das bestätigen konnten, »aber die sind, wenn man sie braucht, nicht zu finden, oder sie wollen keine Aussage machen«. Ihm fiel auf, dass nur die amerikanische Cockpit-Besatzung beunruhigt war, während die spanische Flugverkehrskontrolle auffallend ruhig blieb, »fast abwesend«, was ihn wunderte, da man immerhin zwei Jumbojets im dichten Nebel »nacheinander über die Startbahn rollen« ließ. In den spanischen und amerikanischen Untersuchungsberichten fehlte jeder Hinweis auf ein Fußballspiel. »Die Spanier hatten großes Interesse daran, die Schuld einseitig der KLM-Besatzung zuzuschreiben. Auch die Amerikaner bekamen wir nicht auf unsere Seite. Ihnen kam die spanische Darstellung nicht ganz ungelegen.«

Im Grunde ist diese Fußballgeschichte gar nicht von Bedeutung. Denn zu keiner Zeit gab es keinen Kontakt zwischen der spanischen Luftverkehrskontrolle, »The Rhine« und »Clipper Victor«. Zu keiner Zeit erweckte der Fluglotse den Eindruck, abgelenkt zu sein. Übrigens war der im Artikel erwähnte »Vorermittler« später offensichtlich weniger an Aufklärung interessiert. 1999, zweiundzwanzig Jahre nach Teneriffa und drei Jahre vor dem Interview im *Reformatorisch Dagblad*, war er Leiter der Abteilung Flugbetrieb des Rijksluchtvaartdienst und Pilot bei Martinair. Ein von ihm verfasster Brief wurde in diesem Jahr in einem Schwarzbuch abgedruckt, das Hinterbliebene von Opfern des Martinair-Absturzes in Faro an die parlamentarische Untersuchungskommission zum Bijlmermeer-Unglück schickten, bei dem eine El-Al-Frachtmaschine in einen Amsterdamer Wohnblock gestürzt war. Die Hinterbliebenen sprachen sich dafür aus, alle Untersuchungsergebnisse zu veröffentlichen. Sämtliche Ermittlungen vor einem Abschlussbericht des Rijksluchtvaartdienst und des Raad voor de Luchtvaart sind geheim, nur der Abschlussbericht wird veröffentlicht, und der RLD kann entscheiden, bestimmte Erkenntnisse in diesem Bericht nicht zu erwähnen. Die Hinterbliebenen setzten sich für eine parlamentarische Untersuchung aller Flugunfälle ein. In dem Brief hatte der erwähnte Vorermittler/Pilot/Leiter der Abteilung Flugbetrieb unter anderem geschrieben:

»Martinair gilt als ausreichend sichere Gesellschaft. Eine (offizielle) Meldung nicht funktionierender Systeme an Bord niederländischer Flugzeuge ist nicht erforderlich. Eine Fluggesellschaft ist hierin eigenverantwortlich.« Und warum bezeichnen ihn die Journalisten als »Vorermittler«? Schon am Morgen nach der Katastrophe war ein niederländisches Bergungsteam auf Teneriffa. Es gab kaum etwas vorzuermitteln. Hatte er sich selbst so genannt?

Um elf Uhr am Dienstag, dem 5. April 1977, fand in der St. Agnes Church in New York, 143 East 43rd Street, ein Gedenkgottesdienst statt, gemeinsam geleitet von dem Rabbiner Rosenberg, dem protestantischen Pfarrer Johnson und dem katholischen Priester Brew. Jeder war willkommen. Organisiert hatte den Gottesdienst das Pan Am Employee Awareness Committee. Die wichtigste amerikanische Gedenkstätte für die Opfer der Katastrophe liegt in Westminster, Orange County, Kalifornien, im Westminster Memorial Park and Mortuary. Ein unscheinbares, liegendes Monument aus vier Bronzeplatten mit etwa hundertzwanzig Namen, eingelassen in eine Terrasse aus Naturstein. Über den Platten, ebenfalls liegend, eine Plakette mit dem Text: IN LOVING MEMORY OF THE VICTIMS OF THE AIR TRAGEDY OF MARCH 27, 1977 AT TENERIFE, CANARY ISLANDS. Dort sind alle nicht identifizierten Toten beerdigt. Westminster ist praktisch ein Vorort von Los Angeles, der Stadt, von der aus »Clipper Victor« gestartet war. Viele Passagiere stammten aus Orange County.

Auf den Bronzetafeln fehlt der Name von Eve Meyer. Sie wurde am 13. Dezember 1928 in Griffin, Georgia, als Evelyn Eugene Turner geboren. Auch wenn ihre Mitreisenden sie vermutlich nicht erkannt haben, dürfte sie die berühmteste Person an Bord gewesen sein. Nach einer Ausbildung zur Sekretärin hatte sie etwas Geld als Pin-up-Model hinzuverdient. Ein Nebenjob, der ihr im Juni 1955 schließlich das bescherte, wovon jedes Model träumte: Sie wurde Playmate of the Month im *Playboy*. Von 1952 bis 1969 war sie mit Russ Meyer verheiratet, einem Filmemacher des sogenannten Sexploitation-Genres. Er fasste ihre Beziehung später so zusammen: »I knew I'd marry her the minute we met, and she was the greatest love of my life. We broke up because I'm a no-good son of a bitch.« Sie spielte in einigen seiner Filme, darunter *Eve and the Handyman* von 1961, einem Film mit wenig Handlung, dafür aber großen Brüsten, der Humor und Erotik zu kombinieren versucht. Eve Meyer spielte fast alle Frauenrollen. Wahrscheinlich hingen Abbildungen von ihr in Autowerkstätten und in den Spinden zahlloser Arbeiter, haben Mechaniker und Imbissbudenbetreiber von ihr geträumt. Es gibt Hinweise darauf, dass sie nach einer »Unterleibs«-Operation an Depressionen litt. Man verglich sie mit Marilyn Monroe und Jane Russell. Sie produzierte viele Filme ihres (Ex-)Gatten, der letzte war *Black Snake* von 1973, mit dem Russ Meyer sich von Sexploitation auf Blaxploitation verlegte; es wurde ein Riesenflop. Eve Meyer hatte keine Kinder. Am 27. März 1977 war sie achtundvierzig. Auf dem Kreuzfahrtschiff *Golden Odyssey*, das am nächsten Tag von Las Palmas auslaufen sollte, war eine Kabine für sie reserviert, sie würde Marokko sehen – Marokko! – und später Venedig, eine Stadt aus Filmen, einen fast mythischen Ort. Vielleicht würde sie dort jemandem begegnen, einem Italiener mit guten Manieren, braunen Augen und langen, schwarzen Wimpern. Sie liegt auf dem Sunnyside First Baptist Church Cemetary in Sunnyside, Georgia. 3556 Kilometer von Westminster entfernt. Auf ihrer Grabplatte steht: *THREE TIMES A LADY.*

Cornelis hatte den Terminal ohne Schwierigkeiten verlassen können. Der Praktikant war weggegangen, und er hatte sich umgedreht. Er zeigte einem Spanier in einer Art Schalterhäuschen seinen Pass, und schon stand er draußen; nicht einen Moment hatte er überlegt, ob er sich am KLM-Schalter abmelden sollte. Und nun ging er los, weil er nicht wusste, was er sonst tun sollte. Einen Entschluss zu fassen ist schön und gut, aber ein Entschluss hat Folgen, und diese Folgen konnte er nicht überblicken. Also machte er sich einfach auf den Weg. Es ist ein Flughafen, dachte er, irgendwo hier muss eine Stadt oder ein Städtchen sein. Vielleicht ist es weit bis dahin, vielleicht nicht. Schon in unmittelbarer Nähe des Terminals standen Häuser, und es wurden schnell immer mehr. San Cristóbal de La Laguna, las er auf einem Schild. Es war nicht weit. Schon ging er durch Straßen mit geschlossenen Häuserreihen. Ein Hotel, wo gab es ein Hotel? Und dann: Wie komme ich je wieder von hier weg? Fahren von hier aus auch Schiffe? Kann ich per Schiff weg? Und wenn ja, wohin? Marokko? Irgendwo im Hinterkopf wusste er, dass er es so wollte, auch gewollt hatte. Verreisen und nicht mehr zurückkehren. Das Städtchen erwies sich als Stadt. Er betrat das erstbeste Hotel und fragte auf Englisch nach einem Zimmer. Sie hatten eins, kein Problem. Holiday? Yes, holiday. Aha, dann werden Sie doch bestimmt die Iglesia de la Concepción besichtigen, eine schöne Kirche, am Platz, da können Sie auch Bier oder Kaffee trinken. Es ist überhaupt eine wunderschöne alte Stadt. Mensch, her mit dem Schlüssel, dachte Cornelis, der Mühe hatte, den Mann hinter der Empfangstheke zu verstehen.

23.

Erst am 28. März begriff er allmählich, dass etwas passiert war. Irgendetwas, was all diese Unruhe am Vorabend verursacht haben musste. Rettungswagen, Feuerwehr, Polizei, alles weit weg, und er wusste nicht, was was war, denn in den Niederlanden klangen die Sirenen anders. Er musste irgendwen fragen und vorher erklären, dass er kein Spanisch sprach oder verstand. Auf einer Caféterrasse an einem Platz mit einem ziemlich ungewöhnlichen Kirchturm erzählte ihm ein amerikanischer Tourist, was geschehen war. Zwei Flugzeuge am Boden kollidiert. Eine Maschine von Pan Am und eine von KLM. Fast alle tot. Feuer, Explosionen. »Terrible, terrible«, sagte der Amerikaner. So viele seiner Landsleute. Ob das diese Iglesia de la Concepción ist?, dachte Cornelis. »Almost everybody killed?«, fragte er. Yes. Noch etwas später, auf demselben Platz – es war inzwischen Abendessenszeit, und Cornelis hatte auf gut Glück etwas von der einsprachig spanischen Speisekarte bestellt –, erfuhr er von einem schwedischen Touristenpaar, dass die einzigen Überlebenden ein paar Dutzend Insassen der amerikanischen Maschine waren. Sie zeigten ihm eine Lokalzeitung, ein Extrablatt. Riesige Schlagzeilen, Fotos. Er bestellte noch ein Glas Wein, er wusste schon, dass er *vino blanco* verlangen musste. Das Essen, das er bestellt hatte, erwies sich als Tintenfisch.

Nach dem Essen lag er in seinem Hotelzimmer auf dem Bett. Es war sehr ruhig, sein Zimmer ging auf eine Art Innenhof, in dem Bäume und Sträucher wuchsen, Vögel hatten gesungen, doch die waren verstummt. Er betrachtete seinen Koffer, der auf einem kleinen Tisch stand. Über dem Tisch hing ein Spiegel. In diesem Spiegel, der leicht nach vorn geneigt aufgehängt war, sah er sich selbst und die Rückseite des Koffers. Bedeutet das nun, dass ich tot bin?, überlegte er.

DRITTER TEIL

24.

Simon liegt im Bett. Es ist Morgen. Er betrachtet die Poster von Biondi, Popow und Spitz. Die müssen weg, denkt er. Ein erwachsener Mann mit Fotos von Schwimmern in seinem Schlafzimmer. Ich bin gar kein Schwimmer mehr, denkt er. Ich bin Friseur mit einem Friseursalon und Pflichten, und ich schwimme einfach nur Bahnen wie Tausende andere in diesem Land. Nicht mehr und nicht weniger. Und natürlich sind diese Fotos keine Kunst, trotz der teuren Rahmen. Es sind Poster für ein Kinderzimmer. Wie er es sich selbst am Vorabend versprochen hat, steht er einfach erst einmal auf. Er hebt die drei Rahmen von der Wand. Nachdem er die Poster herausgeholt hat, zögert er einen Moment. Dann rollt er sie nacheinander auf. Zerreißen wäre doch etwas zu drastisch. Die Rahmen stellt er in den Schrank, in dem auch der Staubsauger steht, die aufgerollten Poster kommen auf ein Brett ganz oben. So, denkt er, Ordnung geschaffen. Dann sieht er die weißen Rechtecke auf der Wand. Er versucht sich zu erinnern, wann er das Schlafzimmer zum letzten Mal renoviert hat. Lange her.

Als er am großen Küchentisch einen Espresso trinkt und die Unordnung betrachtet, die seit dem letzten Aufräumen wieder unmerklich entstanden ist, meldet sich sein Smartphone. *Schriftsteller,* liest er auf dem Display. Bevor er das Gespräch annimmt, kommt ihm der Gedanke, dass er wahrscheinlich in vielen Telefonbüchern nicht Simon, sondern »Friseur« heißt. »Hallo«, sagt er. »Zurück aus Bordeaux.«

»Marseille«, sagt der Schriftsteller.

»Ach so, ja, Marseille. Wie war's?«

»Ach. Elf Leute waren da. Dafür reist man dann über tausend Kilometer.«

»Aber immerhin warst du in Marseille.«

»Stimmt. Das nimmt dir niemand mehr weg, würde meine Mutter sagen.«

»Lebt die noch?«

»Ja, klar. Kino? Heute Abend?«

»Ist mir recht. Suchst du was aus? Ich bin da nie so auf dem Laufenden.«

»Mach ich. Ich schick dir dann eine Nachricht.«

»Okay«, sagt Simon und klickt den Schriftsteller weg. Ich bin mein Beruf, denkt er. Vielleicht gibt es auch Kunden, die wie der rothaarige Mann denken, dass ich Jean heiße. Er steht auf und macht einen zweiten Espresso. Er hat sich noch nicht angezogen, heute kommt niemand, es ist ja Sonntag. Er könnte einen Topf Latexfarbe kaufen und das Schlafzimmer streichen. Erst einmal fährt er den Laptop hoch. Mittlerweile hat er sich schon so intensiv mit der Materie beschäftigt, dass in seiner Browser-Leseliste ein Bericht der Air Line Pilots Association gespeichert ist. Leider geht es darin vor allem um die amerikanische Maschine. Es gibt zahlreiche Abbildungen des Inneren der Boeing 747, schematische Abbildungen mit Sitzen in Schwarz und in Weiß, Todesursachen – Verbrennen, Ersticken, stumpfe Traumata. Er liest den Bericht, der nicht datiert ist, langsam durch. Sein Englisch ist recht gut, doch über ein paar Sätze muss er angestrengt nachdenken. »Five bodies were subsequently identified as belonging to persons manifested as assigned to the KLM aircraft. Four passengers manifested on board the Pan American airplane were subsequently identified among the remains of those persons thougt to be travelling on the KLM airplane.« Heißt das tatsächlich, dass die Leichen von fünf Passagieren des niederländischen Flugzeugs beim Wrack der Pan-Am-Maschine gefunden wurden? Und vier Pan-Am-Passagiere bei den Überresten des KLM-Jumbos, die weit entfernt lagen? Wie ist das möglich? Würde das nicht bedeuten, dass die KLM-Maschine praktisch sofort weitgehend zerstört war und nicht erst in großer Entfernung zerschellte? Und könnten dann nicht auch Insassen des niederländischen Flugzeugs in Amerika beerdigt sein und umgekehrt? So viele Seltsamkeiten. So viel Ungeklärtes. So viele Fragen. Dabei müsste man doch eigentlich Antworten finden, wenn man sich eingehend mit so etwas befasst. Er klappt den Laptop zu.

Kurz danach, unter der Dusche, denkt er an den Schriftsteller. Und an den rothaarigen Mann. Und natürlich an Igor. Und dann an seinen Vater, das sind in irgendeiner Hinsicht verwirrende Gedanken. Er kennt ihn nicht, hat nur ein paar Fotos. Von einem gut aussehenden jungen Mann. Einem jungen Mann, den er gern etwas näher kennengelernt hätte. In bestimmter Hinsicht.

Sie sehen *1917*. In einem Programmkino, es ist kein brandneuer Film, aber der Schriftsteller wollte gerne hin, weil er ihn noch nicht gesehen hatte. Zwei Stunden lang rennen, marschieren, klettern, kriechen, springen und schießen sie mit einem britischen Soldaten, der einem Colonel (Benedict Cumberbatch) eine wichtige Meldung überbringen muss. Am Anfang ist er mit einem Kameraden unterwegs, doch der wird etwa nach der Hälfte des Films von einem deutschen Piloten umgebracht, den sie aus seinem brennenden Flugzeug gerettet haben. Das war ein scheußlicher Moment, als der fanatische Deutsche den britischen Soldaten ersticht, obwohl er ihm das Leben verdankt. Simon gefällt der Film gut, der Schriftsteller ist weniger begeistert. Hinterher gehen sie auf Drängen des Schriftstellers in eine Schwulenkneipe am Zeedijk. Simon besucht sonst nie Schwulenkneipen, er verspricht sich nichts davon. In dem Lokal ist es ruhig, es läuft nicht einmal Musik. Sie setzen sich im hinteren Teil an ein Fenster, durch das man auf das spiegelglatte Wasser des Oudezijds Voorburgwal blickt. Sie trinken Bier. Der Barmann hat den Schriftsteller wie einen alten Bekannten begrüßt. Simon vermutet, dass er schon vor dem Film einiges getrunken hat. Vielleicht sogar hier.

»Die Musik war ja schön«, sagt der Schriftsteller.

»Auf jeden Fall«, sagt Simon. »Ich sollte öfter mal ins Kino gehen. Ist doch echt was anderes als im Fernsehen.«

»Bei mir ist es ganz oft so, dass ich von einem Film nur die Hälfte mitbekomme, vor allem, wenn ich gerade schreibe. Dann sehe ich irgendwas, und schon schweifen meine Gedanken zu dem ab, womit ich mich selbst beschäftige. Wahrscheinlich habe ich unbewusst schon Sachen aus ziemlich vielen Filmen in meine Bücher eingebaut.«

»Das Problem hab ich nicht. Ich setze mich hin und sehe den Film.«

»Prost!«, sagt der Schriftsteller und stößt sein halb leeres Glas gegen Simons Glas. »Wir haben ein Date!«

»Dass ich das noch erleben darf!«, ruft der Barmann von der Theke aus. So still ist es.

»Kümmer dich um deinen eigenen Kram«, ruft der Schriftsteller zurück.

»Das ist mein Kram. Wir bringen hier Menschen zusammen.«

»Oder kommen sie zusammen?«

»Das ist kein großer Unterschied. Noch zwei Bier?«

»Bitte«, sagt der Schriftsteller.

Gut, noch *eins*, denkt Simon. Danach reicht es mir hier. Er trinkt sein Glas leer und sagt danke zu dem Barmann, der ihnen die zwei neuen Gläser bringt. Sie stoßen noch einmal an.

»Wer ist dein Freund?«, fragt der Barmann den Schriftsteller.

»Er ist mein Friseur.«

»Oh, das ist praktisch.«

»Bist du jetzt fertig?«

»Ja, ich bin fertig.« Er geht zur Theke zurück. Dort angekommen, blickt er sich einen Moment um. Dann schaltet er Musik ein und dreht sie sofort leiser.

»Ich weiß nicht so recht, was ich sagen soll«, sagt der Schriftsteller. »Bei dir im Salon geht das immer von selbst.«

»Ist das deine Stammkneipe?«

»Ja, ich bin öfter hier. Ist hier nicht so hektisch.«

»So okay?«, ruft der Barmann.

»Ja, klar«, antwortet der Schriftsteller.

»Nicht zu laut, dann könnt ihr wichtige Dinge besprechen.«

»Unglaublich«, sagt der Schriftsteller.

»Ach was, ich helfe euch ein bisschen, in Gang zu kommen. Dein Freund macht einen etwas schüchternen Eindruck. Weiß er eigentlich, wer du bist?«

»Wie meinst du das?«, fragt der Schriftsteller.

»Wie berühmt du bist?«

»Was spielt das für eine Rolle? Außerdem stimmt es gar nicht.«

»Na hör mal …«

»Ich kann auch gehen, oder?«, sagt Simon.

»Nein, spinnst du. Oscar, halt den Mund.«

»Schon gut«, sagt der Barmann.

»Bring uns lieber was zum Knabbern.«

»Hab ich heute nicht. Käse vielleicht? Wurst?«

»Okay, einen Teller Käse und Rinderwurst.«

Simon schaut aus dem Fenster. Das Wasser ist so still, dass man zwei Grachten samt Ufermauern und Häusern sieht, bis ein kleines Boot, das unter der Brücke hervorkommt, das Spiegelbild bricht. Er muss an das Wohnhaus eines früheren Bekannten denken, ganz in der Nähe an der Lange Niezel, eine Brücke weiter. Er denkt daran, weil er es plötzlich in den Häusern hier wiedererkennt. Wenn er klingelte und darauf wartete, dass die Tür aufsprang, stand er immer eine Weile vor dem

Schaufenster des Sexshops im Erdgeschoss. Das war ihm unangenehm. Nicht, dass er sich schämte – sein Bekannter wohnte nun einmal über diesem Sexshop, wo sollte er sonst warten –, aber vielleicht hat der Barmann recht, und er ist wirklich schüchtern. Es war auch immer so viel los auf der Straße, all die ausländischen Touristen, viele Engländer auf dem Weg ins Rotlichtviertel. Sein Bekannter ist irgendwann nach Frankreich gezogen, seitdem hatte er an der Lange Niezel nichts mehr zu suchen. Rinderwurst, die hat er schon sehr lange nicht mehr gegessen. Bier trinkt er auch selten.

»Woran denkst du?«, fragt der Schriftsteller.

»An Dildos und Pornohefte«, sagt Simon. »Und, wenn ich so darüber nachdenke, auch an allerhand andere, wie sagt man, Bedarfsartikel, von denen ich mir nicht mal vorstellen konnte, wofür sie benutzt werden.«

»Boh«, sagt der Schriftsteller.

Simon trinkt sein Bier aus. »Ich hätte gern noch eins«, sagt er.

»Oscar!«, ruft der Schriftsteller.

»Wie war's eigentlich mit diesem deutschen Autor?«, fragt Simon.

»Kehlmann? Das war natürlich enttäuschend. Ich hatte zu viel erwartet.«

Eine Stunde später ist Simon ziemlich betrunken. Die Rinderwurstscheiben und Käsewürfel sind längst aufgegessen. Immer noch ist es sehr ruhig. »Warum ist hier niemand?«, fragt er.

»Oscar!«, ruft der Schriftsteller. »Warum ist hier niemand?«

»Es ist Mittwoch«, sagt der Barmann.

»Es ist Mittwoch«, sagt der Schriftsteller.

Simon fühlt sich dank des Alkohols so von allem losgelöst, dass er noch zwei Bier bestellt.

»Siehst du?«, sagt der Barmann. »Er ist schon viel lockerer!«

»Was macht dein Buch?«

»Muss das sein?«, fragt der Schriftsteller.

»Scheint so«, sagt Simon.

»Ich glaube, du hast mich auf eine Spur gebracht.«

»Ja, mit dem Friseurkram.«

»Nein, mit deinem Vater.«

»Willst du etwa über meinen Vater schreiben?«

»Na ja, *deinen* Vater ... *einen* Vater.«

Der Barmann stellt ihnen die neuen Gläser hin und schaut danach in aller Ruhe aus dem Fenster. »In was für einer wunderschönen Stadt wir doch wohnen«, sagt er.

Simon und der Schriftsteller blicken zu ihm auf.

»Sorry«, sagt der Barmann. »Bin schon weg.«

»Aber doch auch irgendwie über mich?«

»Du darfst das alles nicht so wörtlich nehmen«, erklärt der Schriftsteller. »So funktioniert schreiben nicht.«

»Und lässt du's mich lesen, wenn du fertig bist?«

Der Schriftsteller schaut ihn an. Er denkt nach. »Weiß ich noch nicht«, sagt er schließlich. »Sollen wir ficken?«

»Bingo!«, ruft der Barmann.

Als Simon gegen vier Uhr nachts nach Hause kommt, muss er sich übergeben. In der Wohnung des Schriftstellers haben sie noch ein paar Oude Genever getrunken. »Dann hast du morgen nicht solche Kopfschmerzen, glaub mir«, sagte der Schriftsteller. Während er oben die Kloschüssel umarmt, gehen ihm lauter Erinnerungen durch den Kopf, die er gar nicht haben will. An die Wohnung des Schriftstellers, den Körper des Schriftstellers, die Finger des Schriftstellers, die grob seine Brustwarzen kneteten, während er auf ihm ritt, das heißt, nein, Moment, es war umgekehrt: Der Schriftsteller ritt zwar auf ihm, aber es war Simon, der die Brustwarzen des Schriftstellers knetete, weil er dazu aufgefordert worden war. Das schien den Schriftsteller sehr zu erregen. Wenn er sich recht erinnert, war es nicht so, dass er sonst irgendetwas tun sollte oder eventuell die Gelegenheit bekam, sich auf seinen eigenen Körper zu konzentrieren. Der Schriftsteller beschrieb, er führte aus. Oder bildet er sich das jetzt nur ein? Er kann sich nicht einmal erinnern, ob er gekommen ist. Unangenehm war es nicht, aber wenn einem kotzübel ist, will man an nichts denken, dann will man nur, dass es aufhört. Er löst die Hände vom Rand der Kloschüssel und setzt sich einen Moment auf den Boden, den Rücken an der Wand. Er stellt sich den Salon vor, bei schönem Wetter, die Tür offen. Frisch und unbesudelt muss alles sein, Morgen, noch vor dem ersten Kunden. Geruch nach Lotion und Sonne auf der hölzernen Fensterbank, auf der Straße eine Radfahrerin, die fröhlich mit ihrer Klingel klingelt, fröhlich, nicht wütend, weil ein Auto die Straße blockiert. Doch dann wallt wieder etwas hoch. Was für ein seltsamer Vorgang Erbrechen doch ist, dieses Krümmende, dieses Peristaltische, dieser Zwang, möglichst viel von sich zu geben. Ein Körper, der auf rohe Weise den Geist in Besitz nimmt. Er spült sich den Mund aus, trinkt vorsichtig ein wenig Wasser und putzt sich anschließend gründlich die Zähne. Dann kriecht er ins Bett, und unmittelbar vor dem Einschlafen hört er den Barmann noch einmal »Bingo!« rufen.

25.

Simon hat einen frühen Kunden, bevor er zum Schwimmbad fahren muss. Der schweigsame Mann hat fast so schwarzes Haar wie Igor. Kunden wie dieser sind ihm am liebsten. Beide können sie ihren Gedanken nachhängen. Der Mann – Frank heißt er – schließt regelmäßig für längere Zeit die Augen, als wollte er ganz genau spüren, was Simon tut. Spüren, nicht sehen. Das Schweigen wird nur unterbrochen durch ein »So kurz genug?« von Simon und »Heute lieber keine Kopfmassage« von Frank, der anscheinend weniger Zeit hat als normalerweise. Sein Haar ist lockig, und lockiges Haar ist eine größere Herausforderung als glattes. Sie wissen nichts voneinander. Sie sind Friseur und Kunde. Als Frank bezahlt hat und mit einem »Dann bis zum nächsten Mal« gegangen ist, schüttelt Simon den Frisierumhang aus und räumt in aller Ruhe auf.

Ein Neuer ist dabei. Frits heißt er, sagt Simons Mutter. »Ich weiß nicht, was er hat, aber ich habe ihn noch nie etwas sagen hören«, ergänzt sie. Frits ist ein rotblonder, etwa fünfzehnjähriger Junge. Sommersprossen, blasse Haut, wässerige Augen. Er scheint Melissa gut zu kennen; sobald sie im Wasser sind, fangen beide sofort an, Bahnen zu schwimmen. »Schwimmen kann er«, bemerkt Simons Mutter. »Aber das wusste ich schon.« Jelka, Sam und Johan, Buari, Igor, der neue Junge, Melissa. Es fühlt sich allmählich schon vertraut an.

»Hallo, Simon!«, ruft Sam.

»Hallo, Sam!«, ruft Simon.

»Sollen wir dich hauen?«, fragt Johan.

»Klar«, sagt Simon.

Weil er nicht nein gesagt hat, bleiben ihre Schwimmnudeln

in der Luft. Aus dem Konzept gebracht, schlagen sie stattdessen Jelka.

»Nein!«, ruft Anja. »Hört auf. Immer schwache Mädchen schlagen, pfui, schlagt euch gegenseitig, wenn ihr das so gern macht.«

»Tatt!«, sagt Jelka.

»Ja, wehr dich«, sagt Anja.

Igor hat sich auf die Treppe gesetzt.

»Igor«, sagt Anja. »Willst du heute nicht schwimmen?«

»Böahh«, sagt Igor.

»Geht es dir nicht gut?«

Der Junge antwortet nicht. Er schaut durch das riesige Fenster. Es ist bewölkt, an den Bäumen im Park bewegt sich kein Zweig. Eine Frau mit einem Hund kommt, eine Gruppe von Leuten auf Segways rollt vorbei. Das regt den Hund auf, er springt, zerrt an der Leine. Igor gibt einen Laut von sich, der an Lachen erinnert. Es sieht wirklich lächerlich aus, denkt Simon. Eine Kolonne von Menschen mit Helmen auf diesen Fahrzeugen für Wichtigtuer. Kein Wunder, dass der Hund den Letzten in die Waden beißen will. Es ist, als würde Igor genau mitbekommen, was da draußen vor sich geht, als würde er begreifen, dass der Hund etwas Unerklärliches und darum möglicherweise Bedrohliches sieht und entsprechend reagiert. Vielleicht empfindet auch der Junge diese Leute als Wichtigtuer und weiß, dass sie genauso gut zu Fuß gehen oder mit dem Fahrrad fahren könnten. Natürlich kann es auch sein, dass er selbst auf so einem Ding stehen oder selbst mit einem Hund durch einen Park gehen will, dass er viel lieber woanders wäre als hier in diesem kleinen, drückend warmen Schwimmbecken. Oder er hat zum Beispiel einfach Bauchschmerzen, oder er begreift überhaupt nichts von dem, was er draußen alles so sieht. Zum Glück gibt es Sam und Johan, denen anscheinend plötzlich einfällt, wen sie mit ihren Schwimmnudeln schlagen wollen und können, aber warum sie dazu »Nacktarsch, Nacktarsch, Nacktarsch!« brüllen, ist Simon nicht klar, bis sie die Schwimmnudeln wegwerfen und versuchen, Igor die hellblaue Badehose herunterzuziehen. Der Junge bleibt ruhig und wehrt die beiden mit Tritten ab.

»Au!«, ruft Johan.

»Pass doch auf!«, ruft Sam.

»Ggggg«, sagt Igor.

Es ist auf eine besondere Weise ruhig an diesem Vormittag. Als wären alle gerade erst aufgewacht. Jelka und Buari stehen in einer Ecke des Beckens und tun nichts, scheinen sich aber nicht zu langweilen. Frits und Melissa schwimmen schweigend. Sam und Johan lassen Igor mittlerweile in Ruhe und reden lebhaft, aber leise miteinander, nichts von dem, was sie sagen, ist für fremde Ohren bestimmt.

»Wie geht's?«, fragt Simons Mutter.

»Gut«, sagt Simon. »Und dir?«

»Auch. Du bist mit dem Auto gekommen?«

»Ja.«

»Warum?«

»Nur so. Ab und zu muss das Ding doch bewegt werden.«

»Ja.«

Sogar dieses Gespräch führt nirgendwohin, ist vielleicht schon wieder beendet. Igor sitzt jetzt eine Stufe tiefer, das Wasser reicht ihm bis zum Nabel. Sein Haar ist noch trocken. Simon kann ihn kaum ansehen.

»Noch was von Henny gehört?«, fragt er.

»Nein.«

»Du weißt also nicht, wann mit meinem Vertretungsjob Schluss ist.«

»Nein. Vorläufig nicht, vermute ich. Mensch, Henny. Vielleicht kommt sie überhaupt nie mehr zurück.« Sie schaut nach draußen. Im Park ist jetzt niemand. »Sie mit ihrem lächerlichen Blümchenbadeanzug.«

»Sieh dich doch an.«

Sie tut es. »Tja«, sagt sie dann. Sogar seine Mutter ist ruhig. Oder vielleicht ist lustlos ein besseres Wort für die Stimmung im Schwimmbad. »Kennst du das, dass du einmal etwas ausgewählt, etwas gekauft und später nie mehr darüber nachgedacht hast? Dass andere dich erst darauf hinweisen müssen, dass du keine dreißig mehr bist?«

Simon denkt nach. Er sieht sich die Poster von Spitz, Biondi und Popow wegräumen.

»Dass es Zeit ist, etwas zu verändern? Orange durch Dunkelblau zu ersetzen.«

»Ja«, sagt Simon, »manchmal muss sich schon was ändern.«

»Meinst du, es wird regnen?«

»Könnte gut sein.«

»Sie hat zwar einen lächerlichen Blümchenbadeanzug, aber sie hat auch ihren Ko.«

»Und du hast niemanden.«

»Nein. Du aber auch nicht.«

»Stimmt.«

»Frits! Melissa! Schluss!«

Nach dem lauwarmen Bad ist das Wasser im Fünfzig-Meter-Becken kalt. Simon schwimmt eine halbe Stunde. Konzentriert. Nicht besonders schnell, aber er achtet auf seine Technik. Als er sich abtrocknet, wird ihm wieder bewusst, dass er Abtrocknen hasst. Nass zu sein ist wunderbar, schwimmen ist wunderbar, duschen ist wunderbar, aber immer kommt dieser Moment des Abtrocknens. Es dauert auch so lange, und meistens fühlt sich die Kleidung danach hart und unangenehm an. Bevor er das Schwimmbad verlässt, geht er noch einmal zum kleinen Becken. Das Wasser ist still, alle Spielzeuge sind weggeräumt. Als wäre hier nichts gewesen und als würde auch den Rest des Tages nichts sein. Draußen ist der Park immer noch grau und wie ausgestorben. Es gibt wenig, was einen so wehmütig macht wie ein leeres Schwimmbad, denkt Simon.

Auf der Heimfahrt macht er bei dem Farbengeschäft an der Elandsgracht halt. Er kauft einen Zehn-Liter-Eimer Latexfarbe, einen Roller, eine Farbwanne und einen flachen Pinsel. Vor dem Hinausgehen denkt er noch einen Moment nach, obwohl er den Wagen mit eingeschaltetem Warnblinker in der zweiten Reihe geparkt hat. »Haben Sie auch diese dünne Plastikfolie?«, fragt er den Verkäufer.

Natürlich haben sie auch die. »Zehn mal zehn Meter, ist das groß genug?«

»Gibt's die nicht kleiner?«, fragt er.

»Besser zu groß als zu klein, oder?«, meint der Verkäufer.

26.

Statt dass Igor darauf liegt, ist das Bett mit dünner Plastikfolie abgedeckt. Während Simon die Zimmerdecke streicht – wenn man nach so vielen Jahren streicht, muss man alles streichen –, denkt er an Igor. Er war nicht »nur so« mit dem Auto zum Schwimmbad gefahren, auch wenn ihm das erst klar wurde, als er Igor so verloren auf der Treppe sitzen und in den Park starren sah, fast sehnsüchtig, als ob er selbst da draußen sein wollte, frei und allein, vielleicht sogar auf einem Segway. In diesem Moment begriff er, welchen Zweck das Auto erfüllte, es war einfacher, den Jungen im Wagen mitzunehmen als hinten auf dem Fahrrad. Und wenn Sam und Johan ihm die Badehose runterzerren konnten, konnte er das dann nicht auch? Muss man, weil man »Betreuer« ist, immer über allem stehen? Kann man nicht einfach einmal mitmachen? Ein Farbspritzer landet in seinem rechten Auge. Er reibt es nicht, sondern blinzelt nur ein paarmal. Dann steigt er von dem niedrigen Klapptritt und tunkt die Rolle in die Farbwanne. Schon jetzt spürt er seine Schulter.

Igor im Bett. Oder auf dem Sofa. Auf dem Boden, eine Etage tiefer. Auf einem Frisierstuhl. Im Umkleideraum des Schwimmbads. In Gedanken kann er da alle anderen wegdenken. In Wirklichkeit geht das nicht, weshalb er sich beim letzten Mal geweigert hat, dem Jungen die Badehose anzuziehen. Er kam sich sehr erwachsen vor, als er diese Entscheidung traf, doch die Wahrheit ist, dass er nicht für sich hätte garantieren können. Und warum muss gerade jemand wie Igor so hübsch sein, wer denkt sich so was aus. Deshalb auch seine Bemerkung, dass er vielleicht aufhören wird. Ein Junge wie ein Hündchen. Ein Hündchen, das selbst vieles will, schamlos sein Geschlecht beleckt, die Hinterbeine weit gespreizt. Simon kennt sie, diese völlige Hingabe, dieses An-nichts-mehr-Denken, dieses schamlose Beinespreizen, mit gekrümmtem Rücken, auch das wie bei einem Hündchen, einem scheißenden Hündchen. Nicht wie mit dem Schriftsteller, dabei war ihm unbehaglich zumute, das war nur etwas, was früher oder später passieren musste; oder neulich mit dem rothaarigen Mann, der reichlich selbstzufrieden hier gelegen hatte, vielleicht hatte er in Gedanken schon mit seiner Eroberung angegeben. Ganz nett, falls man das noch sagen darf, aber mehr auch nicht. Igor, so selbstverständlich und unschuldig nackt, und er selbst, der auch kaum etwas anderes herausbringt als »Grrr«, oder »Böahh« oder »Humpf«. Wie oft hat er sich selbst schon flach auf dem Bauch liegen sehen, die Arme weit ausgebreitet, die Stirn auf einem Kissen auf dem Boden, Igor auf ihm, in ihm. Er rollt und rollt, springt von dem Klapptritt, zieht ihn ein Stück zur Seite, steigt wieder hinauf, rollt weiter. Heute Vormittag stand sein Wagen genau vor dem Eingang des Schwimmbads. Im Umkleideraum herrschte Chaos, Jelka weinte herzzerreißend, der neue Junge Frits hatte Wasser in die Ohren bekommen, und die Fahrerin war noch nicht da. Fast hätte er Igor mitnehmen können, es gab Momente, in denen das niemandem aufgefallen wäre. Der Junge hatte still auf der Bank gesessen und geduldig darauf gewartet, an die Reihe zu kommen, fast sanftmütig hatte er Jelka angeschaut, die rot angelaufen war, und Frits, der zum ersten Mal etwas sagte, der außer sich war, weil er glaubte, dass Wasser von seinen Ohren in seinen Kopf gelaufen wäre. »Komm«, hatte Simon zu Igor gesagt. Dann hatte er ihm die Badehose abgestreift, ihn abgetrocknet, ihn angezogen. »Ggggum«, hatte Igor gesagt, nah bei seinem Ohr. Zufriedene Laute. Anschließend hatte sich Simon zusammen mit seiner Mutter um Jelka gekümmert, und dann war die Fahrerin gekommen, und ihre Ankunft durchkreuzte seine bewusst oder unbewusst gehegten Pläne. Er tränkt ein letztes Mal die Rolle mit Farbe und streicht die Decke fertig. Die Decke hatte er gefürchtet, weil man dabei über Kopf arbeiten muss. Erst jetzt kommt er auf die Idee, das Fenster zu öffnen. Auch wenn Latexfarbe Wasserfarbe ist, gesund ist sie bestimmt nicht.

Am Abend rekonstruiert er soweit möglich das Leben eines Pin-up-Models, einer Frau, die in der amerikanischen Maschine saß. Das ist gar nicht so einfach. Sie war zwar einmal ziemlich berühmt, aber auch von Berühmtheiten bleibt wenig übrig. *THREE TIMES A LADY* steht auf ihrem Grab. Ist das nicht ein Song von Lionel Richie? Aber doch noch nicht so alt? Er sieht es nach. August 1978. Nicht Lionel Richie solo, sondern The Commodores. Geschrieben, nachdem Richies Vater seine Frau in einer Geburtstagsansprache »A great lady, a great mother and a great friend« genannt hatte. Wie soll man das nun wieder verstehen? Simon seufzt, aber er wird sich nicht den Kopf darüber zerbrechen. Man könnte doch fast annehmen, dass Lionel Richie über diesen Friedhof in, wo war das noch, Sunnyside, Georgia, gewandert ist. Stammt er aus Georgia? Nein, aus Alabama. Einem Nachbarstaat. Von Tuskegee nach Sunnyside sind es nur 119 Meilen. Es wäre möglich.

Weil er plötzlich, einen kurzen Moment, überhaupt nicht mehr weiß, wie er von Teneriffa auf Lionel Richie gekommen ist, schließt er Google Maps und öffnet boyfreepics.com. Eine knappe halbe Stunde später liegt er im Bett. In seinem frischen, weißen Schlafzimmer ohne Rechtecke an der Wand. Er befriedigt sich selbst, sieht dabei aber keine einzige boyfreepics-Abbildung vor seinem inneren Auge. Er zieht Igor um, in einem Umkleideraum, in dem sonst niemand ist. Seine Stirn ruht diesmal nicht auf einem Kissen, einem Teppich oder einem Unterarm, sondern auf harten, weißen Fliesen. In seiner Fantasie ist es ganz leicht, den Jungen dazu zu bringen, dass er ihn nimmt.

27.

»Weiman.« Sie meldet sich immer mit ihrem Nachnamen, die Betonung auf Wei. Es klingt einladend.

»Ja, auch Weiman.« Er selbst sagt Weimán. Das klingt abweisend. Allerdings sagt er es fast nie, er meldet sich mit seinem Vornamen. Eigentlich nennt er seinen Nachnamen nur gegenüber seiner Mutter, und das nur, weil sie sich immer so meldet, wie sie sich meldet. Außerdem ist es ja nicht einmal ihr Nachname, es ist der Nachname seines Vates. Sie selbst heißt Wiegers. Vielleicht sollte er, da er ja keine dreiundzwanzig oder achtunddreißig mehr ist, auch anfangen, sich mit seinem Nachnamen zu melden.

»Ach, du bist's.«

»Ja, ich bin's. Bist du enttäuscht? Hast du mit jemand anders gerechnet?«

»Nein, nein. Was gibt's?«

»Hast du 2007 eine Einladung zu dieser Gedenkfeier auf Teneriffa bekommen?«

»Was?«

»Als dieses Denkmal enthüllt wurde.«

»Warte, ich muss kurz umschalten. Bin doch gerade erst aufgestanden.«

»2007 wurde auf einem Berg oberhalb des Flughafens ein Denkmal in Form einer Treppe eingeweiht. In Anwesenheit von Hinterbliebenen. Hatte man dich dazu eingeladen?«

»Ja, natürlich.«

»Na ja, so natürlich ist das nicht. Wie hat man zum Beispiel deine Adresse herausgefunden?«

»Ach, ja. Das dürfte nicht ganz einfach gewesen sein.«

»Aber du hattest eine Einladung?«

»Ja, klar.«

»Und wieso bist du dann nicht hingeflogen?«

»Tja. Was hätte ich da zu suchen gehabt?«

»Schicksalsgenossen?«

»Hahaha.«

»Was gibt's da zu lachen?«

»Schicksalsgenossen. Das meinst du doch wohl nicht ernst! Nach dreißig Jahren wieder alles aufrühren? Hör mal. Er ist verschwunden, an einem Sonntag verschwunden und nie zurückgekommen. Ich habe ihn nie wiedergesehen. Angeblich, aber man kann ja viel behaupten, ist er auf diesem scheußlichen Friedhof beerdigt worden. Ich weiß nicht mal, wie. Ich weiß nicht, ob alle zusammen bei dem hässlichen Mühlstein liegen. Gar nichts weiß ich! Und im Grunde möchte ich, dass das so bleibt.«

»Und du warst auch keinen Moment in Versuchung, trotzdem hinzufliegen?«

»Nein! Außerdem war ich ja schon mal da. Und das mit dir zusammen! Aber damals warst du noch ganz klein, davon weißt du bestimmt nichts mehr.«

»Klar weiß ich davon. Ich hab doch manchmal die Fotos gesehen.«

»Ach ja. Stimmt.«

»Aber wieso bist du dann überhaupt hingeflogen? Ein paar Jahre danach?«

»Das weiß ich wirklich nicht mehr. Auf jeden Fall, um auch mal zu fliegen, davor hatte ich regelrecht Angst.«

»Also, das klingt für mich nicht nach einem überzeugenden Grund.«

»Simon! Ich weiß es nicht mehr. Vielleicht wollte ich doch in gewisser Weise etwas abschließen.«

»Bist du nie auf den Gedanken gekommen, dass ich vielleicht zu dieser Gedenkfeier gewollt hätte?«

Darüber muss sie einen Moment nachdenken, er hört sie atmen. »Nein, tut mir leid. Der Gedanke ist mir einfach nicht gekommen.«

»Danke.«

»Hör mal, jetzt reicht's, ich lass mir doch von dir keine Schuldgefühle einreden. Und was solltest du da überhaupt?«

»Will dir eigentlich nicht in den Kopf, dass dieser Mann mein Vater war?«

»Dieser Mann, wie du ihn nennst, war mein Ehemann!«

»Ach, und mir darf das alles nichts ausmachen? Weil er dein Ehemann war? Und der Sohn von Opa und Oma? Du sprichst, als wärst du die Königin, die sich liebenswürdig mit einem Bürger unterhält, bis er etwas sagt, was ihr nicht gefällt, und sie sagt: ›Wissen Sie eigentlich, mit wem Sie reden!?‹«

»Bitte? Wie kommst du jetzt bloß auf die Königin? Willst du denn nicht begreifen, dass ich nicht über diese Dinge sprechen möchte? Ist dir nie der Gedanke gekommen, dass all das für *mich* sehr schwer sein könnte?«

Jetzt muss er selbst einen Moment nachdenken. Und schweigen. Aber er lässt nicht locker. »Wie fandest du eigentlich das mit dem Praktikanten von Opa, der auch in dem Flugzeug war?«

Wieder hört er ihren Atem, dann ein vorbeifahrendes Moped. »Einem Praktikanten?«

»Ja. Das weißt du doch.«

»Weiß ich das?«

»Opa hat es mir erzählt. Ist schon wieder etwas her.«

»Ich weiß es nicht.«

»Ach, natürlich weißt du das.«

»Ich meine, dass ich nicht weiß, wie das zu erklären ist. Es sieht danach aus, dass sie zusammen verreist sind, aber ich *weiß* es nicht. Auch dieser junge Mann ist verschwunden und nie wiedergekommen, wie soll ich wissen, was dahintersteckte?«

»Da hast du recht. Ich fand es, ja, wie eigentlich? Auffällig. Man könnte fast annehmen, dass sie was miteinander hatten.«

»Hahahaha.« Es ist kein richtiges Lachen, sie stößt nur ein paarmal die Silbe »ha« hervor.

»Findest du das lächerlich?«

»Ja. Für dich ist das bestimmt eine reizvolle Vorstellung. Aufregend.«

»Ach, Quatsch. Wie hieß der junge Mann eigentlich? Weißt du das noch?«

»Meine Güte, nein.« Sie seufzt. Sehr tief. »Hör mal, ich war mit dir schwanger. Sechs Monate später wurdest du geboren.«

»Und?«

»Wie, und?«

»Schon gut. Ich finde das alles nur so merkwürdig.«

»Dein Großvater macht dich verrückt damit.«

»Nein, aber jetzt plötzlich, erst jetzt, fängt er an, darüber zu sprechen. Warum nicht schon früher? Und warum nicht du?«

»Wie alt bist du eigentlich? Du verhältst dich wie ein pubertierender Junge. Ein gekränkter, pubertierender Junge. Hast du denn jemals danach gefragt?«

Ein Punkt für sie.

»Du verbeißt dich in diese Sache, was?«

Noch ein Punkt für sie. »Hast du inzwischen mal in deinen diversen Vereinen herumgefragt?«

»Nein, natürlich nicht. Mit all diesen Leuten mache ich andere Dinge. Mit dir diese Schwimmstunden. Bis Henny zurückkommt.«

»Aber die kommt ja nicht zurück.«

»Man kann nie wissen. Gestern hat sie mir ein paar Fotos von dem Haus geschickt, in dem sie jetzt wohnen. Vorübergehend. Ko wird von den Engländern da quasi herumgereicht.

Er sollte schon ein bisschen vorsichtig sein, ist ja auch keine fünfzig mehr. Dreiundzwanzig Grad hatten sie, schreibt sie. Und die Sonne schien.«

»Ich glaube, ich werde mich da auch mal umsehen.«

»Ja, mach mal Urlaub. Hast du wirklich nötig.«

»Ich sollte jetzt auflegen. Tschüs, Mutter.«

»Tschüs, Simon. Dann bis Samstag.«

»Nein, warte! Eben hat du von einem Mühlstein gesprochen. Du warst also auch mal auf Westgaarde.«

Sie zögert. »Ja.«

»Und hat es dich nicht gestört oder traurig gemacht, dass sein Name nicht bei den anderen steht?«

Sie fängt an zu schniefen. Es kommt so unerwartet, dass er nur gebannt lauschen kann. *Sie verliert den Überblick*, hört er Henny sagen.

»Mutter?«, sagt er schließlich.

»Ich bin hier«, schnieft sie.

»Musst du jetzt weinen?«

»Ja, ich muss weinen. Deine Schuld.«

»Das hab ich nicht gewollt.«

»Weiß ich.« Sie zieht lautstark die Nase hoch. »Aber du bohrst so.«

»Ja. Ich kann nicht anders.«

»Macht nichts, irgendwie verstehe ich es auch.« Wieder zieht sie die Nase hoch. »Weißt du, was mir gerade einfällt? Als es passiert war, habe ich kaum geweint. Das war wahrscheinlich Verdrängung. Ich hatte keine Lust zu weinen, so blöd das auch klingt. Und dann, ein Jahr später, davon weißt du nichts, passierte in Spanien, wieder in Spanien, ein schrecklicher Unfall, ein Tanklaster explodierte bei einem Campingplatz. Im Sommer. Über zweihundert Tote. Das gab mir den Rest. Als ich Fotos davon sah, oder Berichte im Fernsehen, tja … Los Alfackes oder so ähnlich.«

»Seltsam.«

»Es war, als ob ich durch das allgemeine Entsetzen erst Zugang zu meinem eigenen Entsetzen bekommen hätte.« Sie schnieft noch ein bisschen. »Mein Gott, ja, damals sind sogar Menschen in hundert Metern Entfernung ums Leben gekommen, die im Meer auf Luftmatratzen lagen. Ist das nicht unglaublich, dass ich das noch weiß?«

»Psychologen haben bestimmt einen Fachausdruck dafür«, sagt Simon.

»Bestimmt. Jetzt lege ich auf.«

»Geht's wieder?«

»Klar. Hat mir gutgetan, mal wieder zu weinen. Wann hast du zum letzten Mal geweint?«

»Kann mich nicht erinnern.«

»Du bist doch auch nicht ganz normal.«

»Man kann auch innerlich weinen, weißt du. Vielleicht mache ich das ja.«

»Tschüs!«

Simon macht einen Espresso und trinkt ihn stehend am Fenster zum Gartenhof. Die Sträucher sind schon grün. Pflanzen in Bodennähe scheinen grundsätzlich früher auszuschlagen als die Bäume. Es nieselt. In einer Küche gegenüber hantiert jemand, in einem anderen Haus werden Schlafzimmervorhänge geöffnet. Ich tue immer so, als ob Anja meinesgleichen wäre, denkt er, und andere finden unsere Art, miteinander umzugehen, bestimmt ungewöhnlich, trotzdem ist sie meine Mutter. Das vergesse ich manchmal. Er schaut auf die Uhr. Gleich muss er nach unten, Jason steht im Terminkalender. Die beiden sind also zurück von den Malediven. Und nicht abgestürzt. Seltsamerweise hat Martine keinen Termin ausgemacht. Meistens kommen sie an aufeinanderfolgenden Tagen oder zumindest in der gleichen Woche. Plötzlich denkt Simon: Natürlich kann ich Igor mal die Haare schneiden. Das hat meine Mutter selbst vorgeschlagen. Es hat nichts Verdächtiges.

Jason möchte heute nicht nur Bartpflege, sondern auch einen Haarschnitt. Der ist bereits erledigt, jetzt bearbeitet Simon mit einer Schere und einem feinen Kamm den Bart. Natürlich könnte er ihn ebenso gut mit einem Haarschneider stutzen, aber das wäre nicht das, was die Kunden wollen. Sie wollen das Gefühl haben, beim *Barber* zu sein. Haarschneider oder Barttrimmer sind für zu Hause. Hin und wieder lässt Simon den Kamm in der Luft schweben und schiebt mit dem Daumen die Haut ein wenig hoch. Er kann es nicht lassen, er muss bei diesem Hals die Schlagader berühren. Während des Haareschneidens hat Jason kein Wort gesagt. Nur manchmal tief geseufzt. Jetzt fragt er: »Martine hat wohl keinen Termin ausgemacht?«

»Nein«, antwortet Simon.

»Das wundert mich nicht.«

»Hm.«

»Sie hat Schluss gemacht.«

»Ach.«

»Und das während unseres Urlaubs. Als wir am Strand lagen. Obwohl wir noch drei Tage vor uns hatten, und einen langen Rückflug. Wer macht denn so was?«

»Hm.« Jason regt sich ein bisschen auf, Simon sieht die Halsschlagader pochen.

»So richtig schön war es danach nicht mehr. Sie hat gesagt, sie wollte es lieber da und nicht zu Hause machen. Es sollte ein schöner Abschluss sein. Ganz seltsames Land übrigens, die Malediven. Eigentlich gar kein Land, vor allem Meer. Und der Flugplatz ist spektakulär, da gibt's nur den Flugplatz und sonst gar nichts. Eine Landebahn mitten im Indischen Ozean. Von da muss man dann mit einem Wasserflugzeug weiter.«

»Hm.«

»Ich hab ziemlich gesoffen. Sonst kann man da auch nichts tun. Nicht mal Tiere leben da! Strand und Meer und essen und trinken. In der letzten Nacht hatten wir aber noch ziemlich guten Sex. Abschiedssex. Wenn Sex doch immer wie Abschiedssex wäre.«

»Und der Rückflug?« Simon muss etwas sagen, zu dieser Geschichte kann er nicht immer nur »Hm« machen. Außerdem versucht er sich vorzustellen, wie das wäre, Abschiedssex mit Jason. Vielleicht ist sein Schwanz ja auch so schön geädert wie sein Hals. Simon geht von der einen zur anderen Seite, wieder zurück, schließlich bleibt er hinter Jason stehen, das ist in diesem Moment das Beste.

»Och ja, gut. Bis dahin hatte ich's schon verarbeitet. Hab mich im Grunde drauf gefreut, nach Hause zu kommen. Neu anzufangen. Wir haben ja nicht zusammengewohnt. Rein praktisch hat sich nicht viel verändert. Hast du eigentlich eine Freundin?«

»Nö«, sagt Simon.

»Kein Stress.«

»Genau, kein Stress.« Er schaut Jason im Spiegel an. »Zufrieden?«

»Prima«, sagt Jason. »Fein. Kann ich wieder hinter den Mädels her.«

»Ha«, sagt Simon.

28.

Erst an dem Tag, nachdem ihm der Gedanke gekommen war, dass er tot sei, dachte Cornelis flüchtig an das Paar, das neben ihm gesessen hatte. An den Mann, der ihm die Aussicht versperrte, an die Frau, die in dem KLM-Magazin blätterte. An den Flugkapitän, dessen Foto darin abgedruckt war, an die Stewardess, die sie zu Business-Class-Passagieren gemacht hatte. An Jacob, der ohne ihn eingestiegen war. Er saß an einem kleinen Tisch und frühstückte. Außer ihm saß nur ein Paar im Frühstückssaal, einige Tische entfernt. Anscheinend war im Hotel nicht viel los, trotz Urlaubszeit. Das heißt, in den Niederlanden war Urlaubszeit, hier wahrscheinlich nicht. Er versuchte zu hören, woher das Paar kam. Was die beiden sagten, klang skandinavisch. Er hatte gut geschlafen. Die junge Kellnerin hatte etwas auf Spanisch zu ihm gesagt, was er nicht verstand. »Kaffee«, hatte er gesagt und bekommen, vermutlich klangen die Wörter ähnlich. An den Wänden hingen Fotos. Fotos von der Stadt, denn er erkannte den auffälligen Kirchturm, den er am Vortag gesehen hatte. Seltsam, dachte er. Wir sind doch hier. Wieso hängt man Fotos von dem Ort auf, an dem man ist? Er zog sein Portemonnaie aus der Gesäßtasche und zählte die Peseten. Ein irrsinniger Betrag, aber in Gulden umgerechnet nicht besonders viel. Er trank den Kaffee aus, leerte das Glas mit frisch gepresstem Orangensaft und verließ den Saal.

Zwei Stunden später hatte er eine Vorstellung von der Stadt. Zwei Stunden lang hatte er eine Straße nach der anderen erkundet, Verbindungsgässchen entdeckt, Brunnen und Kirchen gesehen, Cafés mit Tischen und Stühlen davor, Bäckereien, Metzgereien, schöne, ihm unbekannte Bäume. Viel später wurde ihm bewusst, dass zur gleichen Zeit, ein paar Kilometer entfernt, etwas Grauenhaftes im Gange war. Dass dort nach Leichen gesucht wurde, dass Leichen identifiziert wurden – oder nicht –, dass Chaos und Ungewissheit herrschten. Doch in der Stadt selbst ging das Leben einfach weiter, man kaufte Brot oder Fleisch, saß vor Cafés, alte Leute spielten ein Spiel mit Kugeln. Er hatte zwar an die Menschen im Flugzeug gedacht, aber es war ein flüchtiger Gedanke gewesen, wie man sich ohne erkennbaren Grund plötzlich an eine Begegnung vom Vortag erinnert. Eine kurze Begegnung ohne besondere Bedeutung, ganz nett, aber nach zwei Tagen endgültig aus dem Gedächtnis verschwunden. Auch er setzte sich auf eine Caféterrasse, nachdem er bei einer Art Touristeninformation einen kleinen niederländischen Spanisch-Sprachführer gefunden hatte. Er zog das Büchlein zurate, bevor er Kaffee und ein Glas Mineralwasser bestellte. Kurz danach stellte ihm der Kellner lächelnd den Kaffee und das Wasser hin. In dem Sprachführer stieß Cornelis auf einen sonderbaren Satz: »Läuft hier auch ein Film mit Rutger Hauer?« In der Stadt roch es anders als zu Hause. Ein paar Touristen schlenderten durch die breite Straße. An einem offenen Fenster in einem der Häuser gegenüber goss eine junge Frau ihre Blumen. Sie schaute ihn arglos an. Ja, es roch hier wirklich ganz anders als zu Hause. Frischer. Weitläufiger.

An den Tagen danach kam ihm der Ausdruck »zu Hause« nicht ein einziges Mal in den Sinn. Er strengte seinen Kopf an, um spanische Wörter und Floskeln abzuspeichern. Bald konnte er schon um ein Ei zum Frühstück bitten. Das Wort für rot in dem Ausdruck für Rotwein vergaß er wieder, der war hier nämlich ungenießbar. Der Weißwein war lecker. Er wurde Weißweintrinker. Nach einiger Zeit wusste er, dass es in San Cristóbal de La Laguna achtzehn Friseursalons gab. Und dass niemand die Stadt bei ihrem vollständigen Namen nannte. Man sagte einfach La Laguna. Eine Lagune war, soweit er wusste, eine Art See, doch von einem See war hier nichts zu sehen. Mehrmals ging er an allen achtzehn Friseursalons vorbei und schaute möglichst unauffällig hinein. Wo war viel los? Wie viele Friseure – seltsamerweise sah er nur sehr wenige Friseurinnen – arbeiteten dort? Er blickte auch zu den Etagen über den Salons hinauf. Wohnte dort jemand? Er sprach wenig, aber das war für ihn nichts Ungewöhnliches. In den Niederlanden hatte er oft keine Lust dazu, hier würde er schlichtweg kein Gespräch führen *können*. Irgendwann achtete er auch genauer auf die Kunden. Saßen in einer *peluquería* nur Einwohner von La Laguna oder auch Touristen, Ausländer? Natürlich war *peluquería* eins der ersten Wörter, die er lernte, und schnell merkte er, dass sich in einer *barbería* nur Männer die Haare schneiden oder rasieren ließen. Immer häufiger ging er an der Barbería Juan Flórez vorbei. Er hatte dort oft Männer vom nördlichen Typ sitzen sehen und durch die offen stehende Tür Fetzen Englisch aufgeschnappt. Hin und wieder sah er ein Schulterzucken oder ratlos erhobene Hände. Es schien ein Friseursalon zu sein, den britische Expats gern aufsuchten, und als ihm bewusst wurde, dass Juan das spanische Jean oder Jan ist, ging er schließlich hinein.

Schon am nächsten Tag fing er an. Der Chef – der nicht Juan Flórez, sondern Manuel González hieß – hatte ihn probeschneiden lassen. Schließlich konnte jeder behaupten, ausgebildeter Friseur zu sein. Cornelis' Fertigkeiten schienen Manuel zu überzeugen, und als besonderer Glücksfall kam noch ein Brite in den Salon, und Cornelis konnte zeigen, dass er gut Englisch sprach. Der Kunde wollte sich den Bart trimmen lassen. Ohne nachzudenken oder eine Frage zu stellen, setzte Cornelis ihn auf einen Frisierstuhl. Eine Viertelstunde später war der Kunde zufrieden und Manuel ebenso. Cornelis konnte die Wohnung über dem Salon haben; sie war vor Kurzem frei geworden, weil der Vormieter in ein Altenheim gezogen war. Cornelis glaubte zu verstehen, dass sein Lohn deshalb etwas niedriger ausfallen würde, doch das konnte er auch falsch verstanden haben. Die Wohnung war sparsam möbliert. Es gab einen kleinen Fernseher, ein Bett. In der Küche fand er Töpfe, Teller, Gläser, Besteck, in einem Kleiderschrank im Schlafzimmer sauber aussehende Bettwäsche. Der vorige Bewohner hatte seine Behausung nicht verkommen lassen. Auf einer Fensterbank standen sogar Pflanzen, von denen etwa die Hälfte noch lebte.

Manuel bat ihn, sich einen anderen Namen auszusuchen, denn sosehr er sich auch bemühte, seine Sprechorgane bekamen »Cornelis« einfach nicht hin. Mithilfe des Sprachführers brachte Cornelis den Satz »Mi nombre es Carlos« zustande. Eigentlich hatte er »Nenn mich einfach Carlos« sagen wollen, was er aber auf die Schnelle nicht fand. Carlos klang sehr Spanisch, der zweite Name des neuen Königs. Carlos Weiman. Nach dem Nachnamen würde ihn wohl niemand fragen, oder doch? Er kaufte ein. Am ersten Abend in seiner neuen Wohnung aß er Kartoffeln und dazu irgendetwas aus einer Dose, etwas mit Tomaten. Er trank Weißwein, der war spottbillig. Er las in dem Sprachführer. Notierte bestimmte Wörter, um sie besser zu behalten. Die neue Situation nahm ihn so sehr in Anspruch, dass ihm der Ausdruck »zu Hause« immer noch nicht in den Sinn kam. Er dachte nicht an seine Eltern im Chez Jean, er dachte nicht einmal an seine schwangere Frau. Er dachte erst recht nicht an ein Flugzeug. Er war weggeflogen und hier gelandet. Das war alles. Mehr zählte erst einmal nicht. Er suchte eine Wäscherei. Er bat Manuel González um einen Vorschuss (*adelanto*), weil er fast all seine Peseten für das Hotel ausgegeben hatte. Er bekam ihn. Manuel schien es zu gefallen, dass so ein blonder, junger Holländer bei ihm arbeitete. Er selbst war schon ein bisschen älter, um die fünfzig, und auch die anderen Friseure – drei weitere arbeiteten im Salon, unregelmäßig – waren ältere Männer. Sie sahen sich ziemlich ähnlich, alle hatten schwarze Haare und einen schwarzen Schimmer auf den Wangen, und es dauerte zwei Wochen, bis Carlos sie auseinanderhalten konnte. Manuel, Santiago, Martín und Felipe.

Nach einem Monat waren sie Freunde. Sie waren ja auch die einzigen Leute, die er kannte. Abends nach der Arbeit tranken sie oft noch ein oder zwei Gläser Rotwein, meistens vor dem Salon, wobei die anderen ohne Unterlass sämtliche Passanten grüßten. Carlos wollte nicht gleich sagen, dass er dieses Gesöff eigentlich nicht mochte, außerdem hegte er die vage Vermutung, dass Weißwein hier eher etwas für Frauen war. Und das dritte Glas schmeckte häufig schon viel besser als das erste. *Vino tinto*. Er wurde Allweintrinker. Nach drei Gläsern versuchten die anderen, ihn Cornelis zu nennen, und weil das nicht klappte, tranken sie noch ein viertes Glas. Alle vier rauchten, auch während des Schneidens und Rasierens. Sie schimpften auf ihre Frauen. Er fragte sie, wer Juan Flórez sei. Sie wussten es nicht. Wieso hieß der Salon denn dann so? Das wussten sie ebenso wenig. Auch die meisten Kunden rauchten, abgesehen von den Kindern. Männer und Kinder; nur selten betrat eine Frau den Salon, und wenn, war es die Ehefrau von Manuel, Martín, Santiago oder Felipe, und die interessierte sich dann viel mehr für Carlos mit seinem blonden Haar und den blauen Augen als für ihren Ehemann. Immer mehr Briten kamen, und alle wurden an Carlos weitergereicht. Santiago, Martín, Manuel und Felipe waren nicht wild auf Kunden, mit denen sie nicht reden konnten. Außerdem rauchten die meisten von ihnen nicht. Nach einiger Zeit stellte Manuel ein Schild ins Schaufenster: HIER SPRICHT MAN NIEDERLÄNDISCH. Man konnte nie wissen. Santiago und Felipe besorgten für

Cornelis eine neue Sofagarnitur und etwas später einen besseren Fernseher. Und brauchte er nicht ein Doppelbett? Sie zwinkerten ihm unmissverständlich zu, als sie ihn fragten, Felipe klopfte ihm auf die Schulter. »*Todavía no*«, antwortete er. Carlos sah fern, um sein Spanisch zu verbessern. Der Inhalt der Sendungen interessierte ihn nicht, alles war reichlich schrill. Der Flugverkehr auf Los Rodeos hatte mittlerweile wieder das normale Ausmaß erreicht.

Natürlich lag er manchmal wach. Natürlich versuchte er sich dann vor Augen zu führen, in welcher Situation er war. Doch das gelang nicht. Vieles geriet durcheinander. Manuel schob sich zwischen seinen Vater und einen Kunden, seine Mutter sprach auf einmal Spanisch mit einer der Frauen aus dem Jordaanviertel, die mit der neuen Wigomat-Kaffeemaschine hantierte, er war tot und doch wieder nicht, er zählte die Monate seit März, im August träumte er von einer Geburt, Juan und Jean wechselten sich ab, mal konnte er sich nur mit Mühe daran erinnern, dass seine Frau Anja hieß, mal drängte sie sich lautstark auf, aber all dies geschah im Bett, in den Augenblicken zwischen Wachen und Schlafen, wenn er nicht genau wusste, ob er geträumt hatte oder nicht. Manchmal, selten, hatte er einen Alptraum, in dem er eine verkohlte Leiche war, die nicht identifiziert werden konnte, weil er sehr gesunde Zähne hatte; er konnte sich kaum erinnern, wann er zuletzt beim Zahnarzt gewesen war. Dann war ihm beim Aufwachen übel. Doch wenig später, im hellen Sonnenlicht, fast jeden Tag bei angenehmer Temperatur, war er wieder Carlos, der neue Friseur bei Juan Flórez, der Kunden anlockte, weil er so exotisch war, und immer öfter eine junge Frau draußen vor der Schaufensterscheibe stehen sah. Eine junge Frau, die es zu bedauern schien, dass Juan Flórez keine *peluquería* war.

Erst im November betrat erstmals ein Niederländer den Salon. Er schaute sich um und sagte dann zu Carlos: »Dich suche ich!« Carlos erschrak. »Wieso das?«, fragte er vorsichtig. Zum ersten Mal seit Monaten sprach er Niederländisch.

»Man braucht kein Mathematiker zu sein, um zu sehen, dass du der bist, mit dem ich Niederländisch sprechen kann«, sagte der Mann.

»Ach so, ja«, sagte Carlos.

»¡Bienvenudos!«, rief Felipe.

»Ja«, sagte der Holländer. »Ebenfalls guten Morgen. Wo soll ich mich hinsetzen?«

Carlos zeigte auf einen Stuhl. »Wie soll es werden?«

»Kurz, bitte. Ist wieder ein Weilchen her.«

»Ich sehe es«, sagte Carlos. Er arbeitete eine Zeitlang schweigend. Der Mann betrachtete sich interessiert im Spiegel, drehte hin und wieder leicht den Kopf. Felipe, in diesem Moment der einzige andere Friseur, unterhielt sich lebhaft mit seinem Kunden. Alle beide pafften vor sich hin.

»Ekelhaft«, sagte der Holländer.

»Ach«, erwiderte Carlos. »Man gewöhnt sich an alles.«

»Was hat dich denn hierher verschlagen?«

»Ach, ich wollte mal was anderes.«

»Was anderes als was?«

»Amsterdam.«

»Aha. Ich komme aus Bodegraven.«

»Hm«, sagte Carlos.

»Wie heißt du?«

»Carlos«, sagte Carlos ohne das kleinste Zögern.

»Ja, und meine Mutter heißt Juanita.«

»Tatsächlich?«

»Nein, natürlich nicht. Sie heißt Rita.«

»Ja, gibt's natürlich auch.«

Es war ein seltsames Gespräch. Carlos hatte gar nicht darüber nachgedacht, dass er nach dem Aufstellen des Schilds, das er doch selbst beschriftet hatte, eventuell auch mit niederländischen Kunden reden musste. Der Schreck saß ihm noch in den Gliedern, obwohl die mit typisch holländischer Barschheit ausgesprochene Äußerung des Kunden, er suche ihn, natürlich nicht auf ihn als Person, sondern auf seine Tätigkeit zielte. Und plötzlich, aus dem Nichts, kam ihm der Gedanke, dass er einen Hund wollte.

»Ich leite Ausbaggerungsarbeiten«, sagte der Mann. »Von solchen Dingen haben die faulen Insulaner hier keinen blassen Schimmer. Ich arbeite bei Boskalis. Ich reise um die ganze Welt.«

»Gibt's hier viel auszubaggern?«, fragte Carlos, um irgendetwas zu fragen.

»Machst du dich über mich lustig?« Der Mann schaute ihn im Spiegel durchdringend an.

»Nein, warum?«

»Dachte nur. Geht's da an den Ohren noch etwas kürzer?«

»Natürlich. Der Kunde ist König.« Fünf Minuten später war er fertig. Dieser Mann war so überaus zufrieden mit sich selbst und seiner unglaublich wichtigen Arbeit überall auf der Welt. Carlos war nur ein kleiner Friseur in La Laguna. Es wurde deshalb nichts mehr gesagt. Carlos dachte über seine Hunde-Idee nach. Felipe wurde ungefähr gleichzeitig mit seinem Kunden fertig. In der Zwischenzeit war niemand hereingekommen; ein ruhiger Vormittag, ungewöhnlich. Felipe freute sich über den Besuch des Niederländers. »Noch mehr Kunden«, sagte er.

»Von mir aus muss das nicht sein«, sagte Carlos. Dann sprach er von einem *perro*. Ob Felipe ihm nicht einen besorgen könne.

»Was für einen Hund?«

»Nicht zu klein und nicht zu groß«, sagte Carlos.

»¿De raza pura?«

»Nein«, sagte Carlos. »Ich möchte eine Promenadenmischung.« Er gebrauchte das Wort *híbrido*.

»Kein Problem«, sagte Felipe. »Wie klappt's mit der Paella?«, fragte er.

»Besser, viel besser.« Carlos aß nur noch selten Kartoffeln, und wenn, dann als *tortilla de patatas*. Es machte ihm Spaß, Paellas zuzubereiten, es kostete Zeit, aber genau das wollte er. Die junge Frau kam vorbei. Sie blickte scheu durchs Fenster, und als sie sah, dass keine Kunden im Salon waren, wollte sie schnell weitergehen. Carlos öffnete die Tür. »Entra«, sagte er zu ihrem Rücken. »Im Gegensatz zu ihm – er deutete auf Felipe – kann ich auch sehr gut Frauen frisieren.« Jedenfalls glaubte er, das zu sagen.

»Tut, tut, tut«, machte Felipe.

»Stimmt's oder stimmt's nicht?«

»Das weiß ich nicht«, antwortete Felipe. »Ich habe es noch nie gesehen.« Die junge Frau trat zögernd ein. »¡Una cálida bienvenida!«, sagte Felipe zu ihr.

Zwei Wochen später hatte Carlos einen Hund. Einen weißen Hund mit braunen Flecken, einer davon rings um sein linkes Auge, was ulkig aussah. Noch jung, Felipe hatte ihm nicht sagen können, wie alt der Hund war. »Ein paar Monate«, meinte er. »Vielleicht ein Jahr.« Woher das Tier stammte? »Das spielt doch keine Rolle, oder?«, sagte Felipe. Der Hund kostete nichts, es war ein Straßenhund. Carlos kaufte ein riesiges Kissen und je einen Trink- und Fressnapf. Eine Leine, ein Halsband. Immer wenn sich eine Gelegenheit ergab, ging er in seine Wohnung hinauf. Morgens und abends führte er den Hund aus, manchmal auch um die Mittagszeit. Es dauerte nicht lange, bis der Hund vor dem Eingang des Salons lag. »Von mir aus«, sagte Manuel, »aber wenn ich merke, dass er

Kunden abschreckt, ist er weg.« Carlos empfand ihn als typisch südländischen Hund, wie er so träge in der Sonne lag, bei jedem Kontakt mit Menschen mit dem Schwanz wedelte und Unterwürfigkeit signalisierte. Er schreckte niemanden ab, ein sanftmütiges Tier. Carlos nannte ihn Lobo. Dank Lobo kam er zum ersten Mal über die nähere Umgebung hinaus. Abends nahm er manchmal den Bus nach Santa Cruz, um mit dem Hund am Strand spazieren zu gehen. Viele Monate war er auf Teneriffa gewesen, ohne jemals das Meer zu sehen. Lobo blieb meistens in seiner Nähe, eigentlich brauchte er keine Leine. Hin und wieder verschwand er zwar für eine Viertelstunde, kam aber jedes Mal zurück. Carlos fuhr mit dem Bus, weil er einfach nicht auf die Idee kam, ein Auto zu kaufen. Bis Santiago ihn fragte, ob er einen Führerschein habe.

»Natürlich«, sagte Carlos.

Ein paar Tage später hatte er einen Kleinwagen, zu einem lächerlichen Preis.

»Wie kann das sein?«, fragte er.

»Einfach bezahlen und keine Fragen stellen«, sagte Santiago.

Von da an fuhr er noch häufiger aus der Stadt hinaus, nicht nur in Richtung Meer, sondern auch in die Berge. Als er unter dem Gipfel des Teide stand und sich umschaute, wurde ihm bewusst, dass er sich fast ein Jahr lang auf kleinstem Raum bewegt hatte. Lobo rannte unaufhörlich Runden, Staub wirbelte auf, Carlos atmete tief ein. Er wollte noch höher hinauf, wurde aber von einem Mann in einem grünen Mantel aufgehalten. Man durfte nicht einfach auf den Gipfel, dafür brauchte man eine Erlaubnis. Einen Ausweis, eine Sondergenehmigung. Carlos wäre gern zusammen mit Lobo im Kreis gerannt. Noch nie hatte er eine so schöne Landschaft gesehen. Kahl, trocken, rau, scharf umrissen. Der Mond auf Erden, wenn man den *Teleférico* wegdachte. Ein Vulkan. Er stand unter dem Gipfel eines Vulkans!

Ein paar Wochen später saß außer Lobo auch Alanza im Auto. Kein Meer, keine Berge, sondern eine Rundfahrt, was de facto auf Meer und Berge hinauslief. Die ganze Insel war Meer und Berge. Sein Spanisch war inzwischen so gut, dass er mit Alanza Gespräche führen konnte, und wenn er einmal nicht weiterwusste, fragte er: »¿Cómo se dice?«, zusammen fanden sie dann schon die richtigen Wörter. Alanza war zu einer Stammkundin geworden, die einzige Frau, die sich zwischen all die Männer wagte. Manchmal sahen die anderen schweigend zu, wenn Carlos ihr die Haare schnitt, fast ehrerbietig. Sie vergaßen sogar zu rauchen. Wenn sie gegangen war, schwiegen sie anders. Vielsagend. Hin und wieder das übliche Zwinkern. Einmal sagte Manuel: »Das ist erst Haareschneiden«, als fände er es bei näherer Überlegung jammerschade, dass er in all den Jahren nur Männer und Kinder vor sich auf dem Stuhl gehabt hatte, dass Juan Flórez keine *peluquería* war.

Weil Alanza rauchte, rauchte Carlos auch. Er fand es viel weniger schlimm als erwartet. Sie waren in der Nähe der Punta del Hidalgo aus dem Wagen gestiegen. Auf einer Mauer war eine riesige Briefmarke mit der Weltraumhündin Laika aufgemalt. »Sieh mal!«, sagte Carlos zu Lobo. Lobo schaute ihn erwartungsvoll an, er verstand nicht, was der zeigende Arm sagen sollte. Carlos fand seinen Hund abwechselnd ziemlich dumm und sehr klug.

»So etwas sieht ein Hund nicht«, sagte Alanza.

»Nein?«

»Und wenn er es sehen würde, würde es ihn nicht interessieren.«

Der Hund rannte über einen Felsstrand in Richtung Ozean. Carlos und Alanza gingen langsam hinterher. In der Ferne ragte ein riesiger pyramidenförmiger Fels auf. Kahl, scharf umrissen. Fast alles auf der Insel war rau und wüst.

»Ist das die Punta del Hidalgo?«, fragte Carlos.

»Nein, dieser ganze Vorsprung – *protuberancia* – ist die Punta.«

Carlos prägte sich das Wort ein und blickte sich um. Es war März. Ein starker Wind wehte, Wellen brachen sich krachend an den Felsen. Der Himmel war blau ohne eine einzige Wolke. Lobo bellte.

»Du bist ein schöner Mann«, sagte Alanza.

Carlos schaute sie an. Ihre Äußerung stand in so krassem Gegensatz zu der Art, wie sie zum ersten Mal den Salon betreten hatte, dass er nicht wusste, was er erwidern sollte. »Gracias«, sagte er schließlich. Zum Glück rannte in diesem Moment Lobo ziemlich ungeschickt gegen ihre Beine. »Eis?«, fragte Carlos.

»Dummer Lobo!«, sagte sie, und dann: »Ja, gut.«

Das Dorf war klein, aber jedes Dorf auf Teneriffa hat einen Eissalon. Sie setzten sich mit ihren Eiswaffeln auf die Terrasse, geschützt vor dem Wind. Lobo legte sich seufzend auf Alanzas Füße, als würde er spüren, dass er etwas gutzumachen hatte. Auch Carlos hatte das Gefühl, dass er etwas gutmachen musste, aber er konnte sich nicht dazu aufraffen. Alanza war still. Sie leckte an ihrem Eis und blickte auf die Straße. Als sie ihr Eis aufgegessen hatte, zündete sie sich eine Zigarette an und gab auch Carlos eine. Lobo schaute auf. Sie rauchten.

1989 war Carlos zwölf Jahre auf der Insel. Lobo war ein alter Hund geworden. Carlos hatte *El Día* abonniert. Einmal in der Woche spielte er Karten mit den Söhnen von Santiago und Felipe, und er sah sich ihre Fußballspiele an, obwohl ihm nicht viel an Fußball lag. Mit Gustava, der geistig behinderten Tochter von Martín, unternahm er regelmäßig Ausflüge in seinem neuen Gebrauchtwagen, den natürlich Santiago besorgt hatte. Gustava war eine erwachsene Frau, die fast gar nicht sprachlich kommunizierte. »Aaiiie«, konnte sie sagen. Nur zu Lobo sagte sie manchmal etwas anderes, doch wenn Carlos versucht hätte, das aufzuschreiben, wäre es ihm nicht gelungen. Sie schien die Ausflüge zu genießen, vor allem, wenn sie im Loro Parque bei den Papageien waren. Eis mochte sie für ihr Leben gern. Carlos musste an ihrem Gesichtsausdruck ablesen, wie sie sich fühlte, ob sie nach Hause wollte oder im Gegenteil dort bleiben, wo sie waren, ob sie Lobo in der Nähe oder lieber etwas weiter weg haben wollte. Wenn er sie zu Hause absetzte, nickten Martín und seine Frau. Martín war ohnehin der stillste der vier anderen Friseure. Vielleicht hing das mit dieser Tochter zusammen.

Carlos wohnte immer noch über der *barbería*, allerdings hatte er im Lauf der Zeit einige Verbesserungen in der Wohnung vorgenommen. Sie war ziemlich klein, aber er war ja allein, und die meiste Zeit des Jahres standen die Fenster offen. Er war sechsunddreißig, und je länger er tot war, desto spanischer wurde er. Und desto weniger ein Holländer, der so vieles zurückgelassen hatte. Hin und wieder gingen die Söhne der anderen Friseure und er in eine Diskothek. Die Söhne der Friseure, um zu trinken – sie waren fast alle verheiratet –, Carlos um anzubandeln. Wenn er mit einer Frau geschlafen hatte, hielt er es wieder eine Weile aus. Er zehrte lange von der Erinnerung, und wenn er dann Lobo sah, dachte er bei sich: Ich habe Lobo, ich habe eine Wohnung, ich habe genug zu essen, ich kann meine Wäsche in der nagelneuen Waschmaschine im Badezimmer waschen. Von *El Día* erfuhr er nicht sonderlich viel über den Rest der Welt. Im Grunde war es sogar so, als gäbe es außer Spanien, Amerika und der Insel gar keine Welt. Eine reichlich nationalistische Zeitung. Er hatte sich einen Videorekorder gekauft und holte jede Woche zwei oder drei neue Filme aus dem örtlichen *videoclub*. Das seltsamste Ereignis dieses Jahres war eine Versammlung von etwa zehntausend Menschen im Parque Nacional del Teide anlässlich einer angeblich zu erwartenden UFO-Sichtung. Die Inselbewohner sahen ziemlich oft UFOs, Teneriffa war ein UFO-Hotspot. Carlos war nicht dabei.

Nach ihm war niemand mehr eingestellt worden. Vor allem Santiago und Felipe kamen nur, wenn sie Lust hatten. Er selbst arbeitete jeden Tag, er war unmerklich zum inoffiziellen Leiter des Salons geworden. Er nahm Anrufe entgegen, vergab Termine, teilte die anderen ein. »Wir werden alte Männer«, sagte Manuel eines Tages zu ihm. Es regnete, trotzdem lag Lobo vor dem Eingang. Es war einer der Momente, in denen Carlos seinen Hund ziemlich dumm fand. Aufzustehen und sich ein kleines Stück entfernt wieder hinzulegen schien schon zu viel verlangt zu sein, dann lieber ein bisschen nass werden. Ich muss mir einen zweiten anschaffen, dachte Carlos. Dann können sie noch eine Weile zusammen sein. »Wir werden alte Männer!«, wiederholte Manuel, etwas energischer.

Carlos blickte von seinem Hund zu Manuel. »Lobo wird auch alt«, sagte er.

»Lobo ist kein Friseur«, sagte Manuel.

Carlos ahnte, worauf er hinauswollte.

»Meine Söhne sind auch keine Friseure«, sagte Manuel.

»Ja, ich würde es machen«, sagte Carlos, um die Sache abzukürzen. »Wenn wir eine gute Lösung finden.«

1999 arbeitete von den vier alten Friseuren nur noch Santiago in der Peluquería Carlos W. Manuel war schneller ein alter Mann geworden, als er es sich vermutlich vorgestellt hatte, und an Bauchspeicheldrüsenkrebs gestorben. Seine Beerdigung war die erste, bei der Carlos auf der Insel anwesend war. Zum ersten Mal erlebte er eine Totenwache, schon am Abend nach Manuels Tod. Ein Haus voller singender, lachender, trinkender Menschen. Und zum ersten Mal sah er einen Sarg, der von einem Gabelstapler zu seiner Grabnische in einem Kolumbarium gehoben wurde. Manuel wurde in der vierten Reihe von unten zur Ruhe gebettet. Felipe und Martín schauten mindestens einmal pro Woche im Salon vorbei. Wenn unerwartet viel Betrieb herrschte, weil Kunden ohne Termin kamen, sprangen sie ein. Sie wollten dafür auf keinen Fall bezahlt werden, sie taten es doch *por los viejos tiempos,* erklärten sie. Conchita und Nilda war es recht. Sie drehten Kundinnen Lockenwickler ins Haar, färbten grauen Haaransatz schwarz und brachten den Frauen unter den Trockenhauben Kaffee oder Mineralwasser. Der Salon war renoviert worden und sah nun aus wie einer, der bereit fürs einundzwanzigste Jahrhundert war. Fünf Frisierstühle, und vier davon waren immer besetzt. Schon deshalb konnte Santiago noch nicht in Rente. Er war zweiundsiebzig, ging aber noch geschmeidig in die Knie, um Oro zu streicheln. Oro war nicht weiß mit braunen Flecken wie Lobo, sondern gleichmäßig sandbraun mit einem breiten weißen Streifen auf dem Kopf. Ansonsten, vom Körperbau her, sah er dem alten Hund verdächtig ähnlich, Carlos vermutete, dass Felipe ihn vom selben Besitzer hatte. Lobo hatte noch anderthalb Jahre gelebt, und als er starb, hatte sich Oro aus einem lebenslustigen jungen in einen introvertierten erwachsenen Hund verwandelt. Auch ängstlicher war er geworden. Aber er tat keiner Fliege etwas zuleide, die Kunden stiegen einfach über ihn hinweg, meistens öffnete er dabei nicht einmal die Augen. Abends schmiegte sich Oro auf dem Sofa an Carlos an, was Lobo nie getan hatte, und er reagierte auf bestimmte Geräusche in den Filmen, die Carlos mit seinem neuen DVD-Spieler abspielte. Hufgetrappel war sein Lieblingsgeräusch, und Carlos konnte so oft er wollte »Es ist nur ein Film!« rufen, Oro beruhigte sich nur sehr langsam. Bald würde auch er ein alter Hund sein.

Wenn Alanza sich frisieren ließ, kannten Conchita und Nilda ihren Platz. Für Alanza war der Chef zuständig. Sie und

Carlos sahen sich ausschließlich im Salon. Carlos hatte im Lauf der Zeit gemerkt, dass die Männer von der Insel es nicht schätzten, wenn ihre Frauen Umgang mit unverheirateten Ausländern hatten. Sie sprachen über Alltägliches. Die Kinder, Neuigkeiten, Sterbefälle. Nilda brachte Alanza Kaffee. Bei Alanza war sich Carlos der Berührungen, die nun einmal zum Friseurberuf gehören, deutlicher bewusst als bei anderen Frauen. Nach einer knappen Stunde ging sie wieder, tadellos frisiert.

Carlos war zu einem Mann mit Hund geworden. Niemand wusste, dass er nicht wieder in ein Flugzeug eingestiegen war, in das er hatte einsteigen sollen. Niemand wusste, dass er tot war. Auch er selbst wusste das kaum noch. Und er war zu einem Spaziergänger geworden. Durch den Hund, die Hunde. Es gab auf der Insel nur wenige Stellen, an denen er noch nie gewesen war. Stundenlang konnte er vor sich hin gehen, fast ohne nachzudenken. Gehen auf dem Mond. Gehen an den Flanken eines Vulkans. Gehen am Strand des Ozeans. Manchmal war ihm La Laguna zu groß und zu hektisch.

Am Silvesterabend versammelten sich Hunderte von Menschen auf der Plaza del Adelantado. Auch Carlos war dort, zusammen mit den Söhnen von Martín, Felipe, Santiago und Manuel und deren Frauen. Die Kinder und Oro hatten sie zu Hause gelassen. Es war die Versammlung gegen den Weltuntergang. Weil man auf der Insel an UFOs glaubte, glaubte man natürlich auch an den Millennium-Bug. Es wurde heruntergezählt, auf dem Platz waren viele, die sich aus heimlicher Angst betrunken hatten. Doch die Welt ging nicht unter, die Lampen leuchteten weiter, überall läuteten die Kirchenglocken, weder Flugzeuge noch Satelliten fielen vom Himmel, und zwei Tage später funktionierten auch alle Computer noch.

Im Frühjahr 2007 erweckte ein Bericht in *El Día* Carlos' Aufmerksamkeit. Zu seinen Füßen lag Pablo. Ein schwarzer Hund mit weißen Vorderpfoten. Lobo und Oro waren zu eingerahmten Fotos auf einer kleinen Anrichte geworden, so südländisch und – folglich – sentimental war er inzwischen. Im Auditorio de Tenerife sollte eine Gedenkfeier stattfinden. Dreißig Jahre war es her, und erst jetzt das erste internationale Gedenken. Und ein Denkmal, dessen Einweihung der Künstler allerdings nicht mehr erleben konnte, da er im Vorjahr in Den Helder im Alter von dreiundsechzig infolge eines Herzstillstands gestorben war. *Desafortunadamente*, wie die Zeitung bemerkte. Der Name des Künstlers sagte ihm selbstverständlich nichts, Den Helder umso mehr. Lesern von *El Día* würde Den Helder nichts sagen, aber er sah sich plötzlich auf der Fähre nach Texel, vor einer Ewigkeit. Nieselregen, Wind, Seegang, der die Fähre schlingern ließ, freche Möwen, Geruch nach Bratfett, salzige Luft. Er musste dieses Gefühl regelrecht abschütteln, so stark war es. Holland. Früher. Obwohl er es abzuschütteln versuchte, sah er sich noch nach Hause kommen, mit feuchten Haaren. Die Straße fremd, wie immer nach einem Kurzurlaub, als hätte der Fahrradladen plötzlich einen anderen Eigentümer; durch den leeren, stillen Friseursalon, die Treppe hinauf, seine Mutter mit ihrer großen, ledernen Ausgehtasche. Seine Mutter! Er schüttelte noch einmal den Kopf und fing unwillkürlich an zu rechnen. Sie ging auf die achtzig zu.

Pablo blickte erschrocken auf, sein Herr hatte einen Laut von sich gegeben, den er noch nie gehört hatte. Er wusste nicht, was von ihm erwartet wurde.

Carlos hatte das Kunstwerk schon gesehen, er war mit Pablo regelmäßig dort unterwegs. Eine Wendeltreppe. Wirklich schön gemacht, hoch, aus rostigem Stahl. Die Feier sollte am 27. März um 10.30 Uhr stattfinden. Ob es eine geschlossene Gesellschaft sein würde oder ob man eine Einladung brauchte, wurde nicht erwähnt. Er hörte, dass unten die Tür geöffnet wurde, geräuschvoller als nötig. Nicht Nilda, nicht Conchita. Er hielt kurz den Atem an. »¡Café!« Tatsächlich, Santiago. Weil er zu faul war, um selbst Kaffee zu machen, und auch weil er nicht allein sein wollte. Von den vier Männern in seinem Leben war ihm Santiago am liebsten. Ein sanfter Mann, weniger stur als die meisten Insulaner. Hilfsbereit, ohne Schuldgefühle auszulösen. Das war selten. Santiago und seine Frau waren die Einzigen, die manchmal zum Essen kamen, was allerdings jedes Mal auch eine kleine Enttäuschung bedeutete, eben weil Santiagos Frau dabei war. Nicht, dass sie Carlos unsympathisch gewesen wäre, im Gegenteil, aber er kam nun einmal am besten mit Santiago allein zurecht. Er stand auf. »An die Arbeit!«, sagte er zu Pablo. *¡A trabajar!*

»Aber was willst du denn da?«, fragte Santiago, als Carlos ihm erklärte, warum er an jenem Dienstag nicht im Salon sein werde.

»Ach«, sagte Carlos.

»Dieses Wort kenne ich allmählich«, sagte Santiago. »Sag's mir doch einfach.«

»Du erinnerst dich doch, dass ich Cornelis heiße?«

»Ja, wo du es sagst …« Er versuchte wieder mehrmals, den Namen auszusprechen.

Carlos wartete ruhig ab, bis Santiago fertig war, und sagte dann: »Ich war in dem niederländischen Flugzeug.«

Darüber musste Santiago kurz nachdenken. »Das kann nicht sein«, sagte er schließlich. »Dann wärst du ja tot.«

»Das bin ich auch«, sagte Carlos. »In gewisser Hinsicht.«

Santiago war jetzt neunundsiebzig, aber mit Nilda und Conchita hielt er noch ohne Schwierigkeiten einen Tag im Salon durch.

Carlos besaß genau einen Anzug. Für Beerdigungen und andere festliche Anlässe. Gegen neun fuhr er in La Laguna los; er parkte den Wagen beim Botanischen Garten in Santa Cruz. Am Kiosk kaufte er ein Päckchen Zigaretten und ein Feuerzeug. Die Sonne schien, vom Ozean her wehte eine frische Brise. Angenehmes Wetter. Im Botanischen Garten wurde gearbeitet, Bulldozer verschoben Erde, große Rohre lagen bereit. Carlos setzte sich auf eine Bank und schaute zu. Er zündete sich eine Zigarette an. Er musste an Alanza denken. Und an Lobo und Oro. Pablo lag jetzt bestimmt vor dem Eingang, und Conchita, Nilda und Santiago waren bei der Arbeit. Er war ein bisschen nervös, er wusste nicht, ob man ihn einlassen würde. Die wahre Ursache seiner Nervosität lag natürlich tiefer, und ebendeshalb dachte er angestrengt an den Salon und an seine Hunde.

Er rauchte eine zweite Zigarette und ging an der Küste entlang zum Auditorio. Dort war es auf jeden Fall nicht schwarz vor lauter Menschen, was ihn ein wenig beruhigte.

Nachdem er problemlos hineingekommen war, suchte er sich einen Platz weit hinten. Der Saal füllte sich kaum. Normalerweise wurden im großen Saal des Auditorio Konzerte mit klassischer Musik aufgeführt. Er war noch nie hier gewesen, unter seinen Freunden und Bekannten gab es keine Klassikliebhaber. Als die Feier begann, war der Saal nicht einmal halb voll. Das wunderte ihn. Er war auf seinem Sitz etwas nach unten gerutscht, als hätte er Angst, dass ihn jemand sehen würde. Dass jemand aufstehen, mit dem Finger auf ihn zeigen und rufen würde: »Was machst du hier?« Warum waren nur so wenige gekommen? Wenn man für jedes Todesopfer nur zwei Angehörige rechnete, wären das genau 1166 Menschen. Selbst damit wäre der Saal noch nicht voll, aber so war die Feier nun doch arg schwach besucht. Auf der Bühne stand ein Flügel, außerdem waren fünf Flaggen aufgehängt, und es gab eine Dekoration, die wie kunstvoll gestaltete Osterzweige mit Eiern aussah, was auch passte, denn am nächsten Wochenende war Ostern. Eine Frau betrat die Bühne und sprach einleitende Worte zum geplanten Verlauf des Tages. An ihr Niederländisch musste er sich gewöhnen, sie hatte einen leichten spanischen Akzent. Für geladene Gäste werde es ein Mittagessen geben. Um drei Uhr könnten sich alle, die wollten, mit Bussen zur Mesa Mota fahren lassen. Carlos betrachtete die Hinterköpfe vor sich. Die Frau erklärte, dass zwei Musiker, die hätten spielen sollen, aus gesundheitlichen Gründen nicht kommen konnten. Auch das noch. Ein toter Künstler, der Saal nur halb voll, verhinderte Musiker. Der Präsident der Inselregierung sprach. Carlos betrachtete die Hinterköpfe vor sich. Der damalige Leiter der Gesundheitsbehörde sprach, sehr kurz. Anschließend gab es doch Musik, eine Sopranistin sang, begleitet von einer Pianistin am Flügel. Es folgte ein weiteres Lied. Carlos hatte noch keinen Hinterkopf erkannt, und er fragte sich, ob er ihren Hinterkopf nach drei Jahrzehnten überhaupt noch erkennen könnte. Er suchte nicht nur nach einem älteren Hinterkopf, sondern achtete auch auf einen möglichen Begleiter. Einen jungen Mann.

Die Zuhörer applaudierten, der musikalische Beitrag war beendet. Eine kleine Amerikanerin betrat mit kurzen, hastigen Schritten die Bühne. Sie sprach fälschlich von »two fully loaded 747s«. Ihre Mutter, eine bekannte und sehr erfolgreiche Maklerin, sei damals ums Leben gekommen. Sie habe von ihrer Firma eine Reise nach Hawaii geschenkt bekommen, weil sie schon jahrelang die erfolgreichste Maklerin des Unternehmens gewesen sei. Weil sie Hawaii aber schon kannte, habe sie die Reise gegen eine Mittelmeer-Kreuzfahrt getauscht. Diese Bemerkung ließ Carlos aufhorchen. Ein paar Wochen nach der Trauerfeier für ihre Mutter am 31. März in Las Vegas habe sie vom Militär einen Brief mit dem Ring zugeschickt bekommen, den ihre Mutter am kleinen Finger getragen habe. »I will cherish it forever«, sagte die Frau. Sie musste so gegen ihre Gefühle ankämpfen, dass fast jeder ihrer Sätze mit einem Fragezeichen endete. Zum Abschluss wollte sie noch etwas aus ihrem Scrapbook vorlesen. Eine Geschichte über Gott, der dabei ist, das Urbild der Mutter zu erschaffen, dabei aber von einem Engel unterbrochen wird. Sie begleitete ihren Vortrag mit Gesten, die so wirkten, als hätte sie das Ganze zu Hause vor dem Spiegel eingeübt. »Gracias, dank u wel, thank you«, sagte sie, bevor sie mit ebenso hastigen Schritten die Bühne verließ.

Während der folgenden Ansprache eines niederländischen Hinterbliebenen sank Carlos auf seinem Sitz noch mehr in sich zusammen. Der Mann hatte sieben Angehörige verloren. Er konnte kaum sprechen, manchmal ließ er Wörter einfach aus. Er sprach von den Hinterbliebenen – ihm selbst, einer Großmutter, Onkeln, Tanten, ein paar Neffen und Nichten. Carlos kam sich wie ein Verräter vor, ein Eindringling, der sich aus gutem Grund ganz nach hinten gesetzt hatte. Er wollte nicht mehr zuhören. Trotzdem blieb er sitzen, weil Aufstehen und Weggehen auffallen würde. Die Kinder des Sprechers entzündeten Kerzen. Die Pianistin und die Sopranistin spielten und sangen ein Ave-Maria. Es folgte der Vorstandsvorsitzende der KLM. Alle kamen auf die Wendeltreppe zu sprechen. Eine Spirale, die ins Unendliche zu führen scheint. Der amerikanische Botschafter. Er erwähnte Dorothy Kelly, eine überlebende Stewardess. Die im Saal anwesend sei, sagte er nicht als Feststellung, sondern fragend, und schaute einen Moment ins Publikum. Niemand hob die Hand. Der niederländische Verkehrsminister, ein Limburger, noch jung. Der Präsident der Regierung der Kanarischen Inseln. Nationalhymnen wurden angekündigt, Leute erhoben sich. Carlos blieb nichts anderes übrig, als ebenfalls aufzustehen. Spanien. Vereinigte Staaten. Niederlande. Die Musik kam wie eine Wand aus Schall aus den Lautsprechern auf der Bühne. Unmittelbar vor ihm saßen und standen Fotografen, die ihn halbwegs abschirmten. Die spanische und die amerikanische Hymne waren nicht seine, sie lösten keine Gefühle aus. Bei der niederländischen musste er sich setzen. Und er blieb sitzen, während sich der Saal langsam leerte. Die Leute nahmen die Ausgänge an der Seite. Er blickte zur Decke hinauf. Jetzt, wo er mehr als nur Hinterköpfe sehen konnte, hatte er plötzlich nicht mehr den Wunsch, Gesichter zu betrachten. Erst als alle weg waren, stand er auf.

Langsam ging er zum Botanischen Garten zurück. Die Bulldozer und Bagger standen still. Er setzte sich auf dieselbe Bank und rauchte. Er wischte sich den Schweiß von der Stirn, lockerte die Krawatte. Es war etwas wärmer geworden. Die Sonne schien noch genauso hell, der Wind war noch genauso frisch. Er inhalierte tief und stieß den Rauch kraftvoll aus. Der Engel hatte die Wange des Mutter-Urbilds berührt und zu Gott gesagt: »Hier ist eine undichte Stelle, ich habe Euch doch gesagt, dass Ihr zu viel darin unterzubringen versucht.« Und Gott hatte erwidert: »Das ist keine undichte Stelle, das ist eine Träne.« Der Engel fragte, wozu diese Träne da sei. Gott antwortete: »Freude, Kummer, Enttäuschung, Schmerz, Einsamkeit und Stolz.« Der Engel sagte zu Gott, er sei ein Genie. Doch Gott schaute ihn bedrückt an und sagte: »Ich habe diese Träne nicht gemacht.« Carlos hatte der Amerikanerin wirklich sehr genau zugehört. Am Nachmittag verzichtete er auf die Einweihung des Denkmals. Aber er arbeitete auch nicht. Er zog alte Sachen und seine Wanderschuhe an, setzte Pablo ins Auto und fuhr zum Teide.

Ein Vulkan!, hatte er gedacht, als er zum ersten Mal hier gewesen und Lobo Staubrunden gerannt war. Eine Mondlandschaft. Er fand sie immer noch schön, aber die Euphorie vom allerersten Mal hatte er nie wieder empfunden. Wahrscheinlich hing das mit dem Älterwerden zusammen. Je älter man wird, desto mehr gewöhnt man sich an alles, eigentlich müsste etwas Neues her, damit man vielleicht noch einmal eine solche Euphorie erleben kann. Doch mit dem Älterwerden und der Gewöhnung, dem Einnisten in einem neuen Leben, verschwand die Möglichkeit einer Rückkehr in immer weiterer Ferne. Diese Hinterköpfe vor ihm. All die Hinterköpfe von all diesen Menschen. Menschen mit einem eigenen Leben. In Amerika, in den Niederlanden, hier auf der Insel. Er ging und ging, Pablo blieb in seiner Nähe. Niemand weit und breit. Der Wind wehte heftiger als unten an der Küste. Irgendwie rührend, so ein Hinterkopf. Ein unschuldiger Körperteil, den ein Mensch an sich selbst nicht sehen kann. Er hatte in seinem Leben Tausende und Abertausende von Hinterköpfen gesehen. Und er war es, der den Kunden ihren Hinterkopf zeigte, mit dem Handspiegel, den er langsam von einer Seite zur anderen bewegte. »Zufrieden?« Nur selten hatte jemand mit nein geantwortet, und wenn, war es ein Mann, der auf diese Weise eine kahl werdende Stelle entdeckt hatte. Er ging und ging, Pablo bellte wegen irgendetwas und rannte dann vergnügt zu ihm zurück. Er gab ihm einen Hundesnack. Der dritte Hund, dachte er. Ich bin schon drei Hunde lang hier. Wie alt war Pablo jetzt? Sechs? Sieben?

Auf der Heimfahrt machte er einen Umweg über die Mesa Mota. Dort war es wie ausgestorben, es dämmerte. Er betrachtete die Wendeltreppe, die Blumenarrangements, sah sich um. In der Ferne lag die Start- und Landebahn des alten Flughafens. Er wurde vor allem noch für Flüge zwischen den Inseln genutzt. Pablo schnüffelte zwischen den Blumen und nieste laut. »¡Salud!«, sagte Carlos.

Er nahm sich auch noch den nächsten Tag frei, fuhr zum Haus von Martín und holte Gustava ab. »Loro Parque?«, fragte Martín.

»Ja«, sagte Carlos. »Wir sehen uns mal die Orcas an.«

»Arme Tiere«, sagte Martíns Frau.

Sie fuhren in einer knappen halben Stunde nach Puerto de la Cruz. Gustava schaute sich interessiert um. Carlos überlegte, wie man sich jetzt wohl das Leben bei ihr zu Hause vorstellen musste. Martín und seine Frau waren alt. Vermutlich halfen die Schwiegertöchter. Als er sie von der Seite betrachtete, fiel ihm auf, dass auch Gustava alt wurde. Sie war geistig so eingeschränkt, dass sie immer ein Kind geblieben war. Doch auch dieses Kind bekam Falten und graue Haare. Ihre Zähne waren in keinem allzu guten Zustand. Wahrscheinlich war sie etwa so alt wie er, und natürlich war auch sein Haar längst nicht mehr blond. Die Fußgänger an den Ampeln konnten sie für ein älteres Ehepaar halten. Darüber musste er lächeln. Gustava sah es und sagte: »Bööhuhu.«

Sie hatten sich zu nah an den Rand des Beckens gesetzt. Er hätte es sich denken können. Gustava fand das Tanzen der Orcas, begleitet vom rhythmischen Klatschen der Zuschauer, am schönsten. Sie krähte vor Vergnügen. Carlos verstand nicht, wie die Trainer den Mut aufbrachten, mit diesen riesigen Tieren zu schwimmen. Er starrte auf den Ozean hinter dem Becken. Das große Wasser, in dem die Wale eigentlich schwimmen sollten. Gustava stupste ihn an. Ja, sie konnten toll springen. Für einen Eimer Fische. Während einer der letzten Runden, die der Orca mit der krummen Finne schwamm, klatschte der Wal mit seiner großen Fluke aufs Wasser, und sie wurden patschnass. Als sie kurz danach Eis essen gingen, tropfte das Wasser noch von Carlos' Hosenbeinen auf den Boden. Gustava schaute ihn an, Eis auf der Nasenspitze und den Wangen, nasses Haar an der Stirn. »Hmmm«, sagte sie. Im Grunde ist sie wie ein Hund, dachte Carlos. Man nimmt einen Hund irgendwohin mit, er ist zufrieden, man gibt ihm etwas zu essen, er ist glücklich; nachher legt Gustava sich schlafen, und man hat keine Ahnung, was in diesem Kopf vorgeht.

Am Donnerstag war Carlos wieder im Salon. Er ging früh nach unten, wollte der Erste sein, wollte den Kaffee fertig haben, wenn Santiago hereinkam. Santiago würde ihn fragen, wie es gewesen war. Er schloss die Tür auf und ging nach draußen. Pablo streifte ihn im Hinauslaufen, er wollte zu dem Baum auf der anderen Seite. Dort hob er ein Hinterbein und begann zu pinkeln, während sich seine Aufmerksamkeit schon anderem zuwandte. Einem Geruch, den Straßenkatzen, einem Geräusch. Nie nahm er sich Zeit, um einmal in Ruhe zu pinkeln. Carlos ging auch zu dem Baum und betrachtete von dort aus den Salon. Aus dem Augenwinkel nahm er wahr, dass Pablo weglaufen wollte. »Bleib!«, sagte er.

Peluquería Carlos W. Von der anderen Seite sah er seinen ältesten Angestellten kommen.

»Starrst du deinen eigenen Salon an?«, rief Santiago.

»Warum nicht?«

»Tja«, sagte Santiago, während er den Hund wegschob, »tja, warum eigentlich nicht.«

»Aber außerdem überlege ich, ob ich dich nicht allmählich durch einen Jüngeren ersetzen sollte.«

Santiago schaute ihn fassungslos an. »¡Hijo de puta!«, rief er schließlich.

»Komm, wir trinken Kaffee.«

»Und reden.«

»Ja, das auch.«

Am Abend schimpfte er mit Pablo, weil er schmutzige Pfoten hatte. Er schickte ihn auf sein Kissen. Doch stattdessen legte sich der Hund auf die Jacke, die Carlos am Vortag, weil sie noch etwas feucht war, auf den Boden geworfen hatte. Er kringelte sich zusammen und schob die schwarze Schnauze zwischen die weißen Vorderpfoten. Wie er da lag, scheinbar vollkommen zufrieden auf dieser Jacke. Carlos beobachtete ihn vom Sofa aus. Er fand den Anblick aus irgendeinem Grund unerträglich. »Na komm, Pablo«, sagte er nach einer Weile und klopfte einladend auf das Sofa. Der Hund versuchte, nicht zu reagieren, konnte aber nicht verhindern, dass sich seine Ohren aufstellten. »Komm doch!« Der Hund stöhnte. Carlos wandte den Blick nicht von ihm ab. Es ist, als ob ich nicht da wäre, dachte er. Als ob Pablo Trost bei einem Kleidungsstück sucht, das nach mir riecht. Warum legt er sich nun nicht zu mir aufs Sofa, obwohl ich ihn gerufen habe?

29.

Simon sitzt auf dem Stuhl am Fenster. An der Kleidung der Leute draußen kann er sehen, dass es warm ist, sie haben ihre Jacken zu Hause gelassen. Am Morgen war es noch frisch gewesen, und als er nach dem Schwimmen ins Freie kam, sah er, dass im Blumenbeet vor dem Eingang keine Narzissen mehr blühten, sondern Tulpen. Rote Tulpen. Kein rauchender rothaariger Mann stand neben ihm, als ihm das auffiel. Den hatte er nie mehr gesehen. Im Mai legen alle Vögel Eier, denkt er. Wie immer nach dem Schwimmen ist er angenehm müde. Er sitzt nur da und starrt aus dem Fenster. Bis der erste Kunde kommt, hat er noch etwas Zeit. Sie scheint stillzustehen, ein Gefühl, das er häufiger hier im Salon hat, jedenfalls, wenn er leer ist. Ein Friseursalon ohne Kunden, ein Schwimmbecken ohne Schwimmer, ein Flur in einer Schule während der Ferien. Dieser Flur war ihm eingefallen, als er vor einiger Zeit nach dem Schwimmen noch zum kleinen Becken gegangen war. Er kann sich nicht mehr an den Grund erinnern, aber er hatte einmal am Anfang der Sommerferien zur Friseurfachschule gemusst. Um etwas abzuholen, etwas abzugeben, das spielt keine Rolle. Diese vollkommene Verlassenheit. Als ob er eine andere Welt betreten hätte. Er denkt an den rothaarigen Mann, der anscheinend nur ein einziges Mal im Schwimmbad gewesen ist. Warum? Oder war er an dem Tag ausnahmsweise morgens gekommen, während er sonst immer nachmittags oder abends kommt? Und, was wichtiger ist, wäre es mir nicht unangenehm, ihm noch mal über den Weg zu laufen? Er nimmt sein Smartphone von der Fensterbank und wählt die Nummer seiner Mutter.

»Weiman?«

»Ich bin's.«

»Guten Morgen.«

»Ja, guten Morgen. Sag mal, soll ich am Samstag vielleicht Igor mitnehmen und ihm die Haare schneiden?«

»Äh, ja. Wunderbar. Ich geb's weiter. Wahrscheinlich musst du ihn dann selbst zum Tageszentrum fahren, wenn ihr fertig seid.«

»Kein Problem.«

»Möchtest du, dass ich mitkomme?«

»Nein, warum?«

»Ja«, sagt sie, »warum eigentlich?« Sie schweigt einen Moment. »Du wirst schon mit ihm fertig. Alles in Ordnung bei dir?«

»O ja. Und bei dir?«

»Auch. Hast du heute Kunden?«

»Klar. Vier sogar.«

»Überarbeitest du dich auch nicht?«

»Ich passe schon auf mich auf, mach dir keine Sorgen. Was tust du gerade?«

»Ich bin auf dem Balkon, ich war heute Morgen schon im Gartencenter. Solltest du nicht vielleicht mal ein paar hübsche Pflanzenkübel neben der Ladentür aufstellen?«

»Hübsche Pflanzenkübel?«

»Ja, mit was Blühendem.«

»Hier, im Jordaanviertel? Ich glaube nicht, dass die Pflanzen lange überleben würden.«

»Vielleicht würden sie ja zusätzliche Kunden anlocken.«

Simon seufzt. »Außerdem ist das ein öffentlicher Gehweg, und schmal. Wahrscheinlich wäre es nicht mal erlaubt. Wir sehen uns Samstag.«

»Bis dann.«

Gegen fünf ist er bei seinem Großvater. Der Oude Rutte steht schon auf dem Esstisch, auf einem Holzbrettchen liegen Mettwurstscheiben. Die Tür zum Garten steht offen. Aus dem Radio kommt klassische Musik. Simon geht zur Tür und schaut hinaus. Im Garten blühen Sträucher. »Meine Mutter will, dass ich Blumenkübel neben die Tür stelle«, sagt er.

»Das ist nicht erlaubt«, sagt Jan.

»Dachte ich mir. Sie meint, blühende Pflanzen würden Kunden anlocken.«

»Du willst doch gar nicht mehr Kunden, oder?«

»Nö. Nicht wirklich. Interessiert mich eigentlich nicht.«

»Hier. Genever!«

Er nimmt das Gläschen vorsichtig an und trinkt ebenso vorsichtig ab. Unglaublich, dass der alte Mann das randvolle Geneverglas ohne zu kleckern vom Tisch zu ihm tragen konnte.

»Ich hab mich mal bei der Stadt danach erkundigt«, erklärt Jan. »Der Gehweg ist zu schmal, niemand auf dieser Straßenseite hat Blumenkübel.« Er hat sein Glas schon halb geleert. »Aber, na ja, das ist schon bald dreißig Jahre her. Eine Scheibe Wurst?«

»Ja, bitte. Sollen wir uns hier an die Tür setzen?«

»Gern.«

Simon schleppt zwei Stühle zur Tür und stellt ein Beistelltischchen dazu. »Na, das freut mich, dann brauche ich wenigstens darüber nicht nachzugrübeln.«

»Grübelst du denn? Kommt mir nicht so vor.«

»War nicht wörtlich gemeint.« Er nimmt das Brettchen mit Wurst und den Aschenbecher entgegen.

Jan setzt sich. »Aah«, sagt er. »Fast wie im Sommer.« Er schaut in den Garten. »Hast du gesehen, dass die Rhododendren schon bald blühen?«

»Welche sind das?«

»Die mit den roten Knospen, da.« Er zeigt. »Dann weiß man, dass der Mai wirklich gekommen ist.« Auch die Türen von einigen Nachbarwohnungen stehen offen, Geräusche dringen in den Garten. »Wie geht's deiner Mutter?«

»Gut. Sie hat immer viel zu tun.«

»Ich hab nie verstanden, dass sie nicht wieder einen Mann gefunden hat. So eine hübsche Frau.«

»Frag sie.«

»Wann sehe ich sie denn überhaupt mal?«

»Ich könnte euch zusammen zum Essen einladen«, sagt Simon. Er trinkt von seinem Genever. »Stört es dich eigentlich, dass im Chez Jean nicht mehr so viel los ist wie früher?«

»Ach was. Das geht mich auch nichts mehr an. Vorbei ist vorbei. Es ist dein Salon. Und du machst ja keine Verluste, oder?«

»Nein. Vielleicht ist es anders, wenn man allein arbeitet. Ihr wart immer zu mehreren, dann verteilt es sich ein bisschen. Wenn ich vier Kunden gehabt habe, also, dann …«

»Dein Vater war genauso. Er konnte auch nicht allzu viele ertragen. Dann bekam er schlechte Laune. Ich hab es ihn nie so direkt gefragt, aber ich hatte das Gefühl, dass er eigentlich gar nicht Friseur hatte werden wollen.«

»Nein?«

»Nein, oder vielleicht nur ohne mich. Das kann auch sein. Dass er mich als Chef nicht mochte.«

»Wieso das denn nicht? Du bist doch ein netter Mensch.«

»Ja, könnte man meinen. Ich weiß es nicht. Die Frauen hier finden mich jedenfalls sehr nett.«

»Ich würde mich gern mal mit einer unterhalten.«

»Warum?«

»Weil ich den Verdacht habe, dass du vielleicht nur angibst.«

Jan steht auf, um die Flasche Rutte vom Esstisch zu holen. Er gießt beide Gläser noch einmal voll und nimmt, bevor er sich wieder hinsetzt, eine Scheibe Wurst vom Brett. »So. Was ist mit diesem Schriftsteller?«

»Dem geht's gut, glaube ich.«

»Ja, wahrscheinlich, ich meinte: Kommt er voran mit seinem Buch? Dem Buch, in dem wir vorkommen?«

»So einfach ist die Sache wohl nicht. Er hat recherchiert. Er hat mit dir gesprochen, aber das bedeutet nicht ohne Weiteres, dass du in dem Buch vorkommst.«

»Ach, nein?«

»Nein, natürlich nicht. Es wird ein Roman.«

»Schade.«

»Als ich das letzte Mal mit ihm gesprochen habe, hat er gesagt, dass er etwas über meinen Vater schreibt.«

»Was? Aber er weiß doch gar nichts über ihn!«

»Ja, ich finde es auch ziemlich merkwürdig. Ich glaube, du hattest recht, als du gesagt hast, dass Schriftsteller sich alles aneignen.«

»Und darf er das überhaupt? Darf man einfach über jeden schreiben?«

»Keine Ahnung. Aber ich glaube schon.«

»Hast du eigentlich mit deinem Computer noch mehr rausgefunden?«

»Ja.«

»Und?«

»Weißt du, das Problem bei so einer Suche ist, dass sie fast süchtig macht. Man gräbt immer tiefer, man kommt immer weiter. Neulich bin ich auf einen Martinair-Piloten gestoßen, der bei den Untersuchungen zu Teneriffa und zum Faro-Unglück die Finger im Spiel hatte. Erst hat er behauptet, dass die Fluglotsen auf Los Rodeos ein Fußballspiel im Fernsehen verfolgt hätten, und Jahre später wollte er den Angehörigen von Faro-Opfern keine Einsicht in die Untersuchungsergebnisse von Martinair gewähren.«

»Er hat immer das gemacht, was ihm am besten in den Kram passte.«

»Ja. Oder die KLM hat ihn bei seinen Nachforschungen in

eine bestimmte Richtung gedrängt. Aber was soll man mit solchen Informationen anfangen?«

»Nichts. Wahrscheinlich.«

Simon trinkt einen Schluck Genever. In irgendeiner Nachbarwohnung wird der Fernseher eingeschaltet. Er sieht, dass das Glas seines Großvaters leer ist, und schenkt ihm ein drittes ein. »Und noch etwas Seltsames passiert. Je mehr ich finde, desto stärker wird das Gefühl, dass ich nach ihm suchen muss.«

Jan schaut ihn an, als wäre er verrückt geworden. »Du meinst, dass du mehr über ihn erfahren willst?«

»Nein. Oder, ja, das auch, aber ich meinte wirklich *ihn* suchen.«

»Ihn? Aber lieber Junge, er ist doch tot!«

»Ebendas vergesse ich dann.«

»Vielleicht solltest du damit aufhören. Du drehst noch durch.«

»Na ja, so schlimm ist es nicht, aber ich verstehe mittlerweile ganz gut, wie jemand zum Verschwörungstheoretiker wird, und das ist keine so gute Sache.«

Jan nippt an seinem dritten Glas. »Wir müssen die Tür zumachen«, sagt er dann. »Es zieht allmählich.« Als sein Enkel die Tür geschlossen hat, zündet er sich eine Zigarette an. »Das mit dem israelischen Flugzeug, das war auch schrecklich. Ich weiß noch, dass ich gerade *Studio Sport* sah, damals noch mit Annette van Trigt, und plötzlich wurde die Sendung unterbrochen, ich glaube, in einem Bericht über ein Fußballspiel, und sie kam plötzlich wieder ins Bild, ganz erschrocken.«

»Ja«, sagt Simon. »Daran erinnere ich mich auch noch, aber vor allem, weil meine Mutter damals ziemlich …«

»… den Überblick verlor«, ergänzt Jan.

Es überrascht Simon, dass auch sein Großvater diesen Ausdruck gebraucht. Vielleicht hat er an Geburtstagen regelmäßig neben Henny gesessen. Plötzlich ertönt draußen auf dem Flur ein lautes Dröhnen. Es ist das Schiffshorn, das er neulich am Telefon gehört hat.

»Abendessen!«, ruft Jan. Er kippt den Rest des Genevers herunter und drückt die Zigarette aus. »Und weißt du, was lustig ist?«, fragt er.

»Nein«, sagt Simon.

»Einige von den Frauen sind ein bisschen dement, und dieses Schiffshorn überfordert sie geistig, und dann denken sie auch noch, dass ich der Kapitän bin, und wollen alle bei mir am Tisch sitzen!«

»Ich muss das wirklich mal mit eigenen Augen sehen«, sagt Simon.

»Ein andermal«, wehrt Jan ab. »Ich muss dann vorher Bescheid sagen, sonst geraten ein paar von denen noch völlig durcheinander.«

30.

Als er nach Hause kommt, holt er eine Pizza aus dem Tiefkühlfach. Nach dem vielen Oude Rutte hat er keine Lust mehr zu kochen. Viel Hunger hat er auch nicht. Er öffnet eine Flasche Weißwein, legt die Pizza in den Backofen, setzt sich an den Küchentisch und klappt den Laptop auf. Auf Umwegen landet er bei einem Dokumentarfilm über den Umgang mit Verlust. Über Trauer. Menschen, die ein Kind, einen Ehepartner, eine Schwester oder einen Bruder verloren haben, werden interviewt. *Die Hinterbliebenen* heißt der Film. Von 2017. Er spult immer wieder vor, weil die Interviews durcheinander geschnitten sind und er nur einen jung aussehenden Mann in einem rosafarbenen Polohemd hören möchte. Dieser Mann war neun Jahre alt gewesen, als er am Morgen des 28. März 1977 die Küche betrat, in der schon einige Menschen zusammensaßen. Seine Großeltern, die sich eine Woche um ihn und seinen Bruder kümmern sollten, Angestellte seines Vaters. Seine Eltern waren am Vortag frühmorgens in dem nagelneuen Mercedes weggefahren, der erst vor Kurzem aus Deutschland geliefert worden war. Es war die erste längere Fahrt mit diesem Wagen. Sein Bruder und er hatten gewinkt. Sein Vater hatte noch fröhlich gerufen, dass sie in einer Woche schon wieder da sein würden. Und nun drängten sich all diese Leute in der Küche. Manche weinten. Es war sehr beunruhigend. Dann kam ein Freund seiner Eltern herein, ein Polizeibeamter. Er nahm die beiden Brüder ins Wohnzimmer mit und setzte sie auf seine Knie. Er sagte, er habe eine schlechte Nachricht, ihr Papa und ihre Mama würden nie mehr wiederkommen. Der Junge wurde wütend. Was war das für ein Unsinn? Dieser Polizist war eine vertraute Person. »Ich habe es einfach nicht geglaubt«, sagt der Mann in dem rosafarbenen Polohemd.

Am folgenden Sonntag, dem 3. April, saß der Neunjährige den ganzen Tag auf dem Mäuerchen, das den Vorgarten vom Gehweg trennte, und wartete auf die Rückkehr seiner Eltern. Er glaubte dem Polizeibeamten immer noch nicht. Seine Wut hatte sich gelegt, er hatte sich an das Versprechen seines Vaters erinnert, und deshalb saß er dort und wartete wie ein treuer Hund, der seinen Instinkten gehorcht. Jedes Auto, das er hörte, konnte der neue Mercedes sein. Gegen Abend holte ihn sein Großvater. »Komm ins Haus«, sagte er. »Bitte. Sie kommen nicht zurück.« Es wurde nicht viel darüber gesprochen. Der Junge war in einem Judo-Verein, und in diesem Sport konnte er seinen Kummer und seine Aggressionen loswerden. Jeden Abend, wenn sein Bruder und er schlafen gingen, schlug seine Oma an ihren Betten drei Kreuze. Und wenn sie traurig waren, sagte sie: »Betet drei Ave-Maria, dann ist morgen alles wieder gut.« Opa und Oma zogen ins Haus, sie wurden Vater und Mutter. Auf irgendeine Weise halfen die Ave-Maria. Weil Oma sagte, dass sie helfen würden. Das Leben ging weiter. Den neuen Mercedes sah er nie wieder.

Viele Jahre später sucht der Neunjährige, der natürlich längst nicht mehr neun ist, in gewisser Hinsicht aber doch, Hilfe. »Es ist also immer noch eine offene Wunde?«, fragt der Interviewer. »Sogar jetzt noch, nach vierzig Jahren?« Ja, bei näherer Überlegung müsse er das bejahen. »Manchmal fühle ich mich vollkommen allein«, sagt der Mann. »Dann fühle ich mich wie Remi in *Heimatlos*.« Und: »Ich würde den Rest meines Lebens unbezahlt arbeiten, wenn ich fünf Minuten mit meinen Eltern sprechen dürfte.« Dadurch, dass »moderne Hinterbliebene« so viel Aufmerksamkeit bekämen, werde dieses Verlassenheitsgefühl noch stärker; die landesweiten Beileidsbekundungen nach späteren Unglücken hätten ihm wohl endlich bewusst gemacht, was ihm geschehen sei. Dank der Gespräche mit einer vertrauten Person habe er nun das Gefühl, ein wenig mehr Luft zu bekommen. Er lerne gerade, nicht mehr Tag für Tag bis zum Umfallen zu arbeiten; er sei abends immer so müde gewesen, dass er über nichts mehr habe nachdenken können.

»Sie haben sich in die Arbeit geflüchtet?«, fragt der Interviewer.

»Oh ja. Das war ausgeprägtes Fluchtverhalten.«

Ein Foto vom Silvesterabend 1976 wird eingeblendet, der Junge lehnt sich an den Bauch seines Vaters, und er wird nie vergessen, dass sein Vater sagt, 1977 werde ein großartiges Jahr werden. »Das ist mir immer im Gedächtnis geblieben.« Dieser Mann ist von allen Interviewten der einzige, der nicht sagt, dass er sich irgendwann mit allem abgefunden, dass die Trauer sich im Alltäglichen aufgelöst habe, in den kleinen Dingen; er habe ihr – um einen hässlichen, klischeehaften Ausdruck zu gebrauchen – keinen Ort geben können. »Ich wollte, ich hätte sie in einen Rucksack stecken und weghängen können«, sagt er. Er ist der Einzige, der irgendwann von seinen Gefühlen überwältigt wird, der die Brille absetzen und sich die Augen trocknen muss. Er sagt nicht »Entschuldigung«, wie viele es tun, wenn sie öffentlich weinen.

Und dann erzählt er von seinem Sohn. Der Junge wird im Krankenhaus geboren. Als das Baby gewaschen und angezogen ist, als wieder etwas Ruhe einkehrt und seine Frau schläft, geht der Mann mit dem Baby ans Fenster. Es ist ein riesiges Fenster, bestimmt zweieinhalb mal drei Meter. Draußen ist sehr viel Himmel zu sehen, viel mehr Himmel als Häuser oder Bäume. Man könnte diesen Himmel das Firmament nennen. Oder die Himmelskuppel. Er hebt das Baby ein wenig hoch und zeigt es seinen Eltern. Der Name des Jungen ist aus drei Namen zusammengesetzt, denen der toten Großeltern und dem seines Vaters. Der Mann hat das Gefühl, etwas Symbolisches tun zu müssen, und er entscheidet sich für dieses Hochheben und Zeigen. Er sagt dabei nichts, es soll nicht lächerlich werden, doch jetzt, gegenüber dem Interviewer, spricht er aus, was ihn damals bewegte: »Ich hatte ihn auf dem Arm und habe ihn meinen Eltern gezeigt, im Himmel, und dann fühlte ich mich sehr klein und war traurig, weil diese Menschen ihren Enkel nicht sehen konnten.«

Diese Menschen, denkt Simon. Er klappt den Laptop zu. Irgendetwas stinkt. O Gott, die Pizza. Die Backofenlampe ist schon seit längerer Zeit kaputt, er kann den Schaden nicht sofort überblicken, aber als er die Tür öffnet und den Rost herauszieht, sieht er, dass es an diesem Abend keine Pizza geben wird. Er hört seinen Opa sagen, dass er noch durchknallt. Oder hat er »durchdrehen« gesagt? Er befördert die verkohlte Pizza in den Abfalleimer, und in diesem Moment fällt ihm die Ähnlichkeit zwischen diesem Mann und einem anderen auf, den er in einer Aufzeichnung der internationalen Gedenkfeier im Jahr 2007 auf Teneriffa gesehen hat. Dieser Redner, der Vorsitzende des niederländischen Hinterbliebenenverbandes, hatte kaum sprechen können. Dreißig Jahre nach der Katastrophe. Beiden Männern kamen die Tränen. Weil die Sache nicht abgeschlossen war. Aber der Mann im rosa Polohemd ist ihm viel sympathischer. Wirklich ein liebenswürdiger Mann. Den anderen mag er nicht so, warum, ist ihm nicht ganz klar. Vielleicht, weil dessen Kinder bei der Gedenkfeier eine zu wichtige Rolle spielen. Als wäre es eine Art Familientreffen. Was wahrscheinlich niemand im Sinn hatte, als man eine Kongress- und Konzerthalle anmietete, in der Platz für die Angehörigen von 583 Todesopfern gewesen wäre.

Er schneidet ein Stück Käse ab, isst noch eine Handvoll Salzkekse und gießt ein halbes Glas Weißwein in die Spüle. Dann putzt er sich die Zähne. Als er kurz danach im Bett liegt, sieht er den neuen Mercedes auf dem Parkplatz von Schiphol stehen. Einem Parkplatz von damals. Andere Autos kommen und fahren wieder weg, die Zusammenstellung ändert sich laufend. Aber der Mercedes bleibt. Ist vergessen worden. Ein endloses Kommen und Gehen rings um einen teuren Wagen, der seinen Glanz verliert. Das Buch des Schriftstellers liegt schon seit einiger Zeit nutzlos auf dem Nachttisch, nicht mehr gelesen. Eine feine Staubschicht hat sich darauf gebildet. Eigentlich doch etwas Magisches, denkt Simon. Es kann geschlossen werden und bleiben, aber wenn man es aufschlägt, öffnet sich eine ganze Welt. Und diese Welt sammelt nun unberührt Staub an.

31.

Er hatte es schon seit Längerem vorgehabt, und jetzt tut er es. Am Samstagmorgen. Er erstellt einen Twitter-Account, was viel einfacher ist, als er sich vorgestellt hat. Name: Simon Weiman. Bio: Friseur. Nur dieses Profilbild? Er denkt einen Moment nach und geht dann die Treppe hinunter. Im Salon blickt er sich um. Ein Frisierstuhl und ein Spiegel? Er bringt sich in Position und macht ein Selfie, und dann, zur Sicherheit, noch fünf. Er geht die Treppe wieder hinauf und stellt das Profilfoto ein. Es wird sehr klein wiedergegeben, also genau richtig. Dann macht er einen Espresso und setzt sich wieder hin. 0 Folge ich, 0 Follower. Wie funktioniert das eigentlich? Wenn ihm niemand folgt, sieht niemand, was er einstellt. Er starrt aus dem Fenster, auf den Baum im Innenhof. Vielleicht geht es ganz von selbst? Er tippt den Namen des Schriftstellers ein. Ach ja, der Nutzername ist der Name mit einem @ davor. Er ist @simonweiman, anscheinend gibt es keine anderen Simon Weimans. Man kann »Folgen« anklicken. Er tut es. Aha, jetzt kommt er auf die Seite. 1998 Follower hat der Schriftsteller. Ist das viel? Simon empfindet es als sehr viel, vor allem, als er auf seine eigene Profilseite zurückkehrt, auf der jetzt 1 Folge ich, 0 Follower steht. Wenn er etwas eintippt, bekommt der Schriftsteller das wahrscheinlich zu sehen, und der wird ihm doch wohl folgen, dann hat er auf jeden Fall schon mal einen Follower. Ansonsten befindet er sich in einer Art Vakuum. Er ist bei Twitter, aber niemand weiß es. Er denkt kurz nach. »Möse Schwanz und Po Ficken macht dich froh.« Als es zu spät ist, als der Tweet schon in der Welt ist, sieht er, dass er vielleicht ein Komma hätte setzen sollen, oder noch besser mehrere. Er macht einen weiteren Espresso und isst eine Banane. Dann packt er seine Badetasche und verlässt das Haus. Erst unterwegs, im Auto, denkt er darüber nach, wofür er Twitter eigentlich nutzen will.

»Kübel sind nicht erlaubt.«

»Was?«

»Blumenkübel auf dem Gehweg. Opa hat sich mal erkundigt.«

»Ja, vor dreißig Jahren! Vielleicht ist es ja heute anders.«

»Das glaube ich nicht.«

Sie sitzen nebeneinander auf der Treppe, bis zur Brust im Wasser. Im Becken das gewohnte Bild. Melissa und Frits schwimmen Bahnen. Jelka und Buari stehen in einer Ecke und tuscheln, wobei Jelka immer wieder untertaucht und Buari sie wieder hochzieht. Igor kippt wieder und wieder Schwimmbretter um, und unermüdlich klettern Sam und Johan wieder hinauf.

»Das Mädchen bei Jelka in der Ecke«, sagt Simon. »Wie heißt die eigentlich?«

»Das«, sagt seine Mutter.

»Was?«

»Das Mädchen, *das*. Bella.«

»Ach«, sagt Simon.

»Merkst du, wie viel ruhiger es ist?«

»Im Vergleich zu was?«

»An den ersten Samstagen mit dir waren sie unruhig. Sie wollen Beständigkeit, Veränderungen hassen sie.«

»Na ja, Sam und Johan haben sich kaum verändert.«

»Stimmt, aber sie sind einfach so. Sie sind so zur Welt gekommen.«

Draußen regnet es, graues Licht fällt ins Schwimmbad. Die Leuchtstoffröhren im Duschraum sind eingeschaltet.

»Bist du eigentlich bei Twitter?«

»Klar. Jeder ist doch heute bei Twitter.«

»Ich erst seit heute Morgen. Wie viele Follower hast du?«

»So um die dreihundert.«

»Tatsächlich? Wie ist das möglich?«

Seine Mutter schaut ihn an. »Was soll das denn nun wieder heißen. Als ob du dir nicht vorstellen kannst, dass deine Mutter etwas zu sagen hat.«

»Tut mir leid, so hab ich's nicht gemeint.«

»Aber ich folge mehr Leuten. Ich bin ein Follower.«

»Ich folge genau einem.«

»Ja, jetzt noch, aber das wird sich ändern. Hast du auch schon was gepostet?«

»Möseschwanzundpofickenmachtdichfroh.«

»Nein!«

»Doch.«

»Warum denn das um Himmels willen?«

»Ich glaube, ich war in einer etwas aufsässigen Laune. Es ist ein Test-Tweet. Niemand folgt mir.«

»Du bist nicht bei Trost.«

»Das wird es sein.«

»Simon!«, kreischt Sam.

»Was willst du?«, fragt Simon.

»Möseschwanzundpofickenmachtdichfroh!«, ruft Johan.

»Da hast du den Salat«, sagt Anja.

Sam und Johan schreien in irrer Lautstärke durcheinander. Igor steht neben ihnen und vergisst, Schwimmbretter umzukippen. Buari, oder Bella, schreit in ihrer Ecke »Popopo!« Seltsam, denkt Simon, den eigenen Namen nicht aussprechen können, aber so ein Wort schon. Anja schaut auf die Uhr und watet dann schnell zu Bella und Jelka, weil Jelka schon geraume Zeit unter Wasser ist. »Kommt«, sagt sie zu den beiden Mädchen. »Es wird Zeit. Wir gehen raus.«

»Igor«, sagt sie, wobei sie den Jungen bei den Schultern packt und fest anschaut, »du fährst mit Simon mit. Simon ist Friseur. Er wird dir die Haare schneiden.«

Der Junge starrt sie mit leerem Blick an.

»Schnipp, schnipp, schnipp«, sagt sie und macht die entsprechende Geste.

»Schnnn«, sagt Igor.

»Ja! Simon nimmt dich im Auto mit und bringt dich anschließend ins Tageszentrum. Na, hast du Lust?«

Simon stiert vor sich hin. Sie würden einen fürchterlichen Schreck bekommen, wenn der Junge plötzlich »Ja, ich hätte echt Lust dazu« sagen würde. Noch ist alles ganz normal. Noch kann ganz einfach das geschehen, von dem alle glauben, dass es geschehen wird, nämlich dass Igor mit frisch geschnittenen Haaren und einem angenehmen Duft nach Hause kommt.

»Haare schneiden?«, ruft Johan empört. »Bist du Friseur?«

»Ja, Johan, ich bin Friseur.«

»Ja, und wir?«, ruft Sam. »Warum nicht wir?«

»Wir wollen auch die Haare geschnitten kriegen!«

»Popopo!«, ruft Bella.

Jelka fängt an zu weinen.

»Geh jetzt lieber«, sagt Anja. »Sie werden viel zu unruhig.«

»Okay«, sagt Simon. »Wir gehen.«

Der Junge beobachtet wie in Trance die Scheibenwischer. Er sieht nichts von der Stadt. Marnixkade, Overtoom, die schmalen Straßen des Jordaanviertels, teilweise wegen illegaler Minigärten auf den Gehwegen noch schmaler als ohnehin. Simon hat Glück, er findet eine Parklücke nicht weit von Chez Jean entfernt. Er steigt aus, geht um den Wagen herum zur Beifahrertür, öffnet sie und schnallt Igor los. »Komm«, sagt er. Zu seiner Überraschung steigt der Junge ohne Zögern aus, als hätte er die Aufforderung verstanden. Während sie sich dem Eingang des Salons nähern, wird ein Plastikbeutel vorbeigeweht, der nach ein paar Metern am Pedal eines abgestellten Fahrrads hängen bleibt. Simon schließt auf und schiebt Igor hinein. Der Junge schaut nach oben. »Ja«, sagt Simon. »Das ist die Ladenglocke. Da.« Er zeigt. Das interessiert Igor nicht, oder er begreift die Bedeutung eines zeigenden Arms nicht. Die Badetasche hängt auf seinem Rücken, vorhin hat er auch so im Auto gesessen, wie mit einem weichen Buckel. Simon nimmt ihm die Tasche vorsichtig ab. »Eine Cola?«, fragt er. Er zieht dem Jungen auch die Jacke aus und führt ihn zu dem Stuhl am Fenster. »Setz dich erst mal.« Dann läuft er die Treppe hinauf und füllt einen Plastikbecher mit Cola. Bevor er wieder hinuntergeht, blickt er sich im Wohnzimmer um. Es ist genau so, wie er es am Morgen verlassen hat, nichts hat sich verändert. Igor kippt die Cola in einem Zug in sich hinein. Danach rülpst er laut. Simon schließt die Tür ab und vergewissert sich, dass das Schild mit der FERMÉ-Seite nach außen hängt. Musik, denkt er. Ich muss Musik einschalten, die wirkt sicher beruhigend auf Igor. Nicht, dass er jetzt unruhig wäre, aber gleich, während des Haareschneidens, könnte sich das leicht ändern. Er schaltet das Radio ein und sucht einen Sender mit harmlosen älteren Songs. Golden Oldies. Ohne überdrehte Discjockeys. »So«, sagt er dann zu dem Jungen. »Wir fangen an.«

Das Knirschen der Schere in dichtem, schwarzem Haar. Was für ein wundervolles Geräusch das doch ist. Simon gibt sich besondere Mühe, benutzt Klammern, geht Schicht für Schicht vor. Er merkt selbst, dass er schwungvollere Bewegungen macht als normalerweise, als wollte er Igor verdeutlichen, was er tut. Als würde er einen Friseur karikieren. Zwischendurch bürstet er Haar vom Nacken und den Schultern des Jungen. Er hat ihm die Haare nicht gewaschen, sie waren noch feucht vom Schwimmen, und er nahm an, dass Igor das Zurückbeugen des Kopfes ins Waschbecken nicht als angenehm empfinden würde. Schon manche völlig normalen Kunden mögen das nicht, sie wollen oder können ihren Nacken nicht der dafür bestimmten Einbuchtung anvertrauen. Es ist lange her, dass der Junge einen professionellen Haarschnitt bekommen hat, so viel ist klar. Er scheint sich aufmerksam zu betrachten, die Hände unter dem Frisierumhang liegen ruhig in seinem Schoß. Er sitzt still, mit Ausnahme der Füße, die unaufhörlich wippen. Im Radio läuft »Eye of the Tiger«. Mal drückt Simon Igors Kopf ganz behutsam ein wenig zur Seite, mal zieht er ihn zu sich hin. Er spürt ein Ohr, eine Wange, seine Finger tasten nach der Halsschlagader. Ein paarmal befeuchtet er das Haar zusätzlich mit Wasser aus einem Zerstäuber. Er geht leicht in die Knie und schaut Igor im Spiegel an. »Alles gut?«, fragt er.

»Gnnn«, sagt der Junge.

Simon lässt die Haare so lang, dass man sie hinter die Ohren streichen kann; so könnte man eventuell, wenn jemand das wollte, einen ganz kleinen Pferdeschwanz machen. Dann wäre Igor äußerlich ein Junge von heute, der weiß, was er tun muss, um gut auszusehen. Viel Bartwuchs hat er noch nicht, nur etwas Flaum auf der Oberlippe. Im Radio läuft »Come On Eileen«. Simon denkt angestrengt nach. Er kennt den Song, hat aber nicht die geringste Ahnung, wer ihn singt und spielt. Ein Auto fährt vorbei, viel zu schnell, Igor schaut aus dem Fenster, Simon dreht seinen Kopf ganz ruhig wieder nach vorn, doch als er ihn loslässt, schüttelt der Junge ihn wild, sodass ihm Haarsträhnen vor die Augen fallen. Eine Klammer löst sich, fliegt in Richtung Spiegel und trifft ihn mit einem scharfen Klicken. Das löst eine Art Panikreaktion aus. Igor hebt die Hände und versucht, sich die Haare aus der Stirn zu wischen, ohne großen Erfolg, weil der Frisierumhang dazwischen ist. Simon drückt die Hände wieder nach unten, schiebt dann die Haare zur Seite und hinter die Ohren. »Sieh mal«, sagt er, obwohl er genau weiß, dass es kaum etwas nützen wird, »so ist es richtig.« Igor betrachtet sich nun nicht mehr ganz so ruhig im Spiegel. Gut, denkt Simon, so geht es also nicht. Er hatte sich Igor manchmal schon mit ganz kurzem Haar vorgestellt, Popow-Haar. Im Grunde weiß er gar nicht, wie das Haar des Jungen normalerweise fällt, er sieht es praktisch nur nass, in wunderschönen Strähnen an Stirn und Wangen geklebt. Vermutlich wäre allen geholfen, wenn er es doch etwas kürzer schneidet. Popow-kurz. Das ist kein Problem, das Haar ist dicht genug, er muss es bloß so schneiden, dass man kein Gel braucht.

Er fängt noch einmal an. Doch zuerst nimmt er den Plastikbecher von der Fensterbank und hält ihn neben Igors Kopf. Der Junge nickt. Also noch eine Cola. Simon rennt die Treppe hinauf, füllt den Becher halb und rennt wieder hinunter. Igor sitzt auf dem Frisierstuhl, als würde er dort wohnen. Er trinkt den Becher wieder in einem Zug aus, und wie beim ersten Mal folgt ein kräftiges Rülpsen. Simon nimmt die Schere und kürzt die Haare Zentimeter um Zentimeter. Im Radio laufen zwei Songs von Musikern, die schon tot sind. »Purple Rain« und »Heal the World«. Simon summt ein bisschen mit, aus Igors Kehle kommt ab und zu ein leises Geräusch. Es regnet immer noch. Wie viele schon tot sind, denkt Simon. Kurt Cobain. Amy Winehouse. Donna Summer. Whitney Houston. Als hätte der Teufel seine Hand im Spiel, folgt auf »Heal the World« »One Moment in Time«. Er drückt Igors Kopf etwas nach vorn und rasiert den Nacken aus. »Huungg«, sagt Igor. Es klingt wie ein Ausdruck von Zufriedenheit. Simon streicht mit der Hand über Igors Nacken und, weil die Hand schon einmal dort ist, auch über seinen Hals.

Simon geht wieder etwas in die Knie, legt die Hände auf Igors Schultern und schaut den Jungen im Spiegel an.. Igor erwidert den Blick nicht, er betrachtet sich selbst. Seinen neuen Haarschnitt, kurz mit längerem Deckhaar, würden manche sagen. Popow, denkt Simon. Ich habe meinen eigenen Popow geschnitten. Er streicht mit der Hand durch Simons Haar, das darf er, das ist das Privileg des Friseurs. Haar, Ohren, Nacken, Hals. Das Haar fällt so zurück, wie es lag. Ist es nicht doch noch ein bisschen lang? Auf einmal schaut Igor Simon an, als hätte er jetzt begriffen, wie ein Spiegel funktioniert und dass Simons Kopf darin in gewisser Weise echt ist. Sieht er ihn tatsächlich prüfend an? Was hat dieser Junge eigentlich? Was für eine Behinderung? Warum bleibt er so in sich eingeschlossen? »Fertig«, sagt Simon, um irgendetwas zu sagen. Er entfernt den Frisierumhang und führt Igor am Arm zu dem Stuhl am Fenster zurück. Unterwegs versucht der Junge nicht, sich an ihm festzuklammern, wie er es im Schwimmbad tut. Simon nimmt den Besen und kehrt die Haare zusammen. Selten ist es eine so große Menge. Wenn er zwischendurch einmal nach Igor schaut, sieht er, dass der Junge ruhig aus dem Fenster starrt, mal folgt er mit dem Blick einem Radfahrer, mal scheint er Fußgänger oder Autos gar nicht wahrzunehmen. Simon kehrt langsam und sorgfältig. Er schindet Zeit. Er zögert. Er traut sich nicht. Im Radio singt Madonna »Don't Cry for Me Argentina«.

Eine Dreiviertelstunde später parkt er den Wagen genau an derselben Stelle. Die Lücke ist frei geblieben, es regnet und regnet, der Plastikbeutel an dem Fahrradpedal knattert im Wind. Simon betritt den Salon. Leer und still ist es dort, die Wanduhr tickt leise. Alles sauber und ordentlich, keine Spur mehr von dem Jungen. Nein, das stimmt nicht, auf der breiten Ablage unter dem Spiegel steht ein Plastikbecher mit einem winzigen Rest Cola. Neben dem Aschenbecher, der ausschließlich für Jan da ist. Seinen Großvater, der älter wird, als wäre das ohne Bedeutung und der Tod nur ein Hirngespinst.

32.

In der Küche mischt er in einem Schälchen Joghurt und Müsli und süßt das Ganze mit einem gehäuften Löffel Himbeermarmelade. Er stellt das Schälchen auf den Tisch und geht ans Fenster. Die Bäume tropfen, gegenüber hantiert jemand in seiner Küche und verschwindet dann aus dem Blick. In einem anderen Haus werden Vorhänge aufgezogen. Das geht natürlich auch, jetzt erst aufstehen, während er selbst schon einen halben Tag hinter sich hat. Dann hört er ein seltsames Geräusch. Er dreht sich um. Kam das aus seinem Smartphone? Auf dem Display stapeln sich Push-Nachrichten. Twitter. Deshalb kannte er das Geräusch nicht. *Stimmt haargenau. An diesem Neuzugang könnten wir noch Freude haben.* Das ist eine Antwort des Schriftstellers auf seinen Tweet. Darunter hat jemand anders *Neugierig auf die nächsten Verse* gepostet. Das Herzchen und die Zahl 15 darunter sind rot. Moment, hat sein Tweet etwa fünfzehn Leuten gefallen? Er tippt auf sein Profilfoto. 1 Folge ich, 21 Follower. Neben einem Brief-Symbol steht eine blaue 1. Er klickt sie an. *Wann?* Der Schriftsteller. Warte, wer kann das sehen? Nur er? Oder alle einundzwanzig neuen Follower? *Witzbold* tippt er als Antwort ein und verschickt sie. Anschließend isst er seinen Joghurt und wartet ab.

du weißt dass man so etwas eine direktnachricht nennt und dass die niemand sehen kann?

Jetzt ja.

willkommen ist wirklich nett hier

So?

ja kriege ich noch eine antwort

All diese Leute, die mir jetzt folgen, sind das Follower von dir?

ja die sehen was ich mag und dann können sie auch antworten oder liken

Muss ich denen auch folgen?

ach was ganz wie du willst

Warum schreibst du ohne Punkte?

ach die halten nur auf und manche empfinden sie als zeichen von ablehnung

Die Antwort ist nein.

dann heute abend ein bierchen

Gut.

Queen's Head

Okay.

Er tippt den Namen seiner Mutter mit einem @ davor ein. Sie hat 299 Follower. Er macht 300 daraus. Dann denkt er über einen neuen Tweet nach, weiß aber einfach nicht, was er seinem *Möse Schwanz und Po Ficken macht dich froh* noch hinzufügen könnte. Ist Twitter nicht eher etwas für ganz andere Leute? Nicht vergessen, abends den Schriftsteller zu fragen, wie man so einen Tweet löschen kann. Falls das überhaupt geht.

Das Queen's Head ist sogar jetzt, an einem Samstagabend, fast leer. Es ist zwar noch früh, aber Simon glaubt nicht, dass die Kneipe in drei Stunden voll sein wird von warmen, sich wiegenden Körpern. Es ist, als wäre das Ende des Zeedijk ein Relikt aus einer vergangenen Zeit, in der junge Männer zu enge Afghan-Pullover trugen und nach Patschuli rochen. Als der Waterlooplein noch das war, was er damals eben war. Einer Zeit, die eher zu seinem Vater als zu ihm gehört. An der Theke sitzen ein paar Männer, von denen zwei Schwedisch sprechen. Sie selbst sitzen wie beim vorigen Mal hinten. Eine der Türen steht offen. Gegen Abend ist die Sonne durchgekommen, und draußen über dem stillstehenden Wasser und bei den blühenden Ulmen im Laternenlicht herrscht Frühlingsatmosphäre.

»Da sind unsere Turteltauben ja wieder«, sagt Oscar, als er zwei Gläser Bier auf den Tisch stellt.

»Meine Güte«, sagt der Schriftsteller. »Allmählich wird mir klar, warum hier niemand ist.«

»Knötterkopp.«

»Nee, ernsthaft.«

»Na ja, alle hocken halt zu Hause gemütlich zu zweit auf dem Sofa und kucken Netflix. Mit was zu trinken und was zu knabbern.«

»Und bei dir sitzen diese Typen, die Öl bestellen.«

»Das sind zwei sehr nette Touristen, und sie haben schon einiges an Öl intus.«

»Öl?«, fragt Simon.

»Bier«, erklärt Oscar.

»Treten hier eigentlich noch Transvestiten auf?«, fragt der Schriftsteller.

»Ach, nein«, sagt Oscar resigniert. »Die haben alle irgendeine Fernsehsendung, und das ist natürlich viel wichtiger, als in so 'ner miesen Kaschemme aufzutreten.«

»Da haben sie völlig recht.«

»Soll ich die Tür zumachen?«

»Nein«, sagt Simon. »Ich find's angenehm so.«

»Två öl!«, ruft einer der Schweden.

»Oh, jetzt werden sie ungeduldig. Das fehlt noch. Als ich ihnen vorhin Tuborg angeboten hab, haben sie mich angestarrt, als ob ich mich in einen Elch verwandelt hätte. Ist offenbar dänisches Bier.« Oscar geht zur Theke zurück.

»Du bist doch Amsterdamer, oder?«, fragt der Schriftsteller.

»Hundert Prozent«, sagt Simon. »Aber es mangelt mir an Amsterdamer Humor.« Er denkt kurz nach. »Das war das erste Mal, dass ich das Wort ›mangeln‹ benutzt habe.«

»*Immer wieder.*«

»Ja, richtig, Mensch … *Immer wieder rede ich mir ein, der*

versprochene Himmel wäre bald mein, immer wieder wird alles Blau zu Grau, stehe ich in der Kälte als enttäuschte Frau, doch immer wieder denke ich, einer kommt, für den allein ich lebe, dem mein Herz ich gebe, bei dem ich finde, woran mir jetzt mangelt, Liebe für ewig, immer wieder.«

Sie singen es zusammen, zuerst leise, suchend, und obwohl es kurz ist, dreht Oscar die Musik weg, sodass die letzten Sätze in der ganzen Kneipe zu hören sind. Die Schweden klatschen und heben ihre Biergläser, draußen an der Zeedijk-Seite wird gejohlt. Oscar zapft zwei Bier und bringt sie ihnen. »Geht aufs Haus«, sagt er. »So brauchen wir keine Transvestiten.«

Eine Stunde später ist die Tür geschlossen. Vom Wasser her war Kälte hereingezogen, Frühling hin oder her. In der Kneipe ist es nicht voller geworden, die Schweden sind gegangen. Oscar lehnt sich auf die Theke, vermutlich hört er mit. Er hat den eben noch anwesenden Gästen vorgespielt, wie Willeke Alberti das Lied sang, danach hat er wieder das übliche Standardgedudel aufgelegt.

»Natürlich kann man einen Tweet löschen«, sagt der Schriftsteller. »Aber die Antworten darauf dann wieder nicht.«

»Na ja, mal sehen«, sagt Simon. Er schaut auf sein Smartphone. »Aha«, sagt er dann, »jetzt hab ich schon siebenundzwanzig Follower, und einer davon ist meine Mutter. Das will man ja nun nicht, dass einem die eigene Mutter folgt, oder?«

»Du kannst sie blockieren.«

»Da kennst du meine Mutter schlecht.«

»Was steckte eigentlich dahinter, heute Vormittag?«

»Ich war ein bisschen überdreht.«

»Weshalb?«

Simon seufzt. Trinkt einen Schluck Bier. *Die eignen sich alles an!*, hört er seinen Großvater warnend rufen. »Du weißt doch, dass ich jeden Samstag mit den Behinderten schwimme. Oder im Wasser bin. Und einer von denen, ein etwa achtzehnjähriger Junge mit schwarzem Haar, klammert sich immer an mir fest. Heute Vormittag hab ich ihn mit nach Hause genommen, um ihm die Haare zu schneiden. Aber …«

»Moment. Hast du's getan?«

Simon schaut den Schriftsteller an. Er kann der Form halber »Was?« fragen. Er kann es auch lassen. »Nein.«

»Warum nicht?«

»Weil ich anders bin als Sam und Johan. Das sind zwei Mongoloide, die Igor, so heißt der schwarzhaarige Junge, die Badehose runterzerren. Sie sind ziemlich wild und hemmungslos.«

»Und?«

»Tja.«

»Du weißt, dass man nicht Mongoloide sagen darf.«

»Wir sind hier zu zweit, und …«

»Zu dritt!«, ruft Oscar.

»Ich würde noch mal gut drüber nachdenken«, sagt der Schriftsteller mit einem Zwinkern.

»Hast du mir jetzt etwa zugezwinkert?«, fragt Simon.

»Hab ich das? Dann war es unbewusst.«

»Oscar!«, ruft Simon. »Hast du noch zwei Bier für uns?«

»Klar doch«, sagt Oscar. »Was zum Knabbern dazu? Ich hab Nüsse.«

»Okay.«

Oscar kommt mit einem Tablett. Darauf stehen drei Gläser Bier und eine Schale mit gemischten Nüssen. Er stellt die Schale und die beiden Gläser für Simon und den Schriftsteller auf den Tisch, dann das dritte für sich selbst dazu, zieht einen Hocker heran, setzt sich und legt das Tablett auf den Boden. Dann trinkt er einen großen Schluck und wischt sich mit dem Handrücken über die Lippen. »Ich war mal im Iran«, sagt er. »Da wollte ich immer schon hin, die Männer sind da so schön. Ziemlicher Aufwand, Visumantrag, Reisegrund, Warten auf die Bewilligung. Es war schrecklich und es war wunderbar. Ich war um einiges jünger als jetzt, sollte ich dazusagen. Es war schrecklich, weil man mir nach drei Tagen schon fast mein ganzes Geld geraubt hatte, und am vierten Tag gerieten wir – ich war mit einem Freund zusammen gereist, *einem* Freund, nicht *meinem* Freund – in eine Art Aufstand. Wie aus dem Nichts, so kam es uns vor. Tausende von Menschen dicht gedrängt. Soldaten, Gewehre, Tränengas, Geschrei. Das Geschrei verstanden wir natürlich nicht. Nie vorher und auch niemals danach hab ich etwas so Beängstigendes erlebt. Meine Nerven lagen blank. Ich war wehrlos gegen diese fremde Welt.« Er schaut den Schriftsteller an. »Wir haben uns in einen Buchladen geflüchtet, da waren ein paar Leute, die so taten, als ob draußen nichts los wäre. Ein sicherer Ort. Zwischen Büchern. Jeden Abend haben wir denselben Coffeeshop besucht. Coffeeshop, das steht da tatsächlich für Kaffee. In der Hijab Street. Kopftuchstraße. Da gab es zwei Jungs, den Sohn des Inhabers und einen Jungen, der da arbeitete.« Er trinkt einen Schluck Bier und kaut eine Handvoll Nüsse. »Diese Jungs fanden mich sehr interessant. Ausländer, das reicht schon. Ich brachte ihnen ein bisschen Englisch aus einem Sprachführer bei, der in dem Coffeeshop rumlag. Wir saßen auf einem Sofa, die beiden ganz nah rechts und links neben mir. Sie hatten Spaß und verhielten sich mir gegenüber, als ob ich auch Iraner wäre. Männer sind da sehr anhänglich. Es ist eine Art Anhänglichkeit, die wir Westler nicht richtig verstehen. Die wir falsch interpretieren. Ich hab mich fürchterlich in den jungen Angestellten verknallt. Oder vielleicht sollte ich eher sagen, ich war scharf auf ihn. Vielleicht ist das auch dasselbe. Dieser Junge schlief in einem dunklen Kämmerchen über dem Coffeeshop, das man über eine Treppenleiter erreichte. Wenn wir Englisch lernten, zeigte er manchmal da drauf, und mir war schon klar, dass er mir sein Zimmer zeigen wollte. Aber der Sohn des Inhabers saß ja dabei. Zwei Jungs. Und ich konnte es nicht richtig deuten. Ich hatte Angst, ich wollte nach Hause, ich wollte zurück in die Welt, die ich verstand. Tagsüber gingen wir durch die Straßen von Teheran, prachtvolle Straßen mit Rinnsteinen aus Beton und alten Platanen. Sehr viele Leute hatten Pflaster auf ihren Nasen. Es war Oktober, aber jeden Tag zweiunddreißig Grad heiß. Ich wusste, dass Jungen und Männer aufgehängt wurden, wenn man sie erwischte. Aber an den Abenden im Coffeeshop fühlte es sich so unschuldig an. Dann kam ein Moment, in dem ich nicht mehr dagegen ankam. An dem Abend vor unserem Rückflug. Es konnte doch genauso gut sein, dass er mir wirklich nur zeigen wollte, wie er in diesem Zimmer über dem Coffeeshop lebte. Ich ließ meinen Freund unten bei dem Sohn des Inhabers und stieg die Treppenleiter hoch. Mersad hieß er, und er schloss die Falltür. Mein Gott, was war er für ein schöner Junge. Oder vielleicht sollte ich eher sagen: Er machte mich scharf. Vielleicht läuft das auch aufs Gleiche hinaus. Ich hab's getan, weil ich mich nach dem Diebstahl und diesem Aufstand wie ein Stück rohes Fleisch in einer wildfremden Welt fühlte. Ich war wehrlos. Ich hatte Angst. Ich war so weit weg von meinem normalen Leben, dass die Angst vor der Todesstrafe nebensächlich wurde. Außerdem redete ich mir ein, dass man einen Ausländer doch wohl nicht umbringen würde. Mein Freund musste mich, ich übertreibe ein bisschen, aber nicht viel, fast ins Flugzeug schleifen. Ich musste weinen. Ich hab geflennt, als ich den Iran verließ.« Er trinkt sein Glas leer.

Es ist einen Moment still. »Mensch, Oscar«, sagt der Schriftsteller dann.

»Ja, ja«, sagt Oscar. »Mach daraus, was du willst. Falls gewünscht, kann ich noch mehr erzählen. Ansonsten war das Land übrigens ziemlich hässlich. Kahl. Trocken. Staubig. Ganz seltsames Gras in den Parks.« Er denkt einen Moment nach. »Dick und steif, ein bisschen wie Blätter von Sukkulenten. Ein Park hieß Laleh. Das bedeutet Tulpe.«

Simon hört schweigend zu. Er hat das unangenehme Gefühl, dass man ihm eine Lektion erteilt hat. Aber worin?

»Noch zwei zum Abschluss des Abends?«

»Bitte«, sagt Simon. »Und Genever dazu.«

Als der Barmann weggeht, flüstert der Schriftsteller: »Oscar ist allein.«

»Ach ja«, sagt Simon. »Etwas wollte ich dich noch fragen. Wie schreibst du in deinen Büchern über Sex?«

»Gar nicht. Und ich hab es versucht, glaub mir. In Oscars Geschichte vorhin, als er den Namen des Jungen genannt hatte, sagte er nur noch: ›er schloss die Falltür‹. So macht man das. Oscar könnte Schriftsteller sein. Wenn man etwas in dieser Art schreibt, lässt man darauf eine Leerzeile folgen. Leerzeilen sind toll, viele Schriftsteller unterschätzen sie total. Und Leser sind – im Allgemeinen – nicht dumm.«

»Und für sehr langen Sex fügst du zwei Leerzeilen ein.«

»Ha, ha. Oder man beendet das Kapitel. Das sagt oft auch mehr als Worte.«

Sie starren aus dem Fenster. Simon kippt seinen Genever herunter. Er ist ziemlich angetrunken, vielleicht sogar betrunken. Auf der Brücke fällt jemand vom Fahrrad, das Geräusch von Metall auf Pflastersteinen hallt übers Wasser.

»Au«, sagt Simon.

»Ja«, sagt der Schriftsteller, und es klingt ziemlich abschließend, »Leerzeilen. Ich bin verrückt danach.«

»Okay«, sagt Simon. Er rülpst.

»Du musst nach Hause. Du hattest genug.«

»Wie geht's mit deinem Buch voran?«, will Simon noch wissen.

»Bestens.«

»Immer noch über meinen Vater?«

»Ja.«

»Darfst du das eigentlich?«

»Meiner Ansicht nach ist dein Vater eine fiktive Person«, sagt der Schriftsteller. »Und ich glaube, du wirst zufrieden sein, wenn ich fertig bin.«

33.

Simon kann sich nicht erinnern, jemals solche Kopfschmerzen gehabt zu haben. Er muss lange im Bett liegen bleiben, den Kopf reglos auf dem Kissen. Es regnet schon wieder. So sonnig das Wetter vor zwei Monaten war, so regnerisch ist es jetzt, wo wirklich Frühling ist. Er kann es nicht sehen, die orangefarbenen Vorhänge sind zugezogen. Er hört es. Es klingt gemütlich und beruhigend. Einfach noch ein bisschen liegen bleiben. Er hat auch auf nichts Lust, nicht auf Kaffee, nicht auf Frühstück, nicht einmal auf Wasser. Er hängt seinen Gedanken nach. Später wird er sich endlich die *Aircrash-Investigations*-Folge über das Teneriffa-Unglück ansehen. Die hat er bisher ausgelassen, aufgespart im Grunde. Weil es eine dramatisierte Darstellung ist. Fast ein Spielfilm. Ob tatsächlich mal jemand einen Spielfilm darüber gedreht hat? Oscars Geschichte. Bis gestern Abend war Oscar ein Barmann, eine Person, die man sieht und wieder vergisst. Jetzt ist er jemand geworden. Wie kommt man auf die Idee, in so ein Problemland zu reisen? Simon ist nie in einem Problemland gewesen. Nordkorea, auch so ein verschlossenes Land, in das man aber trotzdem hineinkommt, wenn man wirklich will. Es würde ihm nicht im Traum einfallen. Was aber natürlich auch damit zusammenhängt, dass er in kein Flugzeug steigt. Ist es das, was Schriftsteller tun und wollen, eine Geschichte schreiben, ein Buch, um jemand zu werden? Der Schriftsteller hat keinen Versuch unternommen, ihn zum Mitkommen zu überreden. Das war ihm sehr recht, er war froh darüber, andererseits kränkt es ihn doch ein bisschen. Will er ihn nicht mehr? Und wenn, warum nicht? Der Regen klopft auf die Fensterbank und die Dachgaube. Ein Flugzeug fliegt über das Stadtviertel. Eine Möwe schreit. *Kormoran*, denkt er, das ist fast schon ein pawlowscher Reflex.

Er träumt regelmäßig, dass er mit einem Flugzeug fliegt. Noch nie ist etwas passiert, aber jedes Mal fliegen die Maschinen fürchterlich niedrig, droht Gefahr. Seine Traumflugzeuge haben keine Sitze, sondern Bänke, und alles – die Bänke, der Boden, die Kabinenwände – ist von einer dicken Teppichschicht bedeckt. Und man hat unheimlich viel Aussicht, viel mehr, vermutet er, als tatsächlich durch die bullaugenähnlichen Fenster zu sehen ist. Außerdem gibt es keine oder nur ganz wenige andere Fluggäste. Hat es etwas zu bedeuten, dass er meistens der einzige Passagier ist? Oscar. Zum ersten Mal hat Simon ihn richtig angeschaut, weil er durch das Erzählen seiner Geschichte zu jemandem wurde. Ein markanter Typ eigentlich, Furchen und Falten, klare Augen, sympathische Hände. Oscar allein, der Schriftsteller allein, er selbst allein, seine Mutter allein, sogar Jason und Martine inzwischen allein, und Jan, doch der zählt nicht wirklich mit, er ist Witwer. Aber seine Mutter ist Witwe, obwohl sie ohne Weiteres wieder hätte heiraten können. Ja, sie ist doch aus freien Stücken allein. Lauter Alleinmenschen. Au, still liegen bleiben. Er drückt den Hinterkopf ins Kissen. Unbewusst hatte er Igor auf das Sofa in dem Teheraner Kaffeehaus gesetzt. Auf das Sofa, in das Zimmer im Obergeschoss, den Soll-ich-soll-ich-nicht-Raum. Auch Igor hat etwas Persisches. Vielleicht ist er ja iranischer Herkunft. Gar nichts weiß er über den Jungen. Nicht das Geringste. Gut, er kennt jetzt sein Haar. Warum ist er gestern nicht kurz mit ins Tageszentrum gegangen, als er ihn abgeliefert hat? Warum fällt ihm wieder einmal erst im Nachhinein ein, was er eigentlich hätte tun sollen? Immer das Gleiche. Es gab mal einen Schwimmer, einen Deutschen, der hatte »Albatros« als Beinamen. Oder war das Michael Phelbs? Könnte Popow nicht »Kormoran« genannt werden? Nachher kurz mal googeln, welchen Beinamen der Russe hatte. Er richtet sich auf, dreht sich um, bis er auf Händen und Knien ruht, stellt dann ganz langsam die Füße auf den Boden. »Auauau«, murmelt er. Er schiebt sich mit den Armen hoch, steht endlich aufrecht, schlurft zur Treppe. Glücklicherweise hat er heute keine Verpflichtungen.

Zwei Paracetamol und eine lange heiße Dusche haben gutgetan. Er spürt immer noch einen schmerzhaften Druck im Kopf, kann sich aber wieder normal bewegen. Nach zwei Espressos geht es ihm noch besser, und eine Stunde später kann er auch etwas essen. Die Fenster an der Rückseite des Hauses sind nass. Am Nachmittag, und der hat fast schon angefangen, kann er den Fernseher einschalten. Sport, es gibt nichts, wobei einem so schön die Augen zufallen können wie bei Sport. Er muss auch noch ein bisschen Buchhaltungskram erledigen, und eigentlich müsste er seinen Vorrat an Duftwässern auffüllen, also ein paar Sachen auf der Website des französischen Fabrikanten bestellen. Doch zuerst lernt er zwei weitere Stewardessen kennen, er kann sich nicht erinnern, ihre Namen schon einmal gehört oder gelesen zu haben. Joan Jackson und Suzanne Donovan. Sie sitzen nebeneinander in einer Art Blockhütte, die Gemütlichkeit ausstrahlt. Holzwände, ein volles Bücherregal, draußen vor dem Fenster ein paar Sträucher und Bäume. Sie könnten Schwestern sein, beide mit einer typisch amerikanischen, flotten Kurzhaarfrisur. Sie wirken eigentlich viel zu jung. Und da ist wieder Robert Bragg, jetzt auf Teneriffa. Der kommt ihm schon wie ein alter Bekannter vor. Ist allerdings inzwischen gestorben, 2017. Bevor Simon sich den Rest ansieht, springt er zum Nachspann. MMVI DISCOVERY DOCUMENTATIONS, INC. 2006. Und zurück. Es ist eine in ihrer Unvollständigkeit und Ungenauigkeit fast schon skurrile Dokumentation. Der Kommentator spricht die Namen der niederländischen Piloten als Von Sjenten und Klaus Murs aus. Drei Schauspieler stellen die Cockpit-Besatzung der KLM-Maschine dar. Von dem, was sie sagen, versteht er nichts, es könnte auch Schwedisch sein, alle drei sind blond und blauäugig. Doch etwas gibt es, was Simon hier zum ersten Mal hört, sowohl von Bragg als auch von Donovan und Jackson: Die Rettungsdienste kamen nicht. Sie selbst schleiften die Passagiere, so gut sie konnten, vom Wrack der Pan-Am-Maschine fort und versicherten ihnen, dass jeden Moment Hilfe eintreffen würde. Doch sie kam nicht. Das Wrack der KLM-Maschine lag viel näher am Tower, alle Retter wurden dort eingesetzt. Die Feuerwehrleute wussten wohl gar nicht, dass in ein paar hundert Metern Entfernung ein zweites Wrack lag. Ganz am Schluss erzählt Suzanne Donovan, was sie während des Rückflugs in die Vereinigten Staaten erlebte. Sie war in Zivil und fragte eine Stewardess, ob sie auf einem der zwei freien Plätze bei einem Notausgang sitzen dürfte. Die Stewardess fragte sie in scherzhaftem Ton, ob sie in der Lage sei, bei einer eventuellen Evakuierung zu helfen.

»Natürlich«, antwortete sie.

»Sie können also den Notausgang öffnen und Menschen evakuieren?«

»Natürlich«, wiederholte Donovan. »Das habe ich erst vor Kurzem getan.«

Beide Frauen lachen, während das Bild schwarz wird.

Als er den Namen Suzanne Donovan googelt, stößt er auf eine Website, auf der sämtliche Überlebenden mit Foto und Angaben zur Person aufgeführt sind. *Peter's Tenerife Crash Site*. Die Stewardess heißt vollständig Suzanne Carol Donovan und war 1977 achtundzwanzig. Sie und Joan Jackson erlitten keine Knochenbrüche, weil sie sich auf dem unteren Deck im vorderen Flugzeugteil aufhielten, der abbrach und dann auf die Seite kippte. Ein Sprung aus anderthalb Metern Höhe. Es kommt, wie es immer kommt: Simon liest alles. Er kann nicht anders. Wenn er eine Tüte Weingummi öffnet, vertilgt er auch immer alles auf einmal, und dann verflucht er die Hersteller, weil sie anscheinend irgendeine Zutat verwenden, die es unmöglich macht, nach zwei oder drei Weingummis aufzuhören. So viele alte, grobkörnige Fotos, die meisten Abgebildeten sind inzwischen gestorben, weil sie schon 1977 in recht fortgeschrittenem Alter waren. Die Trumbulls, die Tartikoffs; ein Mann berichtet, wie er einen anderen Passagier, der mit dem Hosenbund an irgendeinem Tragflächenteil hängen geblieben war, aus dieser gefährlichen Lage befreite, und dieser Passagier wiederum schildert, wie er von dem anderen befreit wurde. Viele Ehepaare. Dann sieht er, dass auf der Seite nicht nur die Überlebenden, sondern auch alle Todesopfer aus der Pan-Am-Maschine aufgeführt sind, und begeht den Fehler, das VICTIMS-Symbol anzuklicken. Er findet ein Foto der Purserin, die aus Scham mit Dorothy Kelly die Plätze getauscht hatte, Françoise Colbert de Beaulieu (mit vollem Nachnamen Colbert de Beaulieu Greenbaum, weil sie mit einem Marc Greenbaum verheiratet war), ein Foto von einem hübschen jungen Mann, Miguel Ángel Torrech Pere, der Dorothy Kelly, kurz bevor die niederländische 747 angerast kam, einen Kaffee gebracht hatte. Das Ehepaar Goedhart, Robert und Beverly, Robert der Sohn eines Gerrit Goedhart, geboren in den Niederlanden. Vielleicht sprach er sogar noch die Sprache seines Vaters.

Aha, Eve Meyer! Sie reiste nicht allein, stellt Simon fest. Neben ihr saß Martha Elaine McPartland, »a worldwide traveler and amateur photographer«. Ehemann, drei Kinder. Auf dem Weg zu »a Greek Cruise«. Eine Fotokopie von einem Artikel aus *The Atlanta Constitution* vom 18. Mai 1959 mit der Überschrift »Who is Eve?« anlässlich des Kinostarts ihres Films *Operation Dames*. Ein ziemlich sarkastischer Wir-sind-stolz-auf-das-Mädel-aus-unserer-Heimat-Artikel. Der Autor hat mit Eves Mutter telefoniert, die sagt, wie stolz sie auf ihre Tochter ist, die sie kaum jemals sieht, weil sie in Hollywood wohnt. Ihre Schwester ist anscheinend ahnungslos, sie bezeichnet Eve als »actress« und »fashion model«, ihr Kontakt beschränkt sich auf Briefe. Die Mutter erwähnt noch, dass sie aus gesundheitlichen Gründen – sie ist gerade aus dem Krankenhaus entlassen worden – wahrscheinlich nicht ins Kino gehen wird. Simon liest, dass Eve früher Bücher verschlang, bis zu fünf in einer Woche. *Gone with the Wind* war ihr Lieblingsroman, den hatte sie schon zehnmal gelesen. Im Pressematerial zu dem Film findet sich die Information, dass Eves idealer Ausgehabend folgendermaßen aussah: ein Film mit Clark Gable oder Claudette Colbert und danach, um den Abend perfekt zu machen, ein Snack im Yellow Jacket Drive In im Piedmont Park von Atlanta.

Warum gibt es keine Website wie diese über die Opfer aus der KLM-Maschine? Und warum hält er sich jetzt schon seit Stunden mit Nebensächlichkeiten auf? Denn tatsächlich sind Stunden vergangen; als er sieht, wie spät es ist, hat er eigentlich gar keine Lust mehr, noch den Fernseher einzuschalten und *Studio Sport* zu sehen. Und es sind wirklich Nebensächlichkeiten, auch wenn er das Gefühl hat, seinem Vater näherzukommen, wenn er sich mit Kleinigkeiten zum Beispiel aus dem Leben einer Eve Meyer befasst. Unsinn. Es waren zwei Flugzeuge, deren Insassen in zwei verschiedenen Welten lebten und nichts voneinander wussten, mit Ausnahme der Cockpits, in denen man übereinander schimpfte und sich beschwerte, mit den spanischen Fluglotsen als Vermittler. Vielleicht aber doch kein so großer Unsinn, denn Miguel Ángel Torrech Pere starb ungefähr im selben Moment wie Simons Vater. Sie gehören zusammen. Als Simon den Laptop zuklappt, hat er das gleiche Gefühl wie beim Verlassen eines Kinos, alles ringsum ist erst einmal unwirklich. So wie nach *Jurassic Park*, vor vielen Jahren, da hätte es ihn nicht gewundert, wenn Velociraptoren durch die Raadhuisstraat gerannt wären.

Er bereitet sein Abendessen zu. Während er Gemüse schneidet, fällt ihm auf, dass es draußen noch nicht dunkel ist. Es ist wirklich Frühling. Sogar die Vögel singen noch. Aufstehen, denkt er. Arbeiten. Essen, Kaffee trinken. Kochen, fernsehen. Schlafen. Hin und wieder eine Verabredung. Und währenddessen geht der Winter in den Frühling über. Und der Herbst in den Winter. Zwischendurch Sommer. Er gießt sich ein Glas Weißwein ein. Und in ein paar Jahren wird er fünfzig. Abraham. Er stellt seinen Teller und das Weinglas auf den Couchtisch im Wohnzimmer und schaltet den Fernseher ein. *Studio Sport*. Abraham! Männer in den Fünfzigern, das waren doch immer alte Leute. Bärte, Enkelkinder, Hängebäuche, Billard, Bockbier, Unisexjacken, heutzutage E-Bikes. Ein Spielbericht. Wenn Simon Fußball schaut, achtet er nie auf den Ball. Er achtet auf die Haarschnitte der Fußballer. Wie das Spiel Heracles Almelo gegen FC Groningen ausgeht, bekommt er nicht mit, dafür weiß er hinterher, dass keiner der Spieler zum Friseur muss, während man das von den Trainern nicht behaupten kann.

Später macht er mit seinem Großvater und seiner Mutter einen Abend für ein gemeinsames Essen aus. So erledigt er an diesem Tag wenigstens *eine* Aufgabe. Irgendwann hat er jemanden sagen hören – seltsam, was manchmal im Gedächtnis haften bleibt, überwiegend Unwichtiges –, dass der Tag nicht verloren ist, wenn man wenigstens *eine* Aufgabe erledigt, »und wenn man nur das Katzenklo sauber macht«. Er kann es sich nicht verkneifen, seine Mutter zu fragen, ob ihr auffällt, dass er Initiative zeigt.

»Ich bin nicht indolent«, sagt er.

»Aha«, sagt sie. »Das hast du behalten.«

»Ja, so was behält man, ja. Wenn die eigene Mutter es über einen sagt.«

»Alles nur gut gemeint, in diesem Fall zur Steigerung der Selbsterkenntnis. Also Freitag?«

»Ja, Freitag. Früher konnte Opa nicht. Er muss natürlich auch auf die Abläufe im Altersheim Rücksicht nehmen.«

Seine Mutter seufzt. »Manchmal frage ich mich, in welcher Zeit du lebst. Altersheim? Egal, ich freue mich. Und ich bringe Wein mit.«

Eine Stunde später öffnet er den Schrank im Schlafzimmer, nimmt die aufgerollten Poster heraus, legt dann Mark Spitz und Matt Biondi wieder zurück. Mit einem feuchten Tuch wischt er einen der Rahmen ab. Schlägt einen Nagel in die frisch geweißte Wand. Und schon hängt Popow wieder da. Er hat ihn vermisst. Ohne ihn war es hier viel zu leer. Seltsam, dass weder seine Mutter noch sein Großvater etwas über das Datum ihres Essens gesagt haben.

34.

We want more, hat jemand unter seinen ersten und immer noch einzigen Tweet geschrieben. Jemand. Weil er angefangen hat, all seinen Followern zu folgen, bekommt er in seiner Timeline viel mehr zu sehen. Ein ziemliches Durcheinander. Politik. Inklusion. Diversität. Gefällte Bäume. Einige Leute regen sich furchtbar über seinen Tweet auf, einer verkündet sogar in theatralischem Ton, dass er Twitter verlassen will, denn *auf so etwas kann ich gut verzichten*. Na, dann tu's doch, denkt Simon, ich halte dich nicht auf. Doch als er die Reaktionen darauf liest, wird ihm klar, dass manche so etwas vermutlich schreiben, damit andere sie inständig bitten, doch zu bleiben. Er denkt über einen zweiten Tweet nach. *Ich bin Bärchen Colargol, ich kann sehr gut ficken. Hab nen dicken Bärenspund, mache alle Mädels rund.* Keine Ahnung, aus welchem Hirnwinkel das zum Vorschein kommt, aber da steht es. Schon nach wenigen Sekunden wird das Herzchen rot.

Er macht einen Espresso, belegt zwei Scheiben Brot mit Wurst und gießt sich ein Glas Orangensaft ein. Es ist der dritte Morgen in Folge, an dem er geschwommen ist. Seine Oberarme fühlen sich wohlig matt an und glühen, seine Kopfhaut juckt. Und morgen wird er wieder schwimmen. Jedes Mal denkt er darüber nach, was er für seinen Großvater und seine Mutter kochen soll, und er weiß es immer noch nicht. Zum Glück ist Anja seit ein paar Jahren keine Vegetarierin mehr. Aber nicht nur darüber denkt er während des Schwimmens nach, er erinnert sich auch an Wettkämpfe. Alle liegen lange zurück, aber sie haben einen Eindruck hinterlassen, und was Eindruck hinterlässt, bleibt offenbar haften. Er spürt wieder seine Nervosität, seine Hoffnungen, auch heute, vor einer Stunde. Dieses Gefühl verwandelt ihn in den Zwölfjährigen zurück, der von seiner Mutter zum Schwimmbad gefahren wurde. In den Siebzehnjährigen, der selbst mit dem Rad zum Schwimmbad fuhr, mit weichen Knien wie auf dem Weg zum Zahnarzt. Er spürt das Wasser und die Körper der anderen Jungen ringsum. Ein unbestimmtes Gefühl konzentriert sich in seiner Brust. Nicht unangenehm, eigentlich sogar ziemlich angenehm, so sehr, dass er in Erwägung zieht, wieder eine Wettkampflizenz zu erwerben und sich zu Meisterschaften anzumelden. Vielleicht hat er sich verändert. Das Schwimmen klappt besser als erwartet, es kommt ihm so vor, als würde er kraftvoller schwimmen, vielleicht auch schneller. Und dann denkt er schon wieder über die Frage nach, ob Steak oder Lachs besser wäre, oder Spargel. Dieses Losgelöstsein ist der Grund, weshalb er nicht aufhört zu schwimmen, Konzentration, die in Zerstreutheit übergeht. Er isst die Brote und trinkt den Orangensaft.

geht's dir gut mit deinem dicken bärenspund

ja, sehr gut. Und dir?

ich hab keinen dicken bärenspund. verlegst du dich jetzt aufs sublimieren

bitte nicht so anspruchsvolle Wörter

du weißt schon was ich meine

nein

übrigens kennst du die: canaryislandscrash.com

nein

dann schau mal

Es gibt nicht viele Fotos, die unmittelbar nach der Kollision aufgenommen wurden. Nur eine Handvoll. Fünf von ihnen sollen von David Alexander stammen, einem damals neunundzwanzigjährigen Amerikaner, der sich plötzlich daran erinnert, dass er eine Kamera um den Hals trägt, nachdem er unversehrt aus dem Wrack von »Clipper Victor« entkommen ist.

Es ist natürlich seine eigene Kamera, er hatte durchs Fenster die Flugzeuge fotografiert, die vor der Pan-Am-Maschine auf dem Rollfeld standen. Jetzt fotografiert er wieder, erst dann geht er in die Knie, weil ihm noch etwas bewusst wird: Er ist gerade aus einem explodierenden Flugzeug gesprungen. »Ich wollte noch Fotos von der KLM-Maschine machen, aber die war zu weit weg«, sagt er in einem Interview mit dem *Noordhollands Dagblad*. Anscheinend wusste er, im Gegensatz zu fast allen anderen einschließlich der Flughafenfeuerwehr, dass eine zweite Maschine betroffen war. Die Zahl fünf wird in diesem Interview genannt. Simon öffnet *Peter's Tenerife Crash Site*, die er in der Leseliste gespeichert hat. Er findet diesen Amerikaner nicht, erinnert sich aber vage, dort auch etwas über Fotos gelesen zu haben, und da es sich um eine vollständige Liste handeln soll, müsste er aufgeführt sein. Schließlich – schon wieder ist unmerklich eine halbe Stunde vergangen – findet er ihn doch, unter dem Namen David Wiley. »Wiley, a microwave technician and amateur photographer, said he took two color pictures of the wrecked jetliner … he gave them to a reporter for an Amsterdam newspaper … It seems he changed his name to David (Yeager) Alexander.« Im Lauf der Jahre sind offenbar aus den zwei Fotos fünf geworden. Anerkennung für die berühmten Fotos hat Alexander nie erhalten, woran Hans Hofman schuld ist, ehemals Spitzenkandidat der Vrije Seks Partij (VSP) und Pressefotograf, unter anderem für die *Nieuwe Revu*, Sohn eines Heringhändlers und einer Anti-Vietnamkriegs-Aktivistin; seine Schwester wurde 1981 in ihrer Wohnung von einem Polizeibeamten erschossen, als sie ihn mit einem Schälmesser bedrohte. Ein Raubein, einer, der auf dem Moped durch Amsterdam fuhr und den Polizeifunk abhörte, um bei einem Brand oder Unfall als Erster zur Stelle zu sein. Er wird als »Straßenfotograf« bezeichnet, wahrscheinlich ein altmodisches Wort für Paparazzo. Am

29. März 1977 sprach er David Wiley in dessen Hotel an. Er war auf der Suche, er hatte nichts. Was er brauchte, war ein wirklich gutes Foto, nicht Aufnahmen von Wrackteilen unter einer grauen Schicht aus Asche und Löschmittelresten. Wiley stand noch unter Schock, wie man das zu nennen pflegt, und war sich nicht darüber im Klaren, was geschah, als er und Hofman seinen Film beim Fotodienst des Hotels abgaben. Er sah, dass Hofman seinen eigenen Namen auf den Umschlag schrieb, in dem der Film verschwand. Er sah es und ließ es geschehen. »Ich wünschte, ich wäre damals stärker gewesen«, sagt er Jahrzehnte später dem Journalisten vom *Noordhollands Dagblad*. Er kehrte in die Vereinigten Staaten zurück und sah seine Fotos in Zeitungen und Magazinen. © Hans Hofman. 2015 veröffentlichte er unter dem Namen David Yeager Alexander ein Buch: *Never Wait for the Firetruck*. Auf seiner Website steht als Werbetext: »Please remember this. If you are on an airplane on the ground and you see smoke in the cabin, whip off that seatbelt, get up and MOVE. Don't wait for instructions. Head for the nearest exit, if it is a safe one, or find a new one like I did. But most of all, NEVER WAIT FOR THE FIRETRUCK.« Auf der Website gibt es auch ein Foto von Alexander neben seinem Segelboot *Jamaica 3* in der Bucht von San Francisco. »The Sailboat is my home on weekends.« Der schon, denkt Simon. Ist es das? Sucht er nach all diesen Geschichten, um immer wieder »Der hat überlebt. Der schon« denken zu können?

gab es 1977 schon mikrowellengeräte?? was um alles in der welt ist ein microwave technician??

gibt es schon seit 1947. schöner titel, oder
warte nie auf den feuerwehrwagen
du hast übrigens schon dreizehn likes
absurd
du hast was neues angebohrt. mach weiter so

hab schon genug davon

selber schuld

und noch etwas: du schreibst also über meinen vater und auch über teneriffa

natürlich

das wird mir erst jetzt klar. langsam werde ich ziemlich neugierig

noch ein bisschen geduld

Unten klingelt die Ladenglocke. Das passiert ihm normalerweise nicht. Immer steht er als beflissener Dienstleister bereit, wenn ein Kunde den Salon betritt. »Kaffee?«, ruft er die Treppe hinunter. »Ja, gern!« ruft Jason. Er kommt neuerdings oft. Viel häufiger als zu der Zeit, als er noch mit Martine zusammen war. Auch das hat bestimmt etwas zu bedeuten, doch im Moment denkt Simon vor allem noch über die Schwester des Amsterdamer Straßenfotografen nach. Erschossen. Schälmesser. Dreiunddreißig Jahre alt. Kann man so jemandem nicht auch ins Bein schießen? Er stellt eine Tasse unter den Siebträger der Espressomaschine und schaut in den Gartenhof. Herrliches Frühlingswetter, klar. Eine Empfindung von Weite in seiner Brust, vage, flüchtige Bilder von anderen Frühlingstagen ziehen vorüber, und damit verbunden ist ein Gefühl, das er fast als Glück bezeichnen würde. Simon empfindet Glück, wenn es das ist, als ein tiefes Einatmen gesunder Luft, wobei sich sein Brustkorb weiter dehnt als normalerweise. »Setz dich schon mal!«, ruft er in Richtung Treppe. Gleich einen Bart trimmen. Morgen wieder schwimmen. Freitag kochen. Und nicht zu viel trinken, denn Samstag … Tja, Samstag. Jason sagt etwas, was er nicht versteht. Er nimmt die Kaffeetasse und geht die Treppe hinunter.

Nein, denkt er, während er Jasons Nacken ausrasiert, es hat nichts mit »der schon« oder »die schon« zu tun. Es ist eher so wie bei Menschen, die irgendwann anfangen, nach ihrem biologischen Vater oder ihrer biologischen Mutter zu suchen. Die viele Jahre lang mit der Situation gelebt haben, wie sie nun einmal war, doch früher oder später ist es so weit, dass sie wissen, sehen, fühlen, vielleicht sogar riechen wollen, von wem sie wirklich abstammen. Und zwar meistens, wenn sie selbst älter werden, wenn es fast schon zu spät ist. Der entscheidende Unterschied besteht natürlich darin, dass es in seinem Fall nie zum Sehen, Fühlen und Riechen kommen wird.

»Fein, wie immer«, sagt Jason.

Fein, denkt Simon.

»Mal sehen, ob es hilft.«

»Für was? Oder wogegen?«

»Die Mädels, du weißt schon.«

35.

Es gibt Spargel. Mit Kartoffeln, teurem Schinken, gekochten Eiern und geschmolzener Butter mit feingeschnittenem Schnittlauch. Dazu Weißwein. Deutschen Weißwein.

»Ich hatte doch gesagt, dass ich Wein mitbringe«, sagt seine Mutter.

»Den stelle ich in den Kühlschrank für später.«

»Es ist aber mein Lieblingswein.«

»Ich hab nichts mitgebracht«, sagt sein Großvater.

»Das macht nichts. Ist gar nicht nötig. Kaufst du überhaupt noch ein?«

»Nein. Nur Zigaretten. Oute Rutte. M&Ms.«

Sie sitzen im Wohnzimmer. Simon hat selbst Oude Rutte für seinen Großvater gekauft. Seine Mutter trinkt den Weißwein, den sie »eine Spur zu sauer« findet. Auf dem Couchtisch steht eine Schale mit geräucherten Mandeln. Die Fenster vorne und hinten stehen offen, hin und wieder weht ein leichter Wind durchs Haus, den Jan als »Durchzug« bezeichnet.

»Fenster zu?«, fragt Simon.

»Nein, nein, es ist angenehmer Durchzug. Ein Wetterchen fast wie im Sommer.«

»Es ist ja auch fast schon Sommer«, sagt Anja.

»Natürlich muss ich immer vorsichtig sein. Ich bin ein alter Mann, und alte Männer müssen an irgendwas sterben, und wenn es nur eine Erkältung ist.«

Das ist eine Bemerkung, die übergangen werden will. »Irgendwelche Neuigkeiten?«, fragt Simon.

Seine Mutter versteht sofort, was er meint. »Sie ziehen eben von Haus zu Haus und sind jetzt irgendwo im Norden. Ein Haus mit Pool, die Besitzer sind in England, die wollen dem ganzen Umbauchaos entgehen.«

»Von wem sprecht ihr?«, fragt Jan.

»Von Henny. Und ihrer neuen Flamme.«

»Ach ja, Henny. Ich mag Henny sehr.«

»Und weil sie da die Luxustouristin spielt, hilft Simon mir jetzt beim Schwimmen mit geistig Behinderten.«

»Ist das denn was?«

»Wie meinst du das?«

»Hilft es den Kindern?«

»Jugendlichen«, sagt Simon.

»Auf jeden Fall haben sie viel Spaß dabei«, sagt Anja. »Ich glaube, das ist genug.«

»Und ihr habt was zu tun«, ergänzt Jan.

»Wie gefiel Igor das Haareschneiden?«

»Sehr gut«, antwortet Simon. »Anscheinend fand er es sehr angenehm. Ich hab Musik laufen lassen. Die Haare sind jetzt deutlich kürzer. Eigentlich müsste ich sie aber noch etwas mehr kürzen. Das könnte ich morgen machen.«

»Hauptsache, man weiß, wo er ist. Und du bringst ihn wieder zurück.«

»Klar.«

Anja schaufelt eine Handvoll Mandeln aus der Schale. Jan zündet sich eine Zigarette an. Das Feuerzeug in seiner Hand zittert leicht.

»Ich muss mich ums Essen kümmern«, sagt Simon.

»Ich werde dir nicht helfen«, sagt Anja. »Lieber bleibe ich gemütlich sitzen. Vielleicht kann ich von meinem Schwiegervater eine Zigarette schnorren.«

»Nur zu«, sagt Jan.

Während Simon den Spargel schält, hört er die beiden über Twitter reden. Über ihn bei Twitter. Über Bärchen Colargol. Anja sagt, sie habe das Gefühl, ihr Sohn sei dort jemand anders. Sie raucht tatsächlich. Simon bewundert sie dafür, dass sie nicht süchtig wird. Sie kann ab und zu, ziemlich selten eigentlich, rauchen, ohne süchtig zu werden. Anscheinend findet sie ihre Ansicht über seine Tweets nicht wichtig genug, um mit ihm selbst darüber zu sprechen. Es reicht, wenn er mithört. Natürlich liest er ihre Tweets, sie empört sich über die Unglaubwürdigkeit von Politikern, sorgt sich wegen Stickstoffemissionen und gibt gratis Buchtipps. Jan lacht über das Wort »Bärenspund«. Er meint, sein Enkel nehme wahrscheinlich nichts ernst. Simon setzt die Kartoffeln auf, die Eier haben schon sechs Minuten gekocht. Spargel-Eier müssen hart gekocht sein. Er gießt sich selbst das erste Glas Wein ein und geht ans andere Ende des Zimmers, um seiner Mutter und seinem Großvater nachzuschenken. Sie sprechen inzwischen über nicht erlaubte Pflanzenkübel. Er braucht sich keine Gedanken wegen ihres Alkoholkonsums zu machen, denn die Einladung zum Essen schließt die Heimfahrt im Taxi ein. Er hatte seiner Mutter angeboten, bei ihm zu übernachten, damit sie zusammen zum Schwimmbad fahren könnten, aber davon wollte sie nichts wissen. »Ich bin eine alte Frau«, sagte sie, »ich will in meinem eigenen Bett schlafen.«

Er stellt eine kleine Pfanne für die Butter auf den Herd und schneidet mit einer Küchenschere den Schnittlauch klein. Auf der anderen Seite des Gartenhofs wird auch gekocht, und viele Fenster und Balkontüren stehen offen. Auf der Straße bellen Hunde. Jan steht auf, um aus dem Fenster zu schauen. Simon vergisst manchmal, dass sein Großvater jahrzehntelang hier aus dem Fenster geschaut, in diesem Haus zusammen mit Oma gegessen und geschlafen hat. Das Wohnzimmer war damals ein ziemlich dunkler Raum, und wenn er sie besuchte, saßen sie meistens in der Küche. Seine Mutter kommt zu ihm und wirft einen Blick in die kleine Pfanne.

»Butter«, sagt er. »Essen!«, ruft er Jan zu, der sich immer noch wie ein waschechter Jordaan-Bewohner auf den Unterarmen aus dem Fenster lehnt.

»Das vermisse ich eigentlich am meisten«, sagt Jan, als er am Küchentisch Platz nimmt. »Mich einfach mal aus dem Fenster zu lehnen. Das kann ich im Heim nicht. Das heißt, ich könnte schon, aber da ist ja nie was los.«

»Möchtest du jetzt auch ein Glas Wein?«, fragt Simon.

»Außerdem wäre es bloß lächerlich, weil ich im Erdgeschoss wohne. Ja, bitte.«

Als beide sitzen, stellt Simon die Teller auf den Tisch. »Tellergericht«, sagt er.

»Was heißt das?«, fragt Jan.

»Dass ich euch einfach die Teller mit allem drauf vor die Nase stelle, wie im Restaurant.«

»Das ist in diesem Jahr das erste Mal, dass ich Spargel esse«, sagt seine Mutter. »Dabei gibt es doch schon länger wieder welchen.«

»Wir bekommen nur Spargelsuppe«, sagt Jan. »Und ich frage mich, ob die frisch ist.«

»Dann habt ihr heute mal Glück«, sagt Simon.

Sie essen und trinken.

»Jetzt könnte man das Fenster von mir aus gerne zumachen«, sagt Jan, als Simon ihm einen Nachschlag gegeben hat.

»Erst fand ich ihn ein bisschen sauer, aber zum Essen ist er perfekt«, erklärt Anja. »Darf ich noch etwas haben?«

Simon holt die Flasche aus dem Kühlschrank, schließt das Küchenfenster, zündet ein paar Kerzen an. Nur Jan isst noch.

»Heute ist natürlich nicht irgendein Freitag«, sagt Simon.

»Nein«, bestätigt Anja. »Es ist der Geburtstag deines Erzeugers.«

»Tatsächlich?«, fragt Jan mit vollem Mund.

»Das weißt du nicht? Von deinem eigenen Sohn?«

»Nein«, gesteht Jan. »Das weiß ich nicht.« Er spült den letzten Bissen mit einem tüchtigen Schluck Wein hinunter. »Warum nennst du Cornelis Simons Erzeuger?«

»Weil Simon seit einiger Zeit ständig von ihm redet.«

»Warum auch nicht? Cornelis ist schließlich sein Vater.«

»Ist jemand ein Vater, wenn das Kind fünf Monate nach seinem Tod geboren wird?«

»Ja sicher«, sagt Simon. »Kaffee?«

Sie möchten beide Kaffee, aber keinen Espresso. Kein Problem, Simons Apparat macht auch normalen Kaffee, er kann sogar Milch wärmen und aufschäumen. Simon schüttet den Inhalt einer Packung Trüffelpralinen auf einen Teller.

»Hör mal«, sagt Jan. »Jeder von uns dreien hat auf seine Weise jemanden verloren. Einen Sohn, einen Mann und einen Vater.«

»Er hat ihn nie gekannt! Und du hast sogar seinen Geburtstag vergessen.«

»Spielt das eine Rolle?«

»Ich finde schon.«

»Warum sollte ich mir den Geburtstag von jemandem merken, der seinen Geburtstag nie feiert?«

Anja trinkt von ihrem Wein. »Da hast du auch wieder recht.«

»Und warum um Himmels willen sollten wir darum wetteifern, wen es am härtesten getroffen hat?«

Simon stellt zwei Tassen Milchkaffee und die Pralinen auf den Tisch und dreht sich dann wieder zur Arbeitsplatte hin, um einen Espresso zu machen. Es wird schon ein bisschen dämmerig, die Kerzen brennen nicht mehr nur um der Atmosphäre willen. Das Fenster an der Wohnzimmerseite ist immer noch offen.

»Wo wir nun schon mal beim Thema sind, warum hast du eigentlich nie wieder was Neues angefangen?«

»Jan, bitte«, sagt Anja.

»Das würde ich wirklich gern wissen. Du bist eine hübsche Frau, nicht uninteressant …«

»Nicht uninteressant? Was ist das denn für eine Art, jemanden zu beschreiben?«

»Ja, entschuldige, das war ein bisschen gedankenlos.«

»Ich habe nicht die geringste Lust, mich dafür zu verantworten.«

»Verantworten, verantworten … Es war nur eine Frage. Ich habe neulich noch mit Simon darüber gesprochen.«

»Ach ja?«

Das war nicht klug von seinem Großvater. Simon hört als schweigender Dritter zu und stopft dabei Pralinen in sich hinein. Er kann sich nicht erinnern, wann und wo sie das letzte Mal zu dritt zusammen waren. Normalerweise ist er der Mittelsmann zwischen den beiden. Jetzt, wo sie sich gegenübersitzen, sollte Jan nicht so etwas sagen, denn Anja hat schnell das Gefühl, das fünfte Rad am Wagen zu sein.

»Ja«, sagt Jan naiv.

»Belassen wir's einfach dabei, dass ich nie den Wunsch danach verspürt habe.«

»Gut. Das ist eine Antwort.«

»Danke. Fragst du manchmal auch Simon, warum er allein ist?«

Jan schaut Simon an und denkt kurz nach: »Nein, eigentlich nicht.«

»Immer dieses Warum«, sagt Simon, um der Frage zuvorzukommen. »Warum wird jemand Fliesenleger? Weil er den Beruf ganz nett findet? Das ist natürlich keine Antwort, abgesehen davon, dass man diesen Ausdruck anscheinend heute nicht mehr gebraucht. Warum macht jemand auf den Malediven Urlaub und nicht auf Sri Lanka? Weil es auf den Malediven schöner ist? Das ist natürlich auch keine Antwort. Menschen tun einfach bestimmte Dinge. Und Dinge geschehen. Das ist alles.«

»Aha«, sagt Anja. »Wir lernen heute noch was.«

»Und was die Malediven betrifft, da ist eigentlich gar nichts dran, hab ich neulich gehört. Da gibt es überhaupt nichts. Nicht mal Tiere.«

»Wovon redest du eigentlich gerade?«, fragt Jan.

»Von dem großen Warum«, erklärt Simon.

»Wie viel Wein hast du schon intus?«, fragt Anja.

»Weniger als du.«

Jan schiebt seine leere Kaffeetasse zur Seite. »Ich hätte noch Lust auf einen Oude Rutte. Zum Abschluss des Abends.«

»So oder so«, sagt Simon, nachdem er den Tisch abgeräumt und alle mit Getränken versorgt hat, »heute ist der Geburtstag meines Vaters, und das wollte ich feiern.«

»Danke für die Einladung«, sagt Jan. »Ich fand das Essen sehr lecker und den Abend gemütlich. Wir könnten doch eine feste Gewohnheit daraus machen.«

»Das muss ich mir noch überlegen«, sagt Anja.

»Nein, unbedingt«, sagt Jan. »Wir hätten viel früher damit anfangen sollen, als Oma noch lebte. Wir sind doch eine Familie. Und nächstes Jahr werde ich neunzig.«

»Ach«, sagt Simon, »heute werden doch alle mindestens hundert. Wir können diesen Tag noch zehnmal feiern.«

Anja schweigt. »*Ihr* seid eine Familie«, sagt sie dann. »Ich bin angeheiratet. Ihr heißt Weiman. Ich heiße Wiegers.«

»Für mich bist du nicht ›angeheiratet‹«, sagt Simon. »Ich bin dein Kind.«

Zwanzig Minuten später sind sie weg. Mit zwei Taxis, denn das Seniorenheim liegt nicht auf dem Weg nach Amsterdam-Süd, wo Anja wohnt. Simon räumt die Spülmaschine ein. Er hat das Fenster an der Küchenseite wieder geöffnet, damit der Rauch abzieht. Nach dem Essen hat Anja mit Jan noch eine Zigarette geraucht. Das letzte Mal, als Simon hier wegen eines Rauchers gelüftet hat, war der rothaarige Mann bei ihm.

36.

»Wir wollen auch!«, rufen Sam und Johan.

Igors Haar liegt wie ein Helm um seinen Kopf. Und deshalb, redet Simon sich ein, muss er es noch etwas kürzen. »Warum?«, fragt er Johan und Sam. »Ihr habt schon ganz kurze Haare, kürzer geht es kaum.«

»Das ist gemein!«, ruft Sam.

»Ja!«, schreit Johan. »Igor ist dein Liebling!«

»Aber nein«, sagt Simon. »Von allen hier im Schwimmbad seid ihr mir am liebsten.«

»Echt?«, fragt Sam.

»Klar.«

»Sogar noch lieber als …« Johan zeigt auf Anja, die gerade einen Schwimmflügel wieder an Jelkas Arm befestigt, »… als sie?«

»Na ja, das ist wohl kaum möglich. Sie ist doch meine Mutter.«

»Was?«

»Du bist seine Mutter?!«, kreischt Sam empört.

»Das weißt du doch, Sam«, sagt Anja.

»Nein! Wieso haben wir das nicht gewusst?!«

»Weil ihr beide ein bisschen vergesslich seid«, sagt Simon.

»Ach so«, sagt Sam.

Es ist immer wieder bemerkenswert, wie unberührt die anderen bei so einem Tumult bleiben. Igor, immer noch mit dem nassen schwarzen Haar in der Stirn, steht wie angewurzelt da, Frits und Melissa schwimmen Bahnen, Jelka und Buari, nein: Bella tuscheln miteinander, als wären sie die einzigen Mädchen auf der Welt. Sie können urplötzlich völlig durchdrehen, merken es aber nicht, wenn andere sich aufregen, schreien, wütend sind. Oder sie wollen nichts merken. Im Grunde sind sie alle Simon immer noch ein Rätsel.

»Es ist doch gut so«, sagt Anja.

»Nein, sieh mal, wie es jetzt liegt, so nass.«

»Er selbst kann sich nicht dazu äußern.«

»Ich glaube, ich nehme nachher den Haarschneider.«

»Igor!«, ruft Anja. »Ball spielen?«

Igor kommt aus seiner Ecke, greift nach dem knallgelben Ball, der auf dem Wasser schaukelt, und wirft ihn Anja in einem flachen Bogen zu. Bella ruft etwas, war das »Po«? Hat sie das vom letzten Mal behalten? Sam und Johan ertragen es nicht, dass Anja und Igor sich den Ball zuwerfen, und fangen an, Igor mit ihren Schwimmnudeln zu schlagen. Anja zu schlagen, würden sie nicht wagen. Frits schlägt Simon aus Versehen mit der Hand in die Seite. »Entschuldigung«, sagt Simon mehr zu sich selbst, »ich stehe im Weg.« Seltsam, als er hier anfing, konnte Igor Melissa nicht in Ruhe lassen, immer wieder musste er das Mädchen beim Schwimmen an den Beinen ziehen. Das hat er schon eine ganze Weile nicht mehr getan. Liegt es daran, dass Frits dazugekommen ist? Hat das die Gruppendynamik gestört? Anja mahnt Sam und Johan aufzuhören, so können sie nicht Ball spielen. »Fragt Simon, ob er euch richtiges Schwimmen beibringt«, sagt sie

»Bringst du uns das Schwimmen bei?«, fragt Johan.

»Klar. Dann ziehen wir erst Schwimmflügel an.«

»Nein!«, schreit Sam. »Das ist Kinderkram!«

»Dann nicht«, sagt Simon. Er betrachtet die Muskeln in Igors Rücken, die bei jedem Wurf hervortreten. Im Grunde ist Igor nicht viel mehr als ein Körper.

»Ich fand es übrigens nett gestern Abend«, sagt Anja. »Und du hast lecker gekocht.«

»Danke schön.«

»Wir können das wirklich öfter mal machen. Ich habe Jan gern.«

»Gut«, sagt Simon. »Nächstes Mal bei dir?«

»Prima.«
»Brröhh!«, sagt Igor.
»Entschuldige, Igor. Hier kommt der Ball.«

Eine halbe Stunde später sitzt der Junge neben ihm, als hätte er diese Fahrt schon zigmal gemacht. Kein Regen an diesem Samstag, aber auch kein Sonnenschein. Einer dieser stillen, grauen Tage, die genauso gut Anfang Juni wie Mitte Oktober sein könnten. In der Stadt ist es ruhig, wie manchmal an Samstagvormittagen, als hätten viele Leute ausgeschlafen und spät gefrühstückt und würden nun darüber nachdenken, wie sie den Rest des Tages verbringen sollen. Sam und Johan sind vorhin nur widerstrebend in den Kleinbus gestiegen, fast musste man sie hineinschieben. Zufällig fuhr Simon gerade den Wagen vor. »Nein!«, hörte er Sam noch schreien. »Wir wollen auch!«, rief Johan. Anja stand am Eingang des Schwimmbads, sie winkte Simon und Igor und dem Kleinbus nach und blieb allein zurück. Es hatte Simon angenehm überrascht, dass sie noch auf das Abendessen zurückkam, aber er hatte ihre letzte Bemerkung nach dem Essen nicht vergessen. Es gab so vieles, worüber er nie nachgedacht hatte, die Gefühle, die im Spiel waren, und so kam es, dass er spätabends im Bett sich selbst und seinen Großvater als Teil eines Bundes gesehen hatte, der seine Mutter anscheinend ausschloss, jedenfalls in ihren Augen. Und weil er ohnehin schon grübelte, landete er zwangsläufig wieder bei dem Gedanken, dass von seinem Vater nichts geblieben war, ja gut, der Name auf der Passagierliste, aber wer hatte je sterbliche Überreste von ihm gesehen? Und wo war sein Name auf Westgaarde? Warum konnte er, Simon Weiman, nicht irgendwo bei dem Namen seines Vaters, Cornelis Weiman, verweilen? Nur weil seine Mutter das damals, aus welchen Gründen auch immer, nicht für nötig hielt? Er ist erst sehr spät eingeschlafen, auch wegen des

Abendessens, denn so etwas sorgt doch, ob man es wahrhaben will oder nicht, für eine gewisse Anspannung. Zum Glück hat er sich mit dem Alkohol zurückgehalten. Und wegen gestern Abend ist ihm vorhin aufgefallen, dass seine Mutter allein am Eingang eines Schwimmbads stand, während sie einer Gruppe von geistig Behinderten und ihrem Sohn zum Abschied winkte. »Gggg«, sagt Igor. Er blickt der Straßenbahn nach, die an der Ampel gerade an ihnen vorbeigefahren ist. Ob Igor weiß, dass auch er allein ist?, überlegt Simon. Er blickt über die linke Schulter, biegt ins Jordaanviertel ein und fährt die gewohnten Umwege, weil das Viertel nun einmal zur Hälfte aus Einbahnstraßen besteht.

Er findet eine Parklücke. Igor zieht schon von selbst an seinem Gurt, bemüht sich aber nicht, das Gurtschloss zu finden. Simon drückt auf den Knopf, und der Gurt löst sich. Jetzt könnten sie beide aussteigen. Es geht nur ein leichter Wind, diesmal werden keine Plastikbeutel durch die Straße geweht. Es ist genau eine Woche später. Was würde geschehen, wenn ich einfach sitzen bleibe?, überlegt Simon. Nichts wahrscheinlich, zumindest bis Igor anfängt, sich zu langweilen. Kann der Junge sich überhaupt langweilen? Oder läuft es auf dasselbe hinaus, ob er ohne erkennbaren Grund in einem stehenden Auto sitzt oder eine Dreiviertelstunde in einem Schwimmbecken hin und her watet? Ein Körper auf dem Beifahrersitz, und gleich derselbe Körper auf dem Frisierstuhl, und dann …

Simon rafft sich auf. Er holt Igor aus dem Wagen und geht mit ihm zum Eingang von Chez Jean. Die Glocke. Der Junge schaut nach oben. »Ja«, sagt Simon, »das ist die Türglocke. Da.« Er zeigt. Das interessiert Igor nicht, oder er begreift die Bedeutung eines zeigenden Arms nicht. Die Badetasche hängt auf seinem Rücken, vorhin hat er auch so im Auto gesessen, wie mit einem weichen Buckel. Simon nimmt ihm die Tasche vorsichtig ab. »Eine Cola?«, fragt er. Er zieht dem Jungen auch die Jacke aus und führt ihn zu dem Stuhl am Fenster. »Setz dich erst mal.« Dann läuft er die Treppe hinauf und füllt einen Plastikbecher mit Cola. Bevor er wieder hinuntergeht, blickt er sich im Wohnzimmer um. Es ist genau so, wie er es am Morgen verlassen hat, nichts hat sich verändert. Igor kippt die Cola in einem Zug in sich hinein. Danach rülpst er laut. Simon schließt die Tür ab und vergewissert sich, dass das Schild mit der FERMÉ-Seite nach außen hängt. Musik, denkt er. Ich muss Musik einschalten, die wirkt sicher beruhigend auf Igor. Nicht, dass er jetzt unruhig wäre, aber gleich, während des Haareschneidens, könnte sich das leicht ändern. Er schaltet das Radio ein und sucht einen Sender mit harmlosen älteren Songs. Golden Oldies. Ohne überdrehte Diskjockeys.

Bis hierhin praktisch eine wörtliche Wiederholung dessen, was sich vor einer Woche abgespielt hat. Doch diesmal braucht Simon einen Espresso. Den hätte er eben schon aufbrühen können, als er wegen der Cola in der Küche war, aber da wusste er schon, dass er noch einmal nach oben wollte, um in Ruhe die teure Siemens-Maschine brummen zu hören und sich im Wohnzimmer umzuschauen. Schon seltsam, diese fast unmerkliche Veränderung der Atmosphäre, wenn man das Haus verlassen hat, ob für längere oder kürzere Zeit. Als wären durch seinen Aufenthalt im Schwimmbad alle vertrauten Gegenstände ein klein wenig von der Stelle gerückt worden. Vorige Woche muss er das doch auch wahrgenommen haben. Oder spielt das Wetter dabei eine Rolle? Der Lichteinfall? Er nimmt die Tasse und geht die Treppe hinunter. Igor sitzt auf dem Stuhl am Fenster. »Kaffee!«, sagt Simon, um irgendetwas zu sagen. Der Junge blickt auf. »Setz dich bitte mal hierhin, genau da, wo du vorige Woche gesessen hast.« Igor steht auf, geht zu dem anderen Frisierstuhl, setzt sich. Simon trinkt einen Schluck aus der kleinen Tasse und streicht dann das Haar in Igors Stirn in die Höhe, während er ihn im Spiegel anschaut. »Wir kürzen es noch ein bisschen. In Ordnung?« Igor sagt nichts. Simon lässt seine Hand noch einen Moment auf dem Kopf des Jungen ruhen. »Aber jetzt mit einem Apparat, der ein bisschen Krach macht.« Er legt dem Jungen den hellblauen Frisierumhang um. Im Radio läuft »Only You« von Yazoo. »Erst noch kurz mit der Schere.« Er nimmt eine Schere und einen Kamm und schneidet wenige Zentimeter weg. Dabei berührt er regelmäßig den Kopf des Jungen und wischt ab und zu Haarbüschel von seinem Schoß, wobei er natürlich auch die Oberschenkel streift. Dann holt er eine Haarschneidemaschine aus einer Schublade. Igor behält die Hand mit dem Apparat genau im Auge. Simon schaltet den Haarschneider ein und lässt ihn noch einen Moment in Igors Blickfeld. »Haarschneider«, sagt er. Er fängt oben an, er hat einen Aufsteckkamm für einen nicht allzu kurzen Schnitt gewählt, denn was ab ist, kann man nicht wieder ankleben, was noch zu lang ist, kann man immer noch kürzen. Igor gibt ein leises Geräusch von sich, fast so, als würde es durch das Vibrieren der Maschine auf dem Kopf ganz von selbst in seiner Brust entstehen. Im Radio läuft jetzt »Stairway to Heaven«. Ich muss in Etagen denken, denkt Simon. Jetzt sind wir hier, nachher in der Küche – Cola –, und am Ende müssen wir irgendwie auf der zweiten Etage landen. Na ja, wir … ich. Ich und er, das ist nicht immer dasselbe wie wir. Er wischt Haare von Igors Kopf. Dann stellt er den Haarschneider auf anderthalb und schneidet vom Nacken her aufwärts, wobei er immer wieder die gespreizten Finger auf Igors Hinterkopf versetzt. Wenn es nötig ist, aber auch wenn es nicht nötig ist, wischt er Härchen weg. Er nimmt eine Ohrmuschel zwischen die Finger und biegt sie nach vorn. Das Radio steht schon ewig hier, es stammt noch aus Jans Zeit. Ein paar Kunden, nicht viele, finden es schön, wenn das Ding läuft. Von sich aus schaltet Simon es nie an. Er bevorzugt Stille im Salon und die gedämpften Straßengeräusche. Igor hat angefangen zu summen, aber Simon kann nicht erkennen, ob es die Melodie oder der Takt von »Du (bist alles was ich habe auf der Welt)« ist. Deutsch, denkt Simon, das hört man nicht oft. Anscheinend hat man da nie echte Golden Oldies geschrieben. Oder hängt es noch mit dem Krieg zusammen? Er biegt das andere Ohr nach vorn. Igor lässt alles ruhig geschehen, als würde er verstehen, dass es dazugehört. Er betrachtet sich selbst ununterbrochen. *Du, du allein kannst mich verstehn.* Was mag nur in diesem Kopf vorgehen, denkt Simon. Wen sieht er? Was sieht er? Simon schaltet den Haarschneider aus, nimmt das Nackenmesser und schabt Igors Nacken glatt. Als er damit fertig ist, wedelt er mit der weichen Bürste die Härchen fort und benetzt seine Handflächen mit Öl. Langsam reibt er den Nacken und den Hals damit ein. Nacken, Hals.

»Fertig«, sagt er und zieht mit übertriebener Geste den Frisierumhang weg.

Igor sagt natürlich nichts. Was könnte er sagen?

»Komm«, sagt Simon. »Wir trinken noch eine Cola. Oben.«

Igor sitzt auf einem Küchenstuhl und trinkt seinen Becher Cola wieder in einem Zug leer. Er rülpst; ein rohes Geräusch aus einem perfekt geformten Kopf. *Crewcut* hieß so ein Haarschnitt ganz früher. Von Mannschaft, denkt Simon zum ersten Mal. Auf amerikanischen Kriegsschiffen? Bürstenschnitt, denkt er, und mit diesem Wort fällt ihm der Schriftsteller ein, wodurch sich, nach langer Zeit, wieder einmal das Wort Kormoran aufdrängt. Kormoran, Möwen, und wenn Simon sich recht erinnert, sprach der Schriftsteller während des Haareschneidens sogar von Walrossen, aber was die mit dem einen oder anderen zu tun hatten, ist ihm nicht klar. Igor rülpst noch einmal, ungeniert. Vor Simon steht eine Espressotasse. Ebenfalls leer. Er überlegt, ob er dem Jungen noch eine Cola eingießen soll. Im Gartenhof lärmen mindestens zwei streitende Tauben, und Igor dreht kurz den Kopf. Langsam, bedächtig, nicht erschrocken. Vielleicht kennt er den Lärm von streitenden Tauben. Simon hat sich etwas ausgedacht, und der Gedanke an das, was er sich ausgedacht hat, steigert seine Aufregung. »Komm«, sagt er. Er steht auf, auch der Junge erhebt sich. Simon geht vor ihm her durch den Flur, dann schiebt er den Jungen auf die Treppe. »Da hinauf«, sagt er und schiebt noch ein bisschen. Igor gehorcht. Er selbst geht ins Badezimmer, dort liegt ein feuchtes Handtuch auf dem Boden und in dem Handtuch eine feuchte Badehose. Er zieht sich aus und zwängt sich in die Badehose. Er schaudert. Als er das Badezimmer verlässt, sieht er, dass der Junge tatsächlich nach oben gegangen ist, er hat gehört, was von ihm verlangt wurde, er kann das. Er hat es verstanden.

Igor steht mitten im Zimmer, dem Fenster zugewandt, sein T-Shirt fällt von den Schultern, ohne den Rücken zu berühren, der untere Rand ruht auf der Wölbung des Hinterns. Simon schluckt. Er bekommt einen Steifen, oder vielmehr, den bekam er schon, als er eben die Badehose anzog, und die sitzt jetzt noch strammer. Er schluckt wieder und räuspert sich. Igor dreht sich langsam um. Das Schönste wäre jetzt, wenn das geschehen würde, was im Schwimmbad schon mehrmals geschehen ist. Von selbst. Von dem Jungen aus. Doch der bleibt stehen, und weil hinter ihm das Tageslicht ins Zimmer scheint, kann Simon nicht richtig sehen, was er für ein Gesicht macht. Deshalb geht er selbst ein paar Schritte auf ihn zu, bis er so nah vor ihm steht, dass er Igors Atem im Gesicht spürt. Die Arme des Jungen heben sich. Simon spürt ein Prickeln in seiner Brust. Doch mit den Armen heben sich auch die Hände, und diese Hände legen sich auf Simons Brust, und mit diesen Händen schiebt Igor ihn von sich weg, mit Kraft, aber nicht so, dass er ihn umwerfen würde. Simon macht einen Schritt rückwärts, berührt den Bettrand, gerät aus dem Gleichgewicht, kann sich gerade noch fangen.

»Nein«, sagt Igor.

Seine Stimme ist nicht hoch und nicht tief. Sein Nein klang fast ausdruckslos. Uninteressiert. Nicht aggressiv. Weil Simon ein bisschen näher bei Igor ist als vor ein paar Sekunden, kann er jetzt seinen Gesichtsausdruck sehen.

Nein, hat er gesagt. Laut und deutlich. Simons aufgerichteter Schwanz in der feuchten Badehose. Er kann sich glücklich schätzen, dass er kein aus der Form gegangener Mittvierziger ist, mit behaartem Bauch und kleinen Titten statt einer Brust. Alles Mögliche geht ihm durch den Kopf. Unter anderem dies: keine Leerzeilen. Er hatte sich, um Enttäuschung zu vermeiden, möglichst wenig ausgemalt, aber diese Wendung hätte er unmöglich vorhersehen können. Außerdem denkt er: Ich muss wirklich meinem Vater ähnlich sein, ganz sicher, denn wenn ich meiner Mutter ähnlich wäre, würde ich jetzt bestimmt völlig den Überblick verlieren. Was ihm einfällt: ein Moment im Schwimmbad, der schon Monate zurückliegt. Monate oder Wochen? Der Moment, als Igor ihn anschaute, kurz nachdem Simons Mutter ihn angeschnauzt hatte. Er blickte ihm genau in die Augen, jemand anders schien in diesem wundervollen Popow-Körper zu stecken. Er blickte geradewegs durch ihn hindurch, nicht schwachsinnig, sondern wissend, als wären die Rollen vertauscht. Jetzt sind die Rollen eindeutig vertauscht. Simon hat ihn eigentlich kaum verstanden, obwohl er das Nein deutlich hörte. Ein Nichtverstehen, weil es fast so war, als würde ein Hund plötzlich sprechen; dann würde einem doch die Bedeutung der ersten Laute entgehen, weil man so verblüfft ist. Und jetzt steigt ihm die Schamröte ins Gesicht, weniger, weil er so vor Igor steht, sondern vor allem, weil er an seinen gerade erstellten Twitter-Account denken muss. Möse Schwanz und Po Ficken macht dich froh. Ich bin Bärchen Colargol, ich kann sehr gut ficken. Hab nen dicken Bärenspund, mache alle Mädels rund. Pfui Teufel, denkt er, bei Twitter große Töne spucken. Könnte er das alles bloß rückgängig machen. Es ist ein Gefühl wie bei Übelkeit, wenn man sich fast übergeben muss: Man versucht mit aller Kraft, an etwas Frisches oder Neutrales zu denken, aber der Geist sieht, schmeckt und riecht nur fette Spiegeleier oder Pisang Ambon.

Aber die Leerzeilen? Die Leerzeilen, in denen er Igor an sich drücken wollte, ihn benutzen, missbrauchen, seinen Hintern in die Höhe drücken; sein Stöhnen, ungeniert, so wie er rülpst; das Loslassen, ein Allesloslassen, nur noch Fleisch und Schweiß, Gerüche; alles, was er sich so oft vorgestellt hat, seine Stirn auf weißen Schwimmbadfliesen oder in weiche Kissen gedrückt, und der Junge, der willenlos alles mit sich machen oder sich leicht lenken lassen würde, das Gewicht dieses wundervollen Körpers auf ihm, und jetzt, jetzt steht wahrhaftig er selbst hier, als wäre er der geistig Behinderte, und der Junge ihm gegenüber würde ihn zu enträtseln versuchen, nein, hätte ihn schon enträtselt. Im Grunde gibt es aber gar nichts zu enträtseln. Nur Küssen, was Simon für sein Leben gern tut, was er stundenlang tun kann, »Vanillasex« nennt er es manchmal, das hat er sich nie ausmalen können. Als würde Küssen zu »normalen« Menschen gehören, Menschen, die auch sprechen können. Er hatte nicht geglaubt, dass Igor dazu fähig wäre. O Gott, nein, nicht jetzt an »Vanillasex« denken, an das Wort. Ihm wird noch wärmer. Und wie Igor dasteht und ihn ansieht. Ausgerechnet um diese Lippen spielt etwas wie … Verachtung? Mitleid? Etwas in dieser Richtung jedenfalls. Inzwischen sitzt Simon auf dem Bettrand. Warte mal, denkt er, dieser ganze Abschnitt von dem Moment an, als ich beschlossen habe, meine Badehose anzuziehen, um ihn mit etwas Vertrautem zu konfrontieren, ihn in Schwimmbadstimmung zu versetzen, damit er sich an mir vergreift, wie er es ganz unbekümmert und ohne Scham im Schwimmbad getan hat, dieser Abschnitt muss eine Leerzeile sein. Denn dann, so hat der Schriftsteller es ja erklärt, kann ein Leser oder irgendwer sonst sich alles vorstellen, obwohl in Wirklichkeit gar nichts gesagt wird. Darauf kann man sich immer berufen: Es wird nichts gesagt. Alles ist Fantasie.

»Was ist los?«, fragt er. Durch die dicke, zähflüssige Scham hindurch versucht er, die normalen Verhältnisse wiederherzustellen, vielleicht das Gesicht zu wahren.

Igor deutet auf die Wand. »Huh?«

Huh? Hat er »huh« gesagt? Oder »who«? »Alexander Popow.«

Der Junge macht Schwimmbewegungen und tippt sich mit Zeige- und Mittelfinger auf die Brust.

»Ja.«

Igor schaut ihn an. Einen Moment hat Simon das Gefühl, dass er gleich noch mehr sagen wird, oder etwas tun. Dieser wissende Blick. Dann geht er zur Tür. Kurz bevor er die Treppe hinuntergeht, winkt er Igor hinter sich her.

Die Sonne ist hier und da durch die Wolken gebrochen, ein milchiges Licht liegt über der Stadt. Es ist immer noch ruhig. Als würden all die Langschläfer weiterhin nicht wissen, wie sie den Rest des Tages verbringen sollen. Im Auto herrscht Schweigen. Igor hat sich selbst angeschnallt und starrt mürrisch vor sich hin. Einmal zeigt er nach rechts. Simon gehorcht und biegt an einer anderen Stelle ab als beim letzten Mal. Kurz bevor er den Wagen parkt, sagt Igor: »Huuungg.« Simon versteht, dass er aussteigen soll, um die Beifahrertür zu öffnen und Igor loszuschnallen. Er begleitet ihn zum Eingang. Keinen Moment gerät er in Versuchung, diesmal mit ihm hineinzugehen, vorbei an der sich automatisch öffnenden Glastür. Er will gar nicht wissen, wie es drinnen aussieht. Er blickt Igor nicht nach, sondern geht zum Auto zurück, dreht sich um, lehnt sich an die Motorhaube und lässt den Blick noch einmal über das Gebäude wandern. An einem großen Fenster auf der ersten Etage stehen Sam und Johan. Beide halten die Hände neben den Kopf, die Daumen in den Ohren, winken mit den gespreizten Fingern und strecken die Zunge heraus. Anscheinend machen sie auch Geräusche dazu, aber die kann er natürlich nicht hören. Er lässt den Anblick einen Moment auf sich wirken, doch als Igor hinter ihnen erscheint, stößt er sich mit dem Gesäß von der Motorhaube ab und verkriecht sich hinters Lenkrad.

Später kehrt er Igors Haare zusammen, erst mit dem Besen, dann mit Handfeger und Kehrschaufel. Er sieht, dass die Badetasche des Jungen neben dem Stuhl am Fenster steht. Das Radio läuft immer noch. »Bloed, zweet en tranen« von André Hazes. Straßengeräusche, Fahrräder, irgendwo wird etwas abgeladen, vielleicht Bierfässer bei der Kneipe an der Ecke. Ein Hubschrauber fliegt über die Häuser, Polizei auf der Jagd nach einem Taschendieb oder nach einem Rollerfahrer, der einen Unfall verursacht hat. Das bleibt einen Moment in seinen Gedanken hängen. Wenn es doch nur möglich wäre, Scham wie Wasser abzuschütteln. Doch schon als er das letzte Restchen pechschwarzes Haar in den Abfalleimer gleiten lässt, wird ihm bewusst, dass diese Scham ausschließlich seine Scham ist, eine Scham, von der niemand je zu erfahren braucht und von der höchstwahrscheinlich auch niemand erfahren wird.

Ehemals Kormoran, ehemals Doppelgänger von Alexander Popow. Ach nein, das bleibt er ja, doch Simon wird es nicht mehr sehen. Heute Morgen hat er seiner Mutter zum letzten Mal im Schwimmbad geholfen. Er wirft noch einen Blick auf die Badetasche, doch auf die Schnelle fällt ihm nicht ein, was er damit machen soll.

37.

»Wir brauchen gar keine Dragqueens mehr«, sagt Oscar. »Hier sitzt ja schon eine Dramaqueen.«

Der Schriftsteller sitzt vor seinem zweiten Bier und hat gerade ausgiebig über öffentliche Bücherschränke lamentiert. Überall gebe es doch heutzutage öffentliche Bücherschränke, auf Gehwegen, in Gärten, sogar auf dem Dorf. Und er könne es einfach nicht lassen, einen Blick hineinzuwerfen, obwohl er jedes Mal Angst habe, eines seiner eigenen Bücher vorzufinden. Und nicht nur das, inzwischen gebe es sogar Bücherkartons in den Treppenhäusern seines Wohnhauses. Der Schriftsteller wohnt in einem großen Haus mit mehreren Eingängen, und überall stoße er neuerdings auf Kartons voller alter Bücher. ZUM MITNEHMEN! UMSONST! Und es sei durchaus möglich, dass in jedem Karton auch ein Buch von ihm liege, zwischen wertlosem Zeug wie *Windows 10 für Dummies* oder *Ayla und der Clan des Bären.*

»Außerdem«, sagt Oscar, »sind die Bücher von Jean M. Auel überhaupt kein wertloses Zeug.«

»Nein?«

»Nein.«

»Aber du verstehst schon, was ich meine? Wie kränkend das wäre?«

»Es *kann* kränkend sein«, sagt Oscar diplomatisch.

Sie sitzen bei der offenen Tür. Auf der anderen Seite der Gracht sitzt wie immer Heilsarmee-Major Alida Bosshardt. Wenn sie sich anstrengen, können sie ihr bronzenes Hütchen erkennen, ihre Schultern, einen Arm auf der Rückenlehne der Bank, auf der sie sitzt. Das Wasser des Oudezijds Voorburgwal ist leicht gekräuselt und wirft das Sonnenlicht zurück, die Ulmen sind hübsch mit ihren dichten Kronen. Das liegt daran, hat Oscar dem Schriftsteller erklärt, dass sie nur spärlich geblüht haben. Ein Baum kann sich jedes Jahr nur auf eins konzentrieren: sich fortpflanzen oder einen Sommer lang dichtes Laub tragen. Es schien den Schriftsteller kaum zu interessieren. Auch die Tür an der Vorderseite steht offen, der Geruch von schalem Bier zieht langsam durch den Raum, ohne sich zu verflüchtigen. Es ist Dienstag, Bingotag. Heute Abend kehrt Miss Windy Mills zurück, um ein letztes Mal einen Bingo-Abend zu moderieren. Oscar verspricht sich viel davon. Die Dienstagabende mit Miss Windy Mills waren bis weit über die Grenzen des Landes hinaus berühmt. Doch es ist erst Viertel nach sechs, bis zum Bingo vergehen noch Stunden. Hinter der Theke steht ein sehr junger Mann, den der Schriftsteller noch nie gesehen hat.

»Egan«, sagt Oscar.

»Woher kommt er?«

»Kolumbien.«

»Hm.« Der Schriftsteller ist nicht ganz bei der Sache.

»Wie kommst du mit deinem Buch voran?«, fragt Oscar.

»Gut, glaube ich. Ich bin im letzten Kapitel. Wie üblich hab ich deinen Namen wieder drin untergebracht.«

»Freut mich, glaube ich.«

»Mach dir keine Sorgen, es ist nur eine kleine Nebenrolle, man könnte die Figur vielleicht sogar als unwichtig bezeichnen. Ich habe den Namen allerdings mit k geschrieben, Oscar mit c finde ich eigentlich ein bisschen geziert.«

»Sicher.«

»Das Komische ist – aber das kennst du wahrscheinlich nicht –, manchmal denkt man, man hätte ein Meisterwerk geschaffen, und am nächsten Tag möchte man alles in den Müll schmeißen.«

»Nein, das kenne ich nicht. Ich bin jeden Tag mit mir zufrieden.«

»Egan«, ruft der Schriftsteller, »hast du noch ein Helles und ein Bitter Lemon für uns?«

»¿Qué?«, ruft Egan.

»Du musst ihm schon Niederländisch beibringen, so wird das nichts.«

Oscar zeigt auf die beiden Gläser auf dem Tisch, und kurz danach bringt Egan Bier und Bitter Lemon. »Bitte schon«, sagt er.

»Der Junge sieht jemandem ähnlich«, sagt der Schriftsteller, als Egan zur Theke zurückgeht.

»Jeder sieht jemandem ähnlich.«

Der Schriftsteller hört es kaum. Wie Oscar ist er sehr mit sich zufrieden, nur eben nicht jeden Tag. So ist das oft bei Schriftstellern, wenn sie sich dem Schluss eines Buches nähern. Dann sind sie sehr mit sich zufrieden, berauscht von sich selbst. »Wusstest du, dass nur jedes zehnte Flugzeugunglück durch das Wetter verursacht wird?«

»Nein, woher soll ich das wissen?«

»Vielleicht interessiert es dich.«

»Nicht besonders. Warum interessiert es dich? Du hast doch viel zu viel Angst vor dem Fliegen.«

»Alle anderen werden durch technische Fehler oder menschliches Versagen verursacht. Acht von zehn Unglücken ereignen sich bei Start oder Landung.«

»Ich kenne eine Frau, sie war ab und zu mal hier, die saß in der Turkish-Airlines-Maschine, die auf den Acker bei der A9 gestürzt ist.«

»Wirklich?«

»Warum sollte ich mir das ausdenken? Sie hat immer noch Schmerzen im Nacken, und sie träumt regelmäßig von einem Bugfahrwerk, das sich durch den Boden des Cockpits bohrt.«

»Ich habe über die Flugzeugkatastrophe von Teneriffa geschrieben.«

Das interessiert Oscar weniger. Das heißt, eigentlich interessiert es ihn schon, aber die selbstzufriedene Art des Schriftstellers, der jedes von ihm, Oscar, angeschnittene Thema entweder übergeht oder es sich sofort aneignet, stört ihn. Er blickt einem Boot mit betrunkenen Studenten nach. Sie haben ihre Hemden ausgezogen, winken mit grünen Bierflaschen und singen. Faule, verwöhnte Jüngelchen. Unattraktiv, grundlos eingebildet. Früher waren Studenten anziehende Jungs, mit denen man gerne ins Bett ging, heute scheinen sie nur dafür da zu sein, dass man sich über sie ärgert. Das Boot verschwindet schaukelnd im Schatten unter der Armbrug. Oscar ist ein paar Jahre älter als der Schriftsteller. In letzter Zeit versucht er sich manchmal daran zu erinnern, wie es sich angefühlt hat, verliebt zu sein, wie es war, vor Lust weiche Knie zu kriegen. Außerdem fragt er sich hin und wieder, und das schon seit längerer Zeit, warum er und der Schriftsteller nicht zusammen sind. Man kann sich mögen, zusammen lachen, könnte sich sogar vorstellen, miteinander zu schlafen, und doch fehlt etwas. Inkompatibel nennt man das heute. Liebe ist ein seltsames Ding; ihr Platz ist nicht im Kopf, aber auch nicht im Herzen, meint Oscar. Anderswo, aber wo? Vielleicht in der Seele, auch so etwas Ungreifbares. Und natürlich hilft es nicht weiter, wenn man eine ungreifbare Sache mit einer anderen erklärt. Trotzdem favorisiert er die Seele und nicht irgendwelche Körperteile, die man anfassen kann, oder Organe, die man klopfen hören und fühlen kann, wenn man den Kopf an die Brust eines Menschen drückt. Er schaut Egan an, zeigt auf das schon wieder geleerte Bierglas des Schriftstellers und legt die Hand auf sein eigenes Glas. Wer mehr als zwei Bitter Lemon hintereinander trinkt, ist nicht ganz bei Trost, findet Oscar. Der Schriftsteller hat es nicht gesehen, weil auch er den großspurigen Studenten nachblickte, und ist überrascht, als Egan ihm ein Bier bringt. »Danke, Igor«, sagt er.

»Er heißt Egan«, sagt Oscar.

»Ja, natürlich. Egan, can you please bring me, or us, a double portion bitterballen?«

»Sí, por supuesto«, sagt Egan.

»Bist du eigentlich an dem Abend neulich, du weißt schon, als du mit deinem Friseur hier warst, mit ihm ins Bett gegangen?«

Der Schriftsteller schaut ihn an, schon ein bisschen glasig. Egan hat gerade die Bitterballen mit Senf auf den Tisch gestellt. »Nein«, sagt er. »Ich hätte schon gewollt, aber der Junge ist viel zu hübsch für mich. Er hatte zwar einiges getrunken, und ich auch, aber ich wollte keine Zurückweisung riskieren. So was tut weh bei Männern, die so alt sind wie wir.«

»Schließ nicht von dir auf andere.«

»Ich hab es mir vorgestellt. Noch etwas, was Männer in unserem Alter tun.«

»Ich glaube, du schließt immer noch von dir auf andere.«

Der Schriftsteller tunkt eine Fleischkrokette in das Senfschälchen und verbrennt sich dann Zunge und Gaumen. Das freut Oscar. Er selbst lässt die Finger von den Bitterballen. Er hat Gemüselasagne in der Mikrowelle und wird gut und gesund essen, bevor die Abendschicht beginnt.

»Aber das Allerschönste beim Schreiben«, sagt der Schriftsteller, als hätte Oscar danach gefragt, »bleibt doch, dass alles möglich ist. Alles ist möglich! Man kann sich die verrücktesten Sachen ausdenken, solange man sie glaubwürdig darstellt, ist das in Ordnung. Hab ich dir nie von dieser Lesung in Edam erzählt?«

»Kann mich jedenfalls nicht erinnern.«

»Also, ich hatte eine Lesung in Edam. Da in der Gegend spielt eins meiner Bücher, das weißt du ja sicher …« – Oscar sagt nichts. Er hat anderthalb Bücher des Schriftstellers gelesen. Reichlich gekünstelt, seiner Ansicht nach. Dann liest er lieber noch einmal *Ayla und das Lied der Höhlen*, den sechsten Band der *Kinder der Erde*, den hat er erst einmal gelesen –, »der Saal ist ziemlich voll, und ich fange an. Ist gar nicht so wichtig, was man sagt, die Leute haben doch eigentlich keine Ahnung, was zu einer Lesung gehört. Aber dann hebt jemand ziemlich energisch den Finger. Ob ich wüsste, dass es in Edam gar keine Hornbach-Filiale gibt. »Ja sicher weiß ich das«, sage ich. »Aber dann führen Sie doch die Leser hinters Licht!«, ruft jemand anders. Der ganze Saal geriet in Aufruhr, als hätten sich die Leute vorher abgesprochen. Da hab ich gesagt: »Aber genauso funktioniert Schreiben. Wenn ich, oder in diesem Fall meine Hauptfigur, einen Hornbach-Markt braucht, um bestimmtes Werkzeug zu kaufen, dann gibt es eben einen Hornbach-Markt in Edam!«

»Ich finde die Hornbach-Werbung toll«, sagt Oscar.

»Ja, aber darum geht's jetzt nicht. Die Leute waren wütend.«

»Hör mal«, sagt Oscar, »ich werde jetzt was essen. Ab sieben stehe ich mit Egan hinter der Theke. Ich erwarte viele Leute, auch wenn man da heutzutage nie sicher sein kann. Vielleicht wohnen ja alle, die Miss Windy Mills noch kennen, mittlerweile in dem rosa Altenheim im Jordaan.«

Der Schriftsteller trinkt ein weiteres Bier. Die zwei Portionen Bitterballen haben seinen Hunger gestillt. Außerdem kann man Hunger auch mit Bier stillen. Er sitzt jetzt allein bei den Türen an der Gracht. Das Wasser ist völlig still, der Wind war heute anscheinend ein Tagwind. Tagwinde legen sich gegen Abend. Hin und wieder gleitet ein kleines Boot vorbei, offenbar fahren hier keine Rundfahrtboote, vielleicht ist der Oudezijds Kolk zu schmal. Er hat Lust, etwas länger hierzubleiben. Er ist im letzten Kapitel, schiebt also den Abschluss vor sich her. Und damit seine Belohnung. Dies noch und das noch, und dann ist es geschafft. Aber innerhalb des

Dies-noch-und-das-noch können sich kleine Variationen ergeben, ein letzter Einfall, vielleicht sogar das Wort »Tagwind«, das ihm eben eingefallen ist. Er möchte in jedem Buch mindestens ein neues Wort unterbringen, ein selbst erdachtes Wort. In der Ecke beim Fenster sitzen vier Italiener. Glücklicherweise keine Franzosen. Er fühlt sich hier sehr wohl in seiner Haut, er ist hier richtig. Zufrieden und berauscht von sich selbst, kein Wunder, dass es ihn nicht stört, allein an diesem Tisch zu sitzen. Der junge Kolumbianer bringt ihm ein weiteres Bier. Er hat gar nichts verlangt. »Gracias, Egan«, sagt er und legt die Hand von hinten an Egans Oberschenkel. Das weiß Egan nicht zu schätzen, er packt mit erstaunlicher Kraft die Hand des Schriftstellers und führt sie zur Tischplatte zurück. Um das Gesicht zu wahren, greift der Schriftsteller sofort mit der schmerzenden Hand nach dem frischen Bier und trinkt einen großen Schluck. Er blickt dem jungen Mann nach. Nein, denkt er dann, ich bin im vorletzten Kapitel. So ist das immer, man glaubt, man wäre fertig, man hätte alles gesagt, und dann drängt sich doch noch etwas auf. Ein kurzes Kapitel. Die Italiener sind laut, alle vier gemeinsam mit ihren Smartphones beschäftigt. Eine einzelne Möwe vollführt kreischend einen Sturzflug über der Gracht. Auf der anderen Seite hat sich eine lebende Person neben die bronzene Heilsarmistin gesetzt. Ja, denkt er, ich bleibe einfach sitzen und beobachte, wie Miss Windy Mills das Dienstagabendbingo gestaltet. Und denke ein bisschen nach. Vielleicht über dieses kurze Schlusskapitel. Es gibt noch etwas, was er Oscar erzählen will.

38.

Simon schwimmt. Er war als Erster im Becken, allmählich sind immer mehr Schwimmer dazugekommen. Er schwimmt. Rücken, Brust, Kraulen. Auf Schmetterling verzichtet er, es würde die anderen zu sehr stören. Er hätte damit anfangen sollen, als außer ihm niemand da war, aber mit Schmetterling anzufangen ist schwer, das ist eine Technik, die man besser erst schwimmt, wenn der Körper schon warm ist, und müde, wenn Arme und Beine brennen. Zehn Minuten. Noch einmal zehn Minuten. Das Wasser umströmt seinen Körper, er atmet, wenn es möglich ist oder sein muss. Er übt Wenden. Am Rand trainiert jemand einen Jungen; wenn er aus dem Wasser taucht, schnappt er Fetzen von Anweisungen auf. Noch einmal zehn Minuten. Einen Moment macht er am Beckenrand Pause, der Schwimmtrainer kommt zu ihm. »Bist du mal Wettkämpfe geschwommen?«

»Ja«, sagt Simon. »Ist lange her.«

»Hast dich aber immer fit gehalten.«

»Ja.«

»Nimmst du manchmal noch an Wettkämpfen teil?«

»Nein.«

»Warum nicht?«

»Och …«

»Hast wahrscheinlich keine Lizenz mehr.«

»Nein.«

»Ich würde mal drüber nachdenken. Sieht gut aus. Sehr gut.«

»Danke. Mach ich.« Er schwimmt weiter. Noch einmal zehn Minuten. Wenden, Kraulen, das Wasser umströmt ihn, er pflügt hindurch, und er stellt sich vor, ein Rennen zu schwimmen. So groß ist der Unterschied nicht. Und er könnte wieder einen Platz auf einer Ergebnisliste haben, egal wie weit unten. National, international. Statt auf Websites nach Überlebenden einer Flugzeugkatastrophe zu suchen, nach Informationen über die Umstände dieser Katastrophe, könnte er internationale Listen durchstöbern, könnte regelmäßig die Websites des niederländischen und des internationalen Schwimmverbands studieren. Meisterschaften in Ungarn, Frankreich, Deutschland. Der Schwimmsport ist eine Welt für sich.

Als er unter der Dusche steht, ist plötzlich auch der rothaarige Mann da. Wo kommt er jetzt her? War er die ganze Zeit auch im Schwimmbecken? Sie nicken sich schweigend zu. Als Simon fertig ist, schüttelt der andere sich das Shampoo aus den Haaren.

»He!«, sagt Simon.

»Sorry«, sagt der rothaarige Mann.

Macht nichts, denkt Simon. Wenn wir das Spielchen vollständig spielen würden, könnte ich das sagen. Aber er sagt nichts, und er weiß, dass sie sich gleich vor dem Schwimmbad treffen werden. Er trocknet sich ab, holt seine Sachen aus dem Schließfach, zieht sich an. Danach geht er durch den Flur, der zum zweiten Becken führt. Ein Physiotherapeut betreut dort eine Patientin, eine junge Frau. Im Becken steht eine Art Gehgestell, Simon sieht die vom schwappenden Wasser verzerrten Beine der jungen Frau Gehbewegungen machen. Der Physiotherapeut bemerkt ihn. »Sie dürfen hier eigentlich nicht bleiben«, sagt er.

»Bin gleich wieder weg.«

Eine andere Welt. Es könnte ein anderes Schwimmbad in einer anderen Stadt sein. Er schaut durch die riesigen Fensterscheiben in den Park. Alle Bäume voll belaubt, Jogger, Leute mit Hunden oder Kinderwagen, auf dem Spielplatz Kinder. Die junge Frau im Becken atmet hörbar, die Übungen strengen sie sehr an. Er dreht sich um und geht zum Ausgang.

»Erinnerst du dich noch, dass hier Narzissen geblüht haben?«, fragt er.

»Klar«, sagt der rothaarige Mann. »Ein paar waren geknickt, Menschen gehen gerne geradeaus.«

Mittlerweile blühen Rosen in dem Beet vor dem Schwimmbad. Erst war dort alles gelb, dann rot, jetzt weiß. Es sind die typischen, strauchigen Grünanlagenrosen, nicht groß, aber dafür große Mengen. Kein Trampelpfad ist zu sehen, Menschen trauen sich anscheinend nicht ohne Weiteres, durch Rosenbeete zu latschen.

»Hättest du für mich auch eine Zigarette?«, fragt Simon.

»Du rauchst doch gar nicht.«

»Einmal muss ja das erste Mal sein.« Er zieht eine Zigarette aus dem hingehaltenen Päckchen. Als der Rothaarige die Flamme an die Zigarette hält, saugt er.

»Nach dem Schwimmen schmecken Zigaretten immer nach Ammoniak«, erklärt der Rothaarige. »Liegt an dem vielen Chlor im Wasser.«

»Das ist wirklich ekelhaft«, sagt Simon. Er wirft die brennende Zigarette zwischen die Rosen und spuckt ein paarmal hinterher.

»Aus dir wird kein Raucher«, sagt der andere.

Sie bleiben einen Moment stehen, der Rothaarige hat seine Zigarette noch nicht aufgeraucht.

»Du heißt natürlich gar nicht Jean«, sagt er.

»Nein«, sagt Simon. »Ich heiße Simon.«

»Oskar.« Er ist immer noch nicht fertig mit seiner Zigarette.

»Irgendwas erlebt in der Zwischenzeit?«, fragt Oskar.

Simon denkt kurz nach. Er spuckt noch einmal zwischen die Rosen. Man könnte sagen, dass er ziemlich viel erlebt hat, aber muss man alles, was man erlebt, mit anderen teilen, vor allem wenn der andere ein beinahe Fremder ist? »Mwah«, sagt er.

Sie gehen zu ihren Fahrrädern. Zufällig stehen sie direkt nebeneinander. »Ich wüsste ja schon gerne«, sagt Simon, während er sein Kettenschloss um die Sattelstütze wickelt, »wieso du an einem normalen Wochentag einfach so mit mir nach Hause kannst.«

»Ich habe Geld«, erklärt der rothaarige Mann. »Sehr viel Geld.«

»Schön für dich«, sagt Simon.

»Ja, finde ich auch.«

Während der Fahrt denkt Simon über die Worte des Schwimmtrainers nach. Er ist gut geschwommen, ganz frei und entspannt, ohne Nebengedanken. Er hat das kleine Becken als einen Ort für Reha-Training gesehen. Mit anderen Dingen, die sich in diesem Becken abspielen, hat er nichts mehr zu schaffen. Auch wenn seine Mutter das noch nicht weiß. Bestimmt wird Henny nächste Woche oder jedenfalls in nächster Zukunft zurückkommen. Er riecht den Sommer, sieht den Sommer ringsum und aus dem Augenwinkel den rothaarigen Mann. Endlich empfindet er so etwas wie Erleichterung. Er kann ein bisschen aufatmen. »Hier links«, sagt er.

»Ja«, sagt der Rothaarige. »Das weiß ich noch.«

39.

Der Abend ist so verlaufen, wie Oscar gehofft hat. Es ging lebhaft zu, Miss Windy Mills hat tatsächlich Gäste von früher angelockt. Fast wie in alten Zeiten. Und Egan, der ja eigentlich noch in der Einarbeitungsphase ist, hat nie Probleme gehabt, die benötigten Mengen an Getränken bereitzustellen. Er ist ruhig geblieben, hat alle Bewunderung stoisch über sich ergehen lassen und allzu aufdringliche Männer – ziemlich viele jenseits der sechzig – einfach ignoriert. Der Schriftsteller ist sitzen geblieben, wo er saß. Oscar hat ihn im Auge behalten. Er hat sich kurz mit den Italienern unterhalten, die auch schon länger da waren, hat beständig weitergetrunken und vom Bingo anscheinend nicht viel mitbekommen. Schon um sieben herum war er reichlich benebelt, mittlerweile muss er stockbesoffen sein. Warum ist er nicht nach Hause gegangen?

Egan spült und trocknet Gläser ab, die Leere ist seltsam, wie immer nach einem lebhaften Abend. Die Türen zur Gracht stehen immer noch offen. Hin und wieder hört man Gegröle aus einem Boot. Wahrscheinlich noch mehr Studenten.

»Komm!«, ruft der Schriftsteller.

Oscar seufzt. Wieso ist der Schriftsteller nicht wie die anderen aufgebrochen, als die Leuchtstofflampen angingen? Licht von Leuchtstofflampen wirkt immer, die Leute bekommen einen Riesenschreck, wenn sie die alten Gesichter der anderen sehen, und können gar nicht schnell genug weggehen.

»Sag Igor, er soll noch ein letztes Bier zapfen. Und schenk dir selber einen Whisky ein.«

Oscar schaut Egan an und zapft selbst ein Bier. Dann schenkt er sich einen Whisky ein, den teuersten, den er hat, und geht zum Tisch bei den offenen Türen.

»Schön«, sagt der Schriftsteller.

Oscar beschließt, ihn labern zu lassen, er kann ohnehin noch nicht schlafen gehen, und nach einem langen Abend mit Zitronenlimo hat er richtig Lust auf den Whisky. »Egan heißt der Junge«, sagt er. »Kannst du dir das nicht merken?«

»Ach was.«

»Wie fandest du's?«

»Sie war in Topform, unsere Miss Windy, aber ich hab nicht viel davon mitgekriegt.« Er trinkt einen Schluck Bier. Oscar kennt nicht viele Menschen, die so viel Bier verkraften können.

»Wieso das?«

»Ich war natürlich in Gedanken bei dem letzten Kapitel. So was lässt einen nicht los. Seltsamerweise gerade dann, wenn um einen herum viel anderes passiert.« Berauscht vom Bier und immer noch berauscht von sich selbst. »Hast du denn jetzt mal Zeit zuzuhören?«

Oscar nippt von seinem Whisky, ohne zu antworten.

»Pass auf, mit dieser niederländischen Maschine war nie was passiert, die war einfach nur Tausende und Abertausende Kilometer mit Touristen hin und her geflogen. Sie hatte 21 195 Flugstunden zusammen, und …«

»Woher weißt du das so genau?«

»Ja Mensch, ich hab recherchiert. Was glaubst du denn? Jede Menge recherchiert. Und das meiste kann wieder rausgestrichen werden, wenn das Buch fertig ist, aber das überlass ich gern meinem Lektor. Aber, jetzt pass auf, diese amerikanische Maschine, eben weil sie aus Amerika war, wie dieser Pilot, der mit seinem Flugzeug im Hudson angelegt hat, du weißt schon, in dem Film mit Tom Hanks, der …«

»Sully.«

»Ja, verdammich, so hieß er, komischer Titel …«

»Der Flugkapitän hieß Sullenberger.«

»Siehste, so was weißt du dann wieder, du bist auch nicht

von gestern, aber der ›Clipper Victor‹, das war erstens die erste 747, die überhaupt ausgeliefert wurde, getauft von Pat Nixon, 1971, oder war's 1970? Na egal, jetzt kommt's, noch im selben Jahr – ich glaub doch, es war 1970 – wurde genau diese Maschine entführt.« Der Schriftsteller leert sein Glas und hebt es in Richtung Egan. Egan sieht es, reagiert aber nicht, sondern wischt in Ruhe die Theke ab.

Oscar steht auf, geht zur Theke, zapft das allerletzte Bier. »Close it down«, sagt er zu Egan. Er kehrt zum Tisch zurück und setzt sich. »Ich bin fix und fertig«, sagt er.

»Gönn mir das noch. Das wird am Ende gestrichen, ich wehr mich dagegen, aber ich weiß es.« Er verstummt, schluckt.

Fängt er etwa an zu weinen? Oscar mustert ihn aufmerksam.

»Immer nur nachgeben und sich sträuben, nachgeben und sich sträuben. Das ganze Leben ist loslassen und sich festbeißen, beides gleichzeitig. Aber pass auf.« Er schluckt noch einmal und trinkt erst dann von seinem Bier. »Niemand weiß das. Also, die Maschine flog vom Kennedy Airport nach Puorto Rico, aber …«

»Puerto Rico.«

»Was?«

»Die Insel heißt Puerto Rico.«

»Ach Mann, jetzt lass mich doch einfach mal erzählen! Also, da war ein Entführer an Bord. Der hat einer Stewardess, auf den Namen komm ich gerade nicht, aber ich hab ihn irgendwo notiert, eine Pistole gezeigt und gesagt, er will nach Kuba. Die Stewardess dachte, das wär 'n Scherz! Sie hat gesagt, sie würden besser nach Rio fliegen, weil es da zu der Jahreszeit, es war im August, viel schöner wär. Na ja, es war dann doch kein Scherz, und sie hat ihn zum Cockpit gebracht. Der Flugkapitän dachte auch, das ist 'n Witz, aber andererseits fand er den Typ doch ziemlich ausgeflippt, ›kooky‹ soll er gesagt haben, und so fliegt er nach Havanna.«

»Mein Whisky ist fast alle«, sagt Oscar.

»Ja, ja, ja. Und weißt du, wer da auf dem Flughafen wartet? Als wär das Ganze so inszeniert? Fidel Castro! Watkins, so hieß der Flugkapitän, und der Entführer steigen aus, und Castro kriegt das Flugzeug gezeigt. Von draußen mein ich, einmal um die Maschine rum. Castro stellt allerhand Fragen, und der Flugkapitän beantwortet alle. Und dann, jetzt kommt's, dann fragt er Castro, ob er sich auch drinnen kurz umsehen will. Nein, sagt Castro, dann erschrecke ich die Passagiere. Die waren ja einfach auf ihren Sitzen geblieben, die hatten keine Ahnung, was los war. Und der Entführer, der fragt den Flugkapitän, ob er seinen Koffer haben kann, er war ja am Ziel. Das ging natürlich nicht, deshalb verspricht der Flugkapitän, ihm den Koffer nachzuschicken, wenn sie auf Puorto Rico angekommen sind. Und danach starten sie wieder und kommen mit sieben Stunden Verspätung an.«

Einen Moment herrscht Schweigen.

»Nee, Moment! Sie sind noch in Miami zwischengelandet, haben nachgetankt, und in Miami ist die Frau des Flugkapitäns, die auch an Bord war, mit ihren beiden Hunden spazieren gegangen. Die werden dann wohl im Gepäckraum gewesen sein.«

Wieder herrscht einen Moment Schweigen. »Du musst ganz dringend nach Hause«, sagt Oscar dann.

»Ja, kann schon sein«, sagt der Schriftsteller. »Aber warte mal, ist Miami nicht zurück? Ich meine, die falsche Richtung?«

Oscar steht auf und zieht den Schriftsteller vom Stuhl hoch. Er kennt es zur Genüge von Leuten, die viel getrunken haben: Solange sie sitzen, scheinen sie noch ganz in Ordnung zu sein, aber kaum sind sie auf den Beinen, zeigt sich, wie besoffen sie wirklich sind. Sobald er steht, schüttelt sich der Schriftsteller kurz wie ein Hund. Dann macht er einen Schritt. Es geht. Er bewegt sich ohne Hilfe zur Tür. »Du bist mir ’n schöner Freund!«, ruft er noch, bevor er auf den Zeedijk hinausgeht. Die Tür schlägt hinter ihm zu. Oscar sieht ihn am Fenster vorbeigehen und dann stolpern. Plötzlich ist er verschwunden. »Loslassen!«, schallt es dumpf durch die schmale alte Straße.

40.

An seinem Geburtstag verlor er Pablo. Nicht, dass es eine Rolle gespielt hätte, welcher Tag es war, er hatte seinen Geburtstag natürlich nie gefeiert, aber er registrierte es dennoch. Der Hund war krank, angeblich hatte er Knochenkrebs. Es kam der Tag, an dem es nicht mehr weiterging, weshalb Carlos ihn ins Auto hob und zur *veterinaria* fuhr, die ihre Praxis am Rand von La Laguna hatte. Sie untersuchte den Hund zunächst eingehend, rief noch einen Kollegen an, der Pablo auch einmal behandelt hatte. Das ärgerte Carlos, weil es ihm das Gefühl gab, dass die Tierärztin ihn für jemanden hielt, der seinen Hund ohne triftigen Grund einschläfern lassen wollte. Weil er ihn lästig fand, weil er mit ihm überfordert war. Nach der Untersuchung und dem Telefongespräch seufzte die Tierärztin und sagte: »Está terminado.« Kurz bevor sie ihm ein Schlafmittel gab, hob der Hund den Kopf und blickte zu Carlos auf. Carlos wollte sich abwenden, dachte dann aber: Nein, schau ihn an. Er las nichts in diesen Augen, keine Angst, keine Trauer, keine Hoffnung, keinen Vorwurf. Die schwarze Schnauze auf den weißen Pfoten, die ausgestreckt auf Carlos' Beinen lagen. Carlos hatte sich einfach zu dem Hund auf den Boden gesetzt, die Tierärztin hatte das Behandlungszimmer verlassen. Die heraushängende Zunge. Er streichelte den Hund, sagte, völlig überflüssigerweise, leise »tranquilo«, immer wieder, bis die Tierärztin zurückkehrte. Dann bekam Pablo die Gnadenspritze und war innerhalb von zwanzig Sekunden weg. *Terminado*, dachte Carlos und fing an zu weinen. Weil er aus eigener Kraft nicht auf die Beine kam, half die Tierärztin ihm auf, wobei Pablo wie eine lose Ansammlung von Knochen, Fleisch und Fell auf den Boden glitt. Carlos ließ den Hund zurück, hinter dem Salon gab es keinen Garten, nur einen kleinen, gefliesten Hof. Als er, immer noch heulend, allein in die *peluquería* zurückkehrte, fingen auch Nilda und Conchita an zu weinen, und kurz darauf, nachdem Nilda ihr erzählt hatte, was los war, sogar die Kundin, der sie gerade Wasserwellen legte. Dieses treue Tier, dessen ruhige Anwesenheit im Salon und draußen jahrelang selbstverständlich gewesen war.

Nilda und Conchita waren keine reizenden Mädchen mehr, sondern fast schon Frauen mittleren Alters. Martín war tot, Felipe war tot, Gustava war tot. Unzählige Male hatte Carlos gesehen, wie sich das Hubgerüst des Gabelstaplers hob und wieder senkte. Santiago, inzwischen steinalt, lebte in einem Seniorenheim. Es gab solche Inselbewohner, häufig Männer, die einfach nicht totzukriegen waren. Gegerbte Gesichter, scharfe Nasen, Stöcke, Rollatoren, aber jeden Morgen standen sie wieder auf, tranken zum Frühstück große Mengen Kaffee und zum Mittagessen Wein. Santiago hatte nie aufgehört zu rauchen, seinen Zigarettenkonsum allerdings stark eingeschränkt, weil er sich zum Rauchen in den Garten schleppen musste. Und er hatte immer noch recht volles Haar, an das er den Hausfriseur nicht heranließ. Carlos musste ihm die Haare schneiden, einmal im Monat. Pepe durfte mitkommen, weil das Pflegepersonal gemerkt hatte, dass sich die Stimmung im Speisesaal erheblich verbesserte, wenn der Hund dort herumlief. Ein gleichmäßig sandfarbenes Tier mit spitzer Schnauze. Santiago nannte ihn abwechselnd Lobo, Oro oder Pablo. Niemals Pepe. Felipe hatte auch Pepe besorgt, wie schon die anderen Hunde. Und wie bei den anderen Hunden hatte Carlos keine Fragen gestellt und nichts bezahlt. Zwei Tage später war Felipe gestorben. Carlos fuhr einen Wagen, den er selbst gekauft hatte. Vom Seniorenheim aus konnte Santiago nichts organisieren.

Carlos hatte einen neuen Friseur eingestellt. Einen jungen Mann, Javi. Er stammte von Lanzarote und betrachtete den Wechsel nach Teneriffa als Aufstieg. An Madrid oder Barcelona schien er nicht einmal zu denken, das waren Metropolen in einem fernen Land. Nilda und Conchita fanden ihn überaus anziehend, was nicht verwunderlich war: »Die von Lanzarote, die haben das«, meinte Conchita, und Nilda fügte hinzu: »Die sind aus einem anderen Stoff.«

»Taugt der was, der Neue?«, fragte Santiago.

»Guter Junge. Immer pünktlich. Lockt jüngere Kundschaft an, das ist auch angenehm für Conchita und Nilda und mich.«

Sie saßen draußen im Schatten eines Baums, doch sogar dort war es heiß. Carlos hatte an der Bar des Seniorenheims eine kleine Flasche Rotwein gekauft. Pepe lag bei ihnen und schlief, nachdem er seine gewohnte Runde durch den Speisesaal, vorbei an sämtlichen Beinen, und natürlich durch die Küche gelaufen war. Santiago hob mühsam einen Fuß vom Boden und stupste den Hund gutmütig in die Flanke. »Na, Oro«, sagte er, »du hast vielleicht ein feines Leben.«

»Pepe«, sagte Carlos.

»Wie?«

»Der Hund heißt Pepe.«

»Unsinn. Hast du einen Sonnenstich?«

»Santiago, erinnerst du dich an Alanza?«

»Aber sicher. Deine ehemalige zukünftige Frau. Dachte Felipe jedenfalls damals.«

»Sie ist tot. Sie und ihr Mann. Autounfall.«

»Ach. Kam sie immer noch in den Salon?«

»Ja.«

»Und dieser neue Junge?«, fragte Santiago noch einmal, vielleicht, weil er mehr über ihn erfahren wollte, vielleicht, weil er seine Frage von vorhin vergessen hatte.

»Javi heißt er. Er kleidet sich ein bisschen seltsam, das ist das Einzige.«

»Ist es so einer?«

»Ja, ich glaube schon.«

»Na ja, unser Herrgott hat sonderbare Kostgänger.«

Es war das erste Mal in – Carlos rechnete kurz nach – über vier Jahrzehnten, dass Santiago irgendwie auf seinen Glauben anspielte. Abgesehen von seinen zahllosen Flüchen natürlich.

»Er möchte eine coffee corner einrichten.«

»Coffee corner? Was ist das denn?«

»Einen der Frisierstühle raus, dafür einen kleinen Tisch mit ein paar Stühlen rein, eine Vitrine für Törtchen, eine teure Kaffeemaschine.«

»Warum denn das um Himmels willen?«

»Damit ein Besuch bei uns mehr Spaß macht, sagt er.«

»Macht er denn nicht auch so Spaß? War es nicht immer *muy entretenido*?«

»Finde ich auch. Aber wir sind alte Männer.«

»Ggg«, machte Santiago. Er stupste Pepe noch einmal in die Flanke. »Vor allem mit dir, Lobo. Sehr familiär und behaglich war es immer.«

Sie zündeten sich beide eine Zigarette an. Bliesen den Rauch in Richtung Ozean. Schwiegen.

»Er fährt Rad«, sagte Carlos.

»Zur Arbeit?«

»Nein, zum Vergnügen. Als Sport. Radrennsport.«

»Soll er. Wär nichts für mich.«

»Vielleicht sollte ich ihn so sehen, wie Manuel mich damals gesehen hat«, sagte Carlos.

»Tja. Wie alt bist du eigentlich?«

»Andere Männer in meinem Alter sind längst in Rente.«

»Und wie lange hab ich gearbeitet?«

»Na, jedenfalls nicht, bis du tot umgefallen bist.«

Das brachte Santiago zum Lachen. Sie waren nicht die Einzigen in dem schön angelegten Garten. Einige alte Leute saßen allein, andere hatten Besuch. Es war still, Santiagos Lachen hallte von den Stämmen der Kiefern hangabwärts wider. Es war ein Ort, der Unveränderlichkeit ausstrahlte, vielleicht dank der einfallsreichen Gestaltung des Gartens. Er gab einem das Gefühl, dass alles dort immer so bleiben würde, wie es war, wozu auch das Blaugrün des Ozeans in der Tiefe und das schöne, recht milde Sommerwetter beitrugen. Ein Ort, der sogar die dort sitzenden oder umherschlurfenden alten Menschen täuschte. Ewiger Urlaub.

»Aber schon sehr lange«, sagte Carlos.

»Ja, schon sehr lange«, sagte Santiago. Er stand auf, indem er sich an den Handgriffen des Rollators hochstemmte. Für ihn wurde es Zeit, sich kurz hinzulegen. In seinem Zimmer mit Klimaanlage. Langsam gingen sie über den Hauptweg zum Gebäude.

»Glaubst du«, fragte Carlos, kurz bevor sie vor Santiagos Zimmer ankamen, »dass irgendwann jemand in den Salon kommen und fragen wird: ›Wer ist Carlos W?‹, und dass dann keiner der Anwesenden auch nur die geringste Ahnung hat?«

»So wie wir nicht wussten, wer Juan Flórez war«, sagte Santiago.

»Genau! Meine Güte, dein Gedächtnis.«

»Einwandfrei.« Er öffnete selbst die Zimmertür, er war jemand, der helfende Hände ärgerlich abschüttelte. Pepe wollte gleich mit ins Zimmer, dort gab es immer etwas zu naschen. »No, Pablito, du fährst nach Hause. Weg.«

Als der Hund in den Kofferraum sprang und Carlos die Heckklappe schloss, wurde ihm bewusst, dass Santiago ihm nicht geantwortet hatte. Es war ja auch eine viel zu schwierige Frage gewesen.

Pepe war der erste von seinen Hunden, der auf seinen Schoß sprang. Die anderen drei waren dafür vielleicht auch etwas zu groß gewesen. Pepe war außerdem der erste, der ihn abends manchmal anknurrte, nur so, ohne erkennbaren Anlass. Gerade lag er noch zufrieden da und ließ sich streicheln, im nächsten Moment zog er die Lefzen hoch, entblößte die Zähne, und die Zungenspitze kam hervor. Nie tagsüber. Carlos erklärte es sich damit, dass sein Hund ein Abendmuffel war, und versuchte, ihn dann möglichst in Ruhe zu lassen, was allerdings kaum gelingen konnte, weil Pepe von selbst auf seinen Schoß sprang. Und trotzdem dieses seltsame Knurren. »Was willst du eigentlich?«, musste er ziemlich oft fragen. Dann schaute Pepe ihn an, mit viel Weiß in den Augen. Ansonsten war er ein lieber Hund, freundlich zu Kunden und anderen Menschen, verträglich gegenüber anderen Hunden. Carlos fuhr mit ihm über die ganze Insel, überließ aber anders als früher das Laufen hauptsächlich dem Hund. Ob am Teide, am Strand oder auf den Straßen von La Laguna, Pepe war überall glücklich. In Carlos' Kopf hielt sich hartnäckig die Vorstellung, dass auch ein Hund gern einmal eine neue Umgebung sieht, obwohl er tief im Inneren wusste, dass es dem Tier nicht das Geringste ausmachen würde, jeden Tag dieselbe kleine Runde zu laufen. Dass der Hund ein Gewohnheitstier ist. Pablo war wie Lobo und Oro zu einem eingerahmten Foto geworden, nur dass die Fotos nicht mehr auf der alten Anrichte, sondern auf einem Side Table standen, den ihm Conchita mehr oder weniger aufgeschwatzt hatte. Er war nun schon vier Hunde lang hier und fragte sich manchmal, ob Pepe sein letzter Hund sein würde. Und warum andere Menschen sich immer so um ihn kümmern zu müssen glaubten. Als hätten sie das Gefühl, dass er allein nicht zurechtkäme, sich also auch nicht selbst so einen langen, schmalen Tisch anschaffen könnte. Allerdings musste er Conchita recht geben, als sie bemerkte, sein Wohnzimmer sehe auf einmal viel moderner aus. Und weil er über all dies nachdachte, wurde ihm bewusst, dass er in Conchitas und Nildas Augen schon ein älterer Mann gewesen war, als er sie einstellte, und nun, da sie selbst auf die fünfzig zugingen, wurde er wirklich alt.

Eines Tages fragte er Javi, ob er schon einmal am Teide gewesen sei. Klar, auf dem Rennrad. »Auf Lanzarote haben wir aber auch Vulkane«, sagte er.

»Sicher. Aber keinen Teide. Warst du auch schon mal zu Fuß da? Oder nur auf dem Rad?«

»Zu Fuß war ich da noch nie. Ich bin nicht so ein Fußgänger wie Sie.«

»Sollen wir nicht mit der Siezerei aufhören?«

»In Ordnung. Obwohl das etwas schwierig für mich ist.«

Sie fuhren in Carlos' Auto durchs Binnenland nach Südwesten. Javi trug eine flotte Kappe und grellbunte Laufschuhe. Es war Sonntag. Carlos hatte Javi den Ausflug vorgeschlagen, weil er glaubte, dass der junge Mann etwas Ablenkung gebrauchen könnte. Wenn man neu auf einer Insel ist, hat man nicht gleich Freunde oder Bekannte. Die Autofenster waren offen, die Sonne schien, Pepe hechelte im Kofferraum, und wenn Carlos vor einer Kurve abbremste, fing er schon an zu fiepen, weil er glaubte, dass sie irgendwo angekommen wären.

»Alles in Ordnung?«, fragte Carlos.

»Ja sicher«, sagte Javi.

»Du bereust es nicht?«

»Was denn?«

Carlos überholte mit weitem Abstand eine Gruppe von Radrennfahrern. »Ja, was eigentlich.«

»Nein, überhaupt nicht. Ich fühle mich wohl hier. Nilda und Conchita sind lieb, auf eine andere Art als meine Mutter.«

Jetzt kamen Radrennfahrer aus der Gegenrichtung. Carlos hielt sich weit rechts. Sie trugen alle die gleiche Kleidung. »Was ist denn los?«, fragte er. »Früher waren hier nie Radfahrer.«

»Das sind Niederländer«, sagte Javi. Er hatte sich umgedreht und blickte der Gruppe nach. »Siehst du, sie haben das Trikot von Jumbo. Das ist ein niederländischer Supermarkt. Eigentlich heißt das Team Jumbo-Visma, aber ich weiß nicht, was Visma ist. Bei uns gab es früher viele Triathleten.«

»So?«

»Jetzt nicht mehr. Ich weiß nicht, wo die geblieben sind. Und jetzt haben die Straßenrennteams Teneriffa entdeckt. Fürs Höhentraining.«

»Woher weißt du das alles?«

»Ich sehe gern Radrennen im Fernsehen. Ich verfolge das ein bisschen.«

»Hast du einen Favoriten?«

»Ja, Primož Roglič. Ich konnte es nicht genau erkennen, aber es kann gut sein, dass er eben in dieser Gruppe war. Ich folge ihm auf Instagram und Twitter, und gestern hat er ein Foto gepostet.«

»Und der ist gut?«

»Sehr gut. Und er ist sehr intelligent.«

»Aha. Möchtest du mit dem *Teleférico* fahren?«

»Wie hoch kommt der?«

»Dreieinhalbtausend Meter?«

»Ui, das ist hoch.«

»Aber man braucht nichts dafür zu tun.«

»Hm.«

Wahrscheinlich wäre es ihm lieber gewesen, sie wären umgekehrt und hätten dann ganz langsam die Radsportler überholt.

Carlos lenkte den Wagen auf den Parkplatz an der Talstation. Pepe bellte jaulend im Kofferraum. Javi stieg aus und öffnete die Heckklappe. Dann blickte er an den Masten der Seilbahn entlang zum Gipfel hinauf; wegen seiner Kappe brauchte er dabei die Augen nicht mit der Hand abzuschirmen. Sobald er Pepe jaulen hörte, wusste Carlos, dass sie unten bleiben würden. Wenn man so oft mit seinem Hund unterwegs ist, vergisst man leicht, dass er ein Hund ist. Ein Tier, das man nicht überall mitnehmen darf. Aus welchen Gründen Hunde in der Seilbahn nicht zugelassen waren, wusste er nicht. Sicherheit? Hygiene? »Wir dürfen gar nicht«, sagte er.

»Nicht schlimm«, sagte Javi. »Dreieinhalbtausend Meter, kriegt man da überhaupt noch Luft?«

»Dann gehen wir hier eine Runde. Hier sind wir übrigens auch schon auf zweitausendvierhundert Metern.«

»Echt?«

Pepe beschnüffelte einen angeleinten Zwergschnauzer. »Ist das ein Rüde?«, fragte die dazugehörige Frau.

»Ja«, antwortete Carlos.

Die Zwergschnauzerhündin wurde weggezerrt. Carlos hatte nicht einmal Zeit zu sagen, dass sein Hund kastriert sei.

Sie verließen den Parkplatz. Ein kräftiger Wind wehte, und es war bestimmt fünf Grad kälter als in La Laguna. Vor ihnen auf dem Weg waren Menschen in kleinen Gruppen unterwegs. Javi holte einen Tennisball aus der Jackentasche und warf ihn. Pepe raste hinterher. So gingen sie eine Weile: Carlos gemächlich, Javi werfend und Pepe apportierend. Manchmal sahen sie niemanden, und dann hatte Carlos wie vor Jahrzehnten einen Moment das Gefühl, auf dem Mond oder Mars zu sein. Er beobachtete seinen jüngsten Angestellten und seinen Hund und den knallgelben Tennisball. Er hob die Hand, als er wild winkende Kinder in einer Gondel sah. Er dachte nach.

»Kurz eine rauchen?«, fragte er.

Sie blieben im Windschatten eines Felsens stehen. Auch Javi nahm eine Zigarette.

»Das bewundere ich an dir«, sagte Carlos.

»Was?«

»Dass du, wahrscheinlich aus Freundlichkeit, eine Zigarette mit mir rauchst und dann wieder wer weiß wie lange nicht rauchst. Ich habe irgendwann angefangen, weil eine, na, sagen wir: Freundin von mir rauchte, und nie wieder aufgehört.«

»Tja«, sagte Javi weise.

»Hör mal …«, sagte Carlos, »da wir gerade Zeit haben …«

»Ja?«

»Ich bin nicht mehr der Jüngste …«

»Nein«, sagte Javi.

»Was, nein?«

»Friseure gehen nicht in Rente, und ich will nicht jetzt schon darüber nachdenken.«

»Aber du hast darüber nachgedacht, sonst hättest du mich nicht unterbrochen.«

Javi schaute ihn an. »Tut mir leid, ich war unhöflich, aber ich meine es ernst. Wie kann ich jetzt schon wissen, was ich will? Wo ich in zehn Jahren sein werde? Wie lange bin ich denn hier, fünfzehn Monate?« Er blies Rauch aus, spuckte, warf seine Zigarette auf den staubigen Boden und trat sie mit einem grellbunten Sportschuh aus. »Können wir nicht später mal darüber reden?«

»Natürlich. Wie du willst.«

»Und warum nicht Nilda oder Conchita?«

»Die haben Männer, Kinder. Die haben einen Job, mehr nicht.«

Javi blickte ihn wieder an. »Und das hab ich alles nicht. Und ich bin Friseur.«

Pepe wurde ungeduldig und begann zu fiepen.

»Vielleicht will ich ja nach Barcelona, irgendwann mal.«

»In die Welt hinaus.«

»So was in der Art. Ja. Pepe, komm, bring mir den Ball.«

Gehend, werfend, apportierend kehrten sie zurück. Als sie sich dem Parkplatz näherten, drehte Javi sich um und warf den Tennisball in die entgegengesetzte Richtung. »Moment!«, rief er und rannte zu den Autos. Carlos hob den Ball auf, den Pepe ihm brachte, und blickte Javi nach. Er zog eine Spur von aufgewirbeltem Staub hinter sich her. Pepe sprang an Carlos hoch. »Was hat er denn jetzt auf einmal?«, fragte er den Hund. Gemächlich folgte er Javi und trat den Tennisball vor sich her. Bücken wurde immer mühsamer.

Als er auf dem Parkplatz ankam, sah er eine Gruppe von Radrennsportlern wegfahren, gefolgt von einem Auto, das in dem gelb-schwarzen Muster der Trikots lackiert war. Javi kam ihm und Pepe entgegen, er strahlte, als hätten Schulkinder bei der Fernsehübertragung der *El-Gordo-*Ziehung seine Losnummer gesungen.

»Schau mal!«, rief er. Er wedelte mit einer Art Postkarte.

Carlos nahm sie entgegen. Es war eine Autogrammkarte mit dem Foto von Primož Roglič. Einem jungen Mann mit spitzer Nase, schwarzem Haar und dunkelgrauen Augen. Er drehte die Karte um: FOR JAVI, WHO SAYS HE IS A BIG FAN OF MINE.

»Ein Autogramm von Primož Roglič, ¡qué guay!« Pepe umkreiste sie wild springend, als hätte er begriffen, dass es einen Grund zur Freude gab.

Erst nach einem zweiten Bier in der Cafeteria beruhigte sich Javi halbwegs. »Primož Roglič«, sagte er leise und mehr zu sich selbst, während er die Autogrammkarte befingerte. »Vielleicht gewinnt er dieses Jahr die Tour.«

Es ist ein Donnerstag. Die Tür zum Hinterhof steht offen, damit ein bisschen Wind durch den Salon weht. Pepe liegt draußen auf dem Gehweg, den Kopf vor der Tür, weil er gern im Auge behält, was drinnen vorgeht. Javi hat vor ein paar Stunden gesagt, dass eine Klimaanlage kein überflüssiger Luxus wäre. Conchita erwiderte, sie habe gehört, von diesen plötzlichen Temperaturunterschieden werde man nur krank. »Außerdem sind hier ja keine vierzig Grad wie in Madrid.« Während der Kaffeepause fragt Nilda Javi, ob er nicht einsam sei. Wenn jemand spricht, dann mit vollem Mund, denn Conchita hat anlässlich der Geburt ihres ersten Enkelkindes eine Mandeltorte gebacken. Pepe ist hereingekommen und läuft von Kuchenteller zu Kuchenteller.

»Einsam? Ich habe doch euch!«

»Haha«, sagt Nilda.

»Nein, echt nicht, Nilda, ich habe Grindr.«

»Was hast du?«

»Grindr. Eine Dating-App.«

»Ich verstehe immer noch nicht.«

»Ganz einfach. Jeder, der diese App hat, kann sehen, wo es potenzielle Dates gibt.«

»So?« Nilda schluckt mühsam. Mit etwas mehr Butter wäre Conchitas Torte saftiger geworden.

»Angenommen, ich öffne diese App. Dann kann ich sehen, ob hier jemand unterwegs ist oder im Café sitzt.«

»Jemand.«

»Ja, ein mögliches Date.«

»Ein Mann.«

»Ja, sonst muss man auf Tinder suchen.«

»Tinder.«

»Hier«, sagt Javi, »ich zeig es dir.«

»Nilda …«, warnt Carlos.

»Wieso? Er fängt doch selbst damit an.«

Javi nimmt sein iPhone 11 Pro, öffnet Grindr, hält Nilda das Display hin.

»Nein, nein, nein«, ruft Nilda, »so was will ich gar nicht sehen.« Sie hält sich die Hand vor die Augen.

»Leute«, sagt Carlos, »Kundschaft.«

Es ist immer noch Donnerstag, zehn Minuten später. Conchita, Nilda und Carlos sind bei der Arbeit. Im Allgemeinen muss man bei der Peluquería Carlos W. einen Termin ausmachen. Conchita färbt einer Frau die Haare, Nilda dreht bei einer anderen Lockenwickler ein, Carlos rasiert einen älteren Mann. Der Platz neben Nilda, der Frisierstuhl am Fenster, gegenüber von Carlos' Spiegel, ist noch frei. Javi spült die Kaffeetassen und Kuchenteller, Pepe schaut erwartungsvoll zu ihm auf. Die Türen an Vorder- und Rückseite stehen weiterhin offen, und niemand klagt über Durchzug. Der Baum gegenüber vom Salon blüht, als hätte es ihm nichts ausgemacht, dass Pablo ihn jahrelang täglich angepinkelt hat.

»Was für ein Foto hast *du* denn?«, möchte Nilda trotz Kundschaft doch noch wissen.

»Nichts Besonderes«, antwortet Navi. »Kopf und Schultern.«

»Gott sei Dank.«

»¿Qué?«, fragt Nildas Kundin.

»Nada«, sagt Nilda.

Eine Frau in einem bunten Kleid, das viel zu jugendlich für sie ist, kommt herein. Sie hat eine Frisur, die man als kurz und flott bezeichnen könnte, aber erst wieder richtig kurz und flott sein wird, nachdem Javi ihr die Haare geschnitten hat. »Buenos días«, sagt sie. Conchita dreht sich kurz um und erwidert den Gruß. Carlos sieht sie flüchtig im Spiegel. Javi stellt die letzte Tasse weg und geht auf die Frau zu. Er deutet auf den Stuhl am Fenster. Als Carlos das Messer wieder an der

Kehle seines Kunden ansetzt, erinnert er sich plötzlich – warum? – an den arroganten Baggermenschen, der mit großen, selbstsicheren Schritten hereingekommen war und auf Niederländisch »Dich suche ich!« gesagt hatte. Aus Bodegraven kam der Kerl, auch das fällt ihm ein. An dem Gruß der Frau glaubt er gehört zu haben, dass sie Niederländerin ist, und als sie nun Javi gegenüber ihre Wünsche äußert, ist er sich sicher. Ihr Spanisch ist recht gut, sie hat sich angewöhnt, genau wie er selbst, *cómo se dice* zu sagen, wenn ihr ein Wort oder Ausdruck nicht einfällt, und auf dem Umweg über die beiden Spiegel sieht er, dass sie auch eine Handbewegung dazu macht.

»Bist du eigentlich bei der Sache?«, fragt sein Kunde, der Pasquale heißt. Er ist nicht gerade Carlos' Lieblingskunde.

»Aber sicher. Warum sollte ich das nicht sein?«

»Du wirkst ein bisschen abgelenkt.«

»Keine Sorge, ich schneide dir nicht die Kehle durch.«

»Das würde auch gerade noch fehlen.«

Manchmal, wenn Javi und er im selben Moment in entgegengesetzter Richtung zur Seite treten, bemerkt er den Blick der Frau. Kurz. Er schaut weg, sie schaut weg. Pasquale hat die Augen geschlossen, er tut, als wäre er gar nicht da. Mittlerweile hat die Erinnerung an den Baggermenschen aus Bodegraven auch das Gefühl von damals wachgerufen. Ein Erschrecken. Angst, ertappt zu werden – nur, damals wie heute, ertappt bei was? Er hat doch nichts verbrochen, keinen Mord begangen! Die Frau erzählt Javi, dass sie mit ihrem Freund in einem Ferienhaus von Engländern wohnt. Dass ihr Freund dort Umbauten vornimmt. Dass sie fast jeden Monat zu einem anderen Friseur geht. Sie hat keine laute Stimme. Das bunte, zu jugendliche Kleid ist kein Anzeichen eines ordinären Charakters. Carlos hat Pasquale fertig rasiert. Der streicht sich ohne erkennbare Zufriedenheit über den Bart, zieht sein Portemonnaie aus der Gesäßtasche, holt den gewohnten Betrag passend heraus und gibt ihn Carlos.

»Danke wie immer«, sagt er.

»Gern«, sagt Carlos.

Pepe bellt den Mann an. Er weiß genau, welche Kunden er anbellen muss.

Carlos geht zur Kasse und legt das Geld hinein. Er denkt nach, schaut auf die Uhr. Er hat immer noch den Mandelgeschmack im Mund. Sein nächster Kunde kommt in ein paar Minuten. Er denkt nach und seufzt. Die Stimmen der anderen summen ihm in den Ohren, Conchita, Nilda, Javi und die Kundinnen tauschen die üblichen Friseursalon-Belanglosigkeiten aus. Er setzt sich auf den Frisierstuhl, den Pasquale eben verlassen hat, der Sitz ist noch ein bisschen warm, die Armlehnen scheinen etwas feucht zu sein. Carlos betrachtet sich nicht im Spiegel, er dreht den Stuhl um hundertachtzig Grad, indem er sich mit den Füßen herumschiebt, sodass er nur noch in diesen einen Spiegel zu schauen braucht, um die Frau anzusehen. Sie erwidert seinen Blick. »Das W«, sagt sie, »steht das vielleicht für Weiman?« Die Frage könnte vorwurfsvoll sein, doch sie klingt eher nach Unglauben, ja, Fassungslosigkeit.

»¿Qué?«, fragt Javi.

»Entschuldigung, junger Mann, ich habe nicht Sie gemeint«, antwortet die Frau.

»Henny«, sagt Carlos. »Ich …« Ja, was eigentlich? Er ist plötzlich furchtbar müde, der Mandelgeschmack wird immer bitterer.

Alle sind verstummt. Conchita schaut zur Seite, Nilda dreht sich um, und Javi starrt Henny an. Auch die Frau mit dem Silberpapier im Haar, die ununterbrochen geredet hat, und die Frau unter der Trockenhaube schweigen. »Was ist los?«, fragt Javi.

»Die Dame, der du die Haare schneidest, heißt Henny«, erklärt Carlos. »Ich kenne sie von früher.«

»Der Herr hinter mir heißt Cornelis«, sagt Henny zu Javi, während sie Carlos im Spiegel anschaut. »Er ist tot.« *Está muerto*. Sogar das o ist richtig.

Pepe, der sich wieder draußen vor die Tür gelegt hat, bellt einen Passanten an. Es ist das einzige Geräusch, das von der Straße hereindringt. Es klingt dumpf, als würde Pepe niemand Bestimmten anbellen.

Und immer noch ist es Donnerstag. Cornelis hat sich halb sitzend, halb liegend auf dem Sofa niedergelassen. Pepe liegt auf seinem Schoß. »Klar, wir leben nicht auf Grönland«, sagt Cornelis zu dem Hund. »Oder in der Kalahari.« Pepe seufzt. Oh, wie viel er jetzt plötzlich weiß, als hätten die vergangenen vier Jahrzehnte ihn wie pfeifend über den Boden sausende Schwärmer eingeholt und wären vor seinen Füßen explodiert. Simon heißt sein Sohn. Sein Vater lebt noch. Anja hat nie wieder geheiratet. Simon. Auch Friseur. Drei Generationen Friseure, oder sogar vier oder fünf, denn auch Jans Vater war Friseur, Cornelis weiß nicht mehr, wie es in der Generation davor war. Er selbst liegt unter einer Art Mühlstein auf einem Friedhof im Westen von Amsterdam, »dem scheußlichsten Friedhof, den man sich vorstellen kann«, meinte Henny. »Ich möchte da nicht begraben sein.« »Andererseits«, plapperte sie weiter, als würde sie mit einer Freundin, die sie vor drei Wochen noch gesehen hatte, einen Wein trinken, »liegst du da auch nicht wirklich, denn dein Name ist nirgends zu finden.« Ist das typisch für Amsterdam?, überlegt er. Dieser knochentrockene Humor?

Was hab ich mir denn in all den Jahren gedacht?, denkt er, während er Pepe das raue, sandfarbene Fell streichelt. Nicht Patagonien, nicht die Wüste Gobi, sondern Teneriffa. Wie viele Niederländer reisen jährlich auf die Kanarischen Inseln? Wie hat es überhaupt so lange gutgehen können? Na ja, fast niemand, der hier Urlaub macht, geht zum Friseur. Man geht in Bars und Cafés, in Restaurants, an den Strand, in Geschäfte, wenn der Badeanzug kaputt ist. Viele fahren allerdings auch zum Teide. Ja, Henny hat geplappert, aber auch geweint und ihn angestarrt, als wäre er ein Geist. Das Plappern war sicher eine Reaktion auf das Unfassbare, er hat Henny nicht als ununterbrochen redende Person in Erinnerung. »Jetzt bin ich ratlos, Pepito«, sagt er. Pepe seufzt zufrieden. Für ihn ist alles in Ordnung, ganz besonders heute Abend, denn so oft liegt sein Herr nicht der Länge nach auf dem Sofa. »Muss ich jetzt darüber nachdenken, ob ich Simon treffen will?« Aber der Junge, der Mann ist mir völlig fremd, denkt er, er war nichts als eine kleine Krabbe, als ich verschwunden bin, eine unsichtbare kleine Krabbe. Cornelis hat getrunken, und nicht zu knapp. Nein, Pepes Fell ist gar nicht rau, nur wenn man es gegen den Strich streichelt, sonst ist es weich und warm. Er beugt sich etwas vor und berührt mit der Nase den Hals des Hundes. Pepe fängt an zu knurren und zieht die Lefzen hoch, Cornelis sieht mit halb geschlossenen Augen die weißen Zähne. »Warum, Pepe? Sag mir doch mal, warum du das machst. Was hast du? Ich bin es doch!« Er streckt die Hand nach dem Tischchen aus, auf dem ein Glas Whisky steht. Der Hund verhält sich auf einmal ganz still, vielleicht glaubt er, dass es jetzt aus ist. Aber was soll aus sein?, denkt Cornelis, während er einen großen Schluck Whisky trinkt. Fühlt er sich von mir bedroht? Warum? »Warum?«, fragt er. Pepe knurrt. Trotz allem bleibt das seltsame Tier einfach liegen, versucht nicht einmal, sich dem Griff seines Herrn zu entwinden, so schlimm kann es also gar nicht sein. »Was soll denn nun werden?«, hat Henny gefragt, als sie sich von ihm verabschiedete, weil sie trotz zwischenzeitlichen telefonischen Kontakts dringend zu einem

Mann namens Ko zurückmusste, »sonst denkt er noch, dass ich hier jemanden getroffen habe.«

Aus irgendeinem Grund hat sich Cornelis nie wirklich vorstellen können, dass in … wie viel Kilometern Entfernung? dreitausend? zur gleichen Zeit Menschen, die er kennt, sehr gut kennt sogar, Menschen wie sein Vater, ihr Leben leben. Nicht vorstellen *können*? Wollen? Oder hat er es nicht gewagt? Nein, er möchte nicht weiter nachdenken. Hatte er vor vier Jahrzehnten eigentlich nur mal für eine Woche aus allem rausgewollt? Oder sollte es ein Sprung ins unbekannte Neue werden? Wäre … na, wie hieß er noch, Jacob! so oder so allein nach Hause geflogen? Er weiß es einfach nicht mehr. Morgen ist Freitag, der Terminkalender ist ziemlich voll, Conchita hat frei, Nilda, Javi und er werden den ganzen Tag zu tun haben. Und dann die Gesichter von Javi und Nilda morgen früh. »Jetzt sei mal ruhig, Pepe«, sagt er. »Sollen wir morgen zum *veterinario*? Willst du eine Spritze?« Der Hund zieht die Lefzen noch höher, seine Zungenspitze kommt heraus, zitternd. Cornelis hat es satt, er schiebt den Hund von sich hinunter. »Geh!«, sagt er. Pepe landet auf den Pfoten und läuft zu seinem Kissen, als käme er gerade von draußen, von einem Spaziergang, und hätte hundertmal einen Tennisball apportiert. Cornelis nimmt ihm nichts übel, es muss einen Grund für dieses Knurren geben, es ist nicht aggressiv. Irgendetwas stört Pepe dann, er kann nichts dafür, und deshalb wird er nie wütend auf den Hund, er tut ihm leid. Cornelis schwingt die Beine vom Sofa und richtet sich auf. Schaut aus dem Fenster. Das hat wenig Sinn, weil es draußen stockdunkel ist, auch wenn hinter einem Fenster auf der anderen Seite Licht brennt. Er trinkt noch einen Schluck Whisky. »Ich weiß auch nicht, was nun werden soll«, hat er Henny geantwortet. »Erst einmal nichts.« Weil sie darauf nichts erwiderte, fragte er: »Okay?«

Sie fing noch einmal an zu weinen, sagte schließlich auch: »Okay.« Pepe steht wieder auf. Was jetzt kommt, kennt Cornelis schon. Der Hund tut so, als wäre vorhin nichts gewesen, kehrt zum Sofa zurück, kratzt mit einer Vorderpfote an Cornelis' Knie. Cornelis beugt sich vor und hebt Pepe neben sich aufs Sofa, eine Hand unter dem Brustkorb, die andere im Nacken; der Hund dreht sich einmal im Kreis und rollt sich zusammen. Als Cornelis ihn hinter den Ohren krault, seufzt er wieder zufrieden. Jacob, ja, so hieß der Junge. Oder auch Koppie, das hat er Cornelis in der Business Class erzählt und dass es ihn nicht störte, wenn seine Eltern oder Geschwister ihn so nannten.

Ja, Pepe ist ein seltsamer Hund. Er wird wohl sein letzter Hund sein. Auf jeden Fall ist er der Hund, mit dem er die meiste Zeit verbracht hat, aus dem einfachen Grund, dass viele Menschen, die er früher kannte, nicht mehr da sind. Er versucht, sich den Salon ohne Hund vorzustellen, und weil er das tut, sieht er abwechselnd oder nacheinander Lobo, Oro, Pablo und auch Pepe vor der Tür liegen, und dann einen Moment lang nichts, nur Sand oder Staub, der über den leeren Gehweg geweht wird, von einem dieser kalten Winde, die im frühen Frühjahr plötzlich aufkommen können. Dieses Bild lässt ihn frösteln. Nicht darüber nachdenken, Pepe wird ihm noch eine Weile erhalten bleiben. Kommt Zeit, kommt Rat. Noch einen Schluck Whisky. »Oi, Pepe«, sagt er. Der Hund zieht die Lefzen hoch. Cornelis rutscht auf dem Sofa nach unten und legt den Kopf auf die Lehne. Er schließt die Augen. Erst einmal nichts, denkt er.